甜蜜深圳

李季彬
——著

新世界出版社
NEW WORLD PRESS

目（CIP）数据

圳 / 李季彬著 . -- 北京 : 新世界出版社，

978-7-5104-7203-9

甜… Ⅱ . ①李… Ⅲ . ①长篇小说—中国—当代
47.5

版本图书馆 CIP 数据核字 (2020) 第 265355 号

甜蜜深圳

者：李季彬
编辑：丁　鼎
校对：宣　慧
印制：王宝根　苏爱玲
发行：新世界出版社
址：北京西城区百万庄大街 24 号（100037）
行　部：（010）6899 5968　（010）6899 8705（传真）
编　室：（010）6899 5424　（010）6832 6679（传真）
://www.nwp.cn
://www.nwp.com.cn
权　部：+8610 6899 6306
权部电子信箱：nwpcd@sina.com
刷：天津中印联印务有限公司
销：新华书店
本：880mm × 1230mm　1/32
数：300 千字　　印　张：13
版　次：2021 年 1 月第 1 版　2021 年 1 月第 1 次印刷
书　号：ISBN 978-7-5104-7203-9
定　价：49.00 元

有多少男人允许女朋友只身前来深圳，丢失了他们的爱情？

多年之后我想起当时的情形，如果那个时候资金充裕，我结束实习后与她一同出发，也许就不会失去她。

我不知道这个世界上有多少人有过只身行走在冰冷细雨中寻找爱人的经历。

那样的雨天，那样的心情，我忘不了。

似烟若雾，细湿沾衣，落在脸上凉凉的。

一

我在深圳的经历，散落在小梅沙海边的沙滩上，长成一枚枚白色贝壳。

原本每一枚贝壳里都有生命，有一天离开了海水，贝壳便停止了呼吸。

多年后，我坐在阳光下的这片沙滩上，忽然想，如果将散落的贝壳捡起来，用丝线穿成手串，天长日久地与肌肤相触，便能使其感知或寻回温暖，重新注入生命，不再遗失。

于是，我闭上眼睛，默默捡拾贝壳，用心穿连。

穿在第一个位置的是我，第二个是沈小丛，第三个是黎谷良，第四个……第五个……

沈小丛是我在火车站偶然遇到的问路人，没想到，随便遇到的陌生人竟然与我的经历几乎相同。

有多少男人允许女朋友只身前来深圳，丢失了他们的爱情？

我、沈小丛，还有吗？生活在这座城市的男人，有多少是为寻女朋友而来的？有谁把心事埋在心里，不能诉说？

先从我偶遇的沈小丛说起。

2005 年 3 月 11 日下午，我去深圳火车站接上海来的黎谷良。黎谷良是我在北京认识的笔友。那次笔会来的人都是要当作家的人，有男有女，有老有少，很热闹。我与黎谷良同住一间。黎谷良不是上海人，老家是安徽宿州。黎谷良没上过大学，读中学时看了电影《少林寺》，一下子喜欢上了武术，便弃学去河南学功夫。学了三年，武侠情结淡了，意识到习武不能当饭吃，不如当作家，有名又有利。于是，他买了一堆文学名著，白天黑夜地读，立志写作。可是，写了几年未成名，生活拮据，便跑去上海打工了。他在上海打工多年，结了婚，没生孩子，没买房子，学会了说一口流利的上海话。

我俩在笔会认识后，他回了上海，我回了深圳。他常在电话里邀我去上海玩，说要请我喝咖啡，腔调蛮海派的。黎谷良不仅腔调海派，生活方式也有许多上海人的特点，想得蛮开。

黎谷良一边打工一边写作，他的小说多是发表在收费的文学网站上，每部小说发到一半便开始 VIP 收费。听黎谷良说，收入比我在正规出版社出版小说拿到的稿酬高得多，我没具体核实过，但我并不怀疑。

我担心下班晚高峰堵车，便提前来到火车站，在停车场停好车，去旅客出站口等候。

春天的黄昏，微风习习，由鼻翼往眼窝处轻轻拂过，滑润、舒缓、透心，温软腻人。我眯缝着眼，浑身酥软。

正当我浑身懒洋洋，想要把和煦的春风惬意到骨子里时，看到一位二十五六岁的青年人，身背高过头的背包，弓腰站在出站台阶顶端四处张望找人，身形像一只袋鼠。

仅从他臃肿的打扮来看，不难猜测，他刚下火车，是从北方来的。

我望着他，他恰好也看到了我。

春意盎然的深圳三月，男人们换上了长袖T恤，爱美的女孩子们则早早地穿上了裙子，不会有人穿这么厚的羽绒服。

青年人看到我上台阶，便迎了下来，问道："请问，深圳有福田区这个地名吗？"

我说有，我就是从福田过来的。

我看到他脸上露出喜悦的笑容，能看出是打心底里溢出的喜悦。

我猜那是心头的担忧得到释放的喜悦。

我有过这样的感受，独自走进陌生城市，会担心走错路，或担心找不到要去的地点。

我想，小小的喜悦或许能消除他旅途的疲惫。

青年人从外套内侧口袋里翻出一个信封递给我，问道："您看这路，您知道吗？怎么走？坐几路车？"

我拿过磨毛了边的信封，上面有几处清晰的油渍指纹，圆珠笔字迹有的糊成一团，需要仔细辨认才能看清。

"福田区新洲路新洲九街。"我逐字念了出来。

"对对，没错，是新洲九街。"

"我知道，这条街靠近福田区政府，你到福田区政府下车就好了。几路车能到，我还真不清楚，你打的方便些，不远。"

“太好了，路上最担心下了火车人生地不熟找不到这条街。”

“深圳市区的路好找，不复杂，不像上海，单行线多。”我说着话，心里嘀咕，怎么莫名其妙地提到上海了，因为我接的人从上海来？我刚准备抬脚继续上台阶，却又停住了，因为我听出青年人是江苏口音，似乎离我老家不远，有可能属于同一个地区。

我犹豫之际，听到他自我介绍：“我叫沈小丛，您贵姓？”

沈小丛伸出手，我没有立即伸手去握，他尴尬地缩回手，看了看自己的手心手背，略带自嘲口吻地说：“我手脏，不好意思。”

我没接话，微笑点头，算作回答。

粤港两地 SARS 流行的恐惧还没从人们心头完全消除，人与人之间握手仍会心存芥蒂。其实不仅介意握手，连共同呼吸的空气也令人担忧，许多人出门仍戴口罩。

这时候，我对这个名叫沈小丛的青年人有了几分好感。他脸红地缩回手，说自己手脏，意识到给别人带来了不安，他给我的第一印象是懂礼貌、谦虚、本性善良。

人与人相处，懂得知趣很重要。

这也正是我对沈小丛产生好感的原因，促使我有耐心打量他的长相。

国字脸，鼻梁挺直，薄嘴唇，眼睛不算大，与浓黑的眉毛搭配，倒也显清秀。皮肤呈暗黄色，不过不是天生的，是旅途疲劳所导致的。

我觉得他长得很帅，很像韩国的某位男明星，不过我一时说不出男明星的名字了。

沈小丛还给了我另一个好感，那便是他眉眼间表现出的聪明。他说话时，眉毛挑高扯低，眼球转动，似乎他每说一句话都在动脑筋，脸上始终带着笑。以我平时接触人的经验来看，凡说话表情丰富的人都较好相处。有的人，第一次与之交流，感觉说话不经大脑，接触一次便产生退避心理，内心不由自主地拒绝与其再相处。

“你是江苏人？”我问。

“咦？你怎么知道的？你是？”沈小丛问。

“听出来的，江苏江北口音有别于江南。苏北话，语调往下沉，苏南人说话语调往上飘。”

“啊呀！你是哪里的？我是宝应的。”沈小丛说。

我又笑笑，没说出老家的具体位置。我始终对陌生人保持一定的距离和警惕。

我离开江苏来到深圳，1995年被共青团深圳市委员会评为深圳外来优秀青工，给了调户口的指标，从此定居下来。算起来，我在深圳生活的时间比在江苏生活的时间还要长。为了适应深圳的生活，我学说广东话，虽然乡音没忘，口音却改变了许多。

我相信许多来过深圳，留下来或离开的人，与我都有同样的经历。听不懂广东话，生活工作不便，连起码的人与人之间的交往也存在障碍。

“宝应？和尚桥你知道吧？小时候我去过和尚桥。”我说。

我的思绪忽然回到记忆中一座横跨无名小河的石木结构的

小桥。

“知道，知道，我家离和尚桥十几公里。好像因为修路征地，桥已经不在了。究竟是不是拆了，我没亲眼见到。自从去武汉读大学，之后又读研究生，我回家乡的次数就变少了，估计和尚桥的地名还在。”沈小丛兴奋地说着。

“你知道和尚桥的来历？”我有些兴奋地问。

“听说过，很久以前的事了，据说发生在宋朝。”

沈小丛认真地看了我一眼，清了清喉咙，像是被点名发言的学生。他说：“从前，小河边有一个村庄，村庄里住着相依为命的母女。小女名红凌，跟母亲学女红，红凌长到十六岁还没许配婆家。小河的对岸有座寺院，寺院里有个小和尚。村里的人经常到寺院里烧香拜佛，小和尚也经常到村里借针线布头缝补衣衫。一来二去，红凌与小和尚好上了。那时候河上没桥，小和尚只能在夜里蹚水过河与红凌约会，寒冬腊月也是如此。红凌体贴小和尚，小和尚每次蹚水过来，她总是先把小和尚冰凉的脚放在怀里暖上一会儿。日久天长，红凌落下了心口疼的毛病。小和尚得知此事，下决心在河上架一座桥。之后，他每天上山采集石头木料，独自默默架桥。几年后，小桥建成了，小和尚过河不用再蹚水了，可是，红凌姑娘却落下了病根。某年冬日，她一病不起，不久便不治身亡。小和尚伤心不已，红凌姑娘入葬那日，他头撞墓碑，伴她而去。当地人被小和尚对红凌的痴情打动，之后，人们便把小桥称作和尚桥。”

我小时候听外婆讲过这个故事，一直被小和尚对爱情的执着与忠诚所感动，这个故事一直驻留在我的记忆里。

此时听沈小丛说起这个故事，勾起了我对家乡的怀念，以及疏于回味的失落。

我和初恋女友走过和尚桥，那是在中学时光。我无法忘记这段岁月，她在我人生胶片的方格中定影成形，无法抹去。

沈小丛见我沉默不语，似乎意识到他讲的故事触动了我对某段往事的回忆，于是便也沉默着，静静地望着我。

我抬头望天，天际一朵白云轻缓无声地飘向远方。太阳往下沉，给云朵边缘镀上金色，像一块价格昂贵的金镶玉。

我意识到自己走神了，重新调整了一下情绪。望着沈小丛，我不好意思地干咳几声，轻声说："我听过这段故事，曾被感动过。"

"这种感动来自岁月吧！岁月让人感情日渐丰富，就像小鸟身上的羽毛。"

沈小丛的话让我想到他是不是想说岁月让人羽翼渐丰。

我没说话，两人之间出现了短暂的沉默。

出站的旅客从我俩身边走过，行李箱轮子在水泥地面上滚动，混合着下台阶的脚步声，显得急促、杂乱，像每个出站人的心情。

沈小丛望着出站的人群，说道："没想到我来深圳，问路的第一个人竟然是江苏老乡，太巧了。"

他说这番话时，脸上做出异地遇老乡的喜出望外的表情，虽说有些夸张，但我的情绪也被他带起来了。

事实上，我也有些意外。在深圳，除了广东人，更多的是湖南人。走在街头，湖南人遇到湖南人并不稀奇，而广东人在深圳，叙老乡先听是客家还是潮州的口音，之后以县镇村为界，定亲疏远近，明确今后是否继续发展。江苏离深圳远，我来深圳这些年，碰到的江苏人真的不多。

我望着沈小丛背上的行李，本想问："看你大包的行李，像要扎根深圳的样子。"嘴上却说："对深圳不熟吧？"

"我来找女朋友，她来了两年了，可是年前开始，她没了消息，写信不回，手机停了，我实在放心不下就来找她了。"

不知为何，我心头"咯噔"一沉。

不会这么巧吧？

我想到深圳流行的一句话："深圳不相信爱情，没有人同情失恋。"

望着沈小丛说到女朋友时显得着急的面容，我有些为他担心。他背上沉重的行李仿如压在我胸口，让我局促头晕。

"你扛一座山，不重？"我说着话，上前帮沈小丛将行李卸下来。

沈小丛警惕地瞅我一眼，迅速用身体将行李挡在身后，扎马步虚坐在行李上。

我不言语，退下一级台阶，远离他和他的行李，容他居高临下与我保持距离。

沈小丛似乎意识到自己的警惕被我看穿了，脸一红，有些磨不开面子、难为情的样子，他咧开嘴用讪笑来掩饰尴尬。

我装作没在意，看了一下手表。

朋友乘坐的列车还没进站，我没急着离开，也没提敏感的话题，随口说道："深圳热，这会儿老家的春天仍有寒意吧？"

沈小丛看了看身上的装束，脱下羽绒外套，搭在肘弯处。

“我来的前一天夜里，听说老家下了场小雪。就是人们常说的春寒料峭，冻杀年少。深圳真暖和，满眼绿色，我打心底里喜欢这座城市。它像一个朝气蓬勃、情窦初开的少年。难怪女朋友来了不想回去，催促我快点过来。”

我差点脱口而出：你为什么没按你女朋友说的快点过来？为什么没有与她同来深圳？

我自问：你呢？心头又在隐隐作痛。

我抬眼望着街对面绿荫成伞的小叶榕，以及一户人家窗台盛开的簕杜鹃，随后故作轻松，扯开话题说：“榕树和簕杜鹃装点扮靓了深圳。”

“这就是榕树呀，我在书本上见过榕树，今天还是第一次亲眼看到。女朋友在电话里跟我说过，簕杜鹃是深圳市花。她拍的很多照片都以此花为背景，现在看真花，红灿灿的，更加鲜艳夺目。”

沈小丛一说到女朋友，顿时眉飞色舞，能看出他内心的骄傲。我心想，他的女朋友一定长得很漂亮。

此时沈小丛脸上已经看不到女朋友失踪带给他的痛苦，或许他还没意识到此行寻找爱情可能面临的挫折或失败。

我能预感到他的爱情结局，这种感觉来自自己失败的经验。虽然不能百分之百确定沈小丛的女朋友与我女朋友失踪原因相同，但症状类似。都是女朋友先来深圳，之后失踪，杳无音信。

这种事发生在别人身上，却勾起了我内心的沉重。我没有当着他的面说出我的预感，不想过早破坏沈小丛的心情，希望让他内心对爱情的美好布景多停留片刻。

“我刚来深圳的时候，也特别喜欢大叶榕、小叶榕、棕榈之类的南方植物，尤其喜欢簕杜鹃。深圳街头、立交桥下的绿化带中、公园、小区院落、住户阳台，到处都能看到一簇簇、一丛丛的紫色小花朵缀满枝头。三个花瓣喇叭般张开，娇艳夺目。簕杜鹃又被叫作三角梅。”

沈小丛听了我的介绍后，一扫脸上的倦容，露出开心的笑容，就像早晨遇到阳光的花朵。

“我叫李非柳，来深圳十余年了，工作单位在福田区。今天来接上海的朋友。如果你不着急走，等我接到人，就顺路捎你去新洲九街。”

沈小丛面露喜色的同时，眉头略微皱了皱。我知道他心存戒备，便没多做解释，快步拾级而上，走向站台。

我估计沈小丛不会等我捎他，转身便把他忘了。

面对熙熙攘攘的人群和扑面而来的混杂的气味，我不得不全神贯注地闪避迎面的人流。最为刺鼻的是泡面与火腿肠的气味，这种味道是车站和车厢特有的，和天南地北的口音相混搅，瞬间让我忘了沈小丛的存在。我小心闪躲着肩扛背驮大包小包急匆匆往外涌的外地人，其中有老人、妇女和孩子，他们衣着各异，红黄蓝绿，有长有短，有厚有薄。

望着涌动的人流，我的心跟着发颤，再没有勇气继续逆流而行了。我贴着穿越地下通道的墙壁，挤进一间“士多店”，掏出手机给黎谷良打电话，告诉他我的位置。

二十分钟后，黎谷良出现了。他擦着额头的汗水说："哎哟，真要命，深圳火车站这么多人，比上海火车站的人还要多。"

我知道他额头出汗并非全赖人挤人，与穿着也有关系。

我接过他手上的行李，说："外套脱了吧！这是从北方来的外地人进深圳后该做的第一件事。"

黎谷良不置可否，顺从地脱下黑呢大衣。

"来了深圳，这才知道中国还有这么个大城市吧？人们常说中国的一线城市是北上广，准确说应该是北上广深。"

"要死了，真的吃不消，吃不消！"黎谷良捏着兰花指说。

我被他的娘娘腔和上海话逗笑了，我模仿他的腔调说："哪能？"

"哈哈！"

黎谷良的上海话在我这个外地人听来蛮标准的。

我愉快地走在前面引路，当出站走向停车场，准备下台阶时，忽听有人叫我名字。

"李先生，李非柳……我在等你……"

我驻足张望，看到沈小丛站在与我相遇的台阶顶端冲我挥手。我愣了愣，原以为他走了，却没想到仍在等我，我对之前的许诺感到有些后悔。

可是，话已经说出去了，再说，我也要回福田，虽说内心不太情愿，但也只好捎上他，并将黎谷良介绍给他认识。

沈小丛没有看出我内心的不情愿，很兴奋，满嘴感激，让我的心情顺畅了许多。

回程时有些堵车，走走停停，黎谷良坐副驾驶位子，沈小丛坐后排，路上我和黎谷良聊天，沈小丛插不上话，仰靠佯睡。

直到这时，黎谷良才告诉我，他此次来深圳，是因为他老婆正和他闹离婚，他想来深圳躲几天清静。

他说老婆闹离婚，言下之意是老婆的问题？

我有些惊讶，却没问他老婆闹离婚的原因。

在北京笔会时，我听黎谷良讲过他与老婆之间的故事。他俩是同一个村子的老乡，还是初中同学。不过他俩不是在学校建立的爱情，而是在上海打工偶然见面之后开始恋爱的，他们谈了两年才结婚。事情是这样的，有一年春节，两个人从上海回老家过年，在初中同学的一次聚会上，他俩才知道他们同在闵行区虹桥机场附近打工，工厂相隔不到两公里。春节假期结束后，两人坐同一辆大巴回上海，从那一刻起，互有好感。回上海后，彼此留下电话号码，之后相互走动多了，感情加深了，便确立了恋爱关系。黎谷良说，那时候妻子挺时髦的，穿着打扮与上海小姑娘没啥区别，蛮迷人的。

按说两人同一个村子出来的，又是初中同学，知根知底，感情基础扎实，这样的婚姻不会出现问题。

可是，他们还是没能走下去。

究竟谁跟谁闹，我没问黎谷良，婚姻是两个人的事，谁先闹不一定便是谁有错。

我心中诸多疑问，但没追问下去，我不喜欢打听别人的隐私，除非对方主动说，我被动当听众。

回到福田区福民路，天已经黑下来了。我在福田区政府招待所给黎谷良订了房间，但没有先送他去招待所。我理解沈小丛找女朋友的心急切，独自一人，又没住处，便先送他去新洲九街。其实福田区政府与新洲九街仅隔一条新洲路。

新洲九街横穿新洲村，路两侧分布着居民住宅。这条街并不长，不足两公里，双向车道。两侧一幢幢五层以上的楼房，一水的红砖钢窗，再不是过去矮小的黄墙黑瓦了。一幢幢楼房紧挨着，通道仅容一个人通过，深圳人戏称这类楼为“握手楼”。两家人站在屋内，伸手出窗，便可握手叙旧。

深圳在成为经济特区之前是靠海渔村，地皮没这般金贵。如今寸土寸金，邻里之间互不相让，楼与楼之间的通道细得像鱼肠子。

沈小丛手握信封，沿路查找，没多久便找到了他女朋友租住过的房子。

这是一幢七层楼房，院墙贴白瓷砖，门楼子四角飞檐，绿漆大铁门，铁门正中间嵌着狮头铜锁，狮鼻穿着手指粗的铜环，有清朝王爷府的气势。

沈小丛伸手抓铜环，“当当”敲了两下，院里没动静。

我伸头往院里看，有些暗，看不清。有两扇窗户透着光，我数了数，是四楼。

沈小丛再次手抓铜环敲了两下，仍没动静。

我借着路灯的亮光，在门旁墙壁上找到门铃按钮，伸手按上去，隐约听到门铃声在远处悠扬唱响。不多时，一位身材瘦小、皮肤酱色的老太太打开正厅的防盗门，走进院子。她隔着铁门望着门外，满是皱纹的脸上布满了老人斑。尽管看起来老态龙钟，可她眼睛里警惕的光芒像针尖般锐利。

沈小丛把信封交给老太太。

老太太接过信封看了看，用沈小丛和黎谷良无法听懂的普通话说：“小人年前就搬走了，搬去哪里，我不知道。”

我看到老太太说话时露出满嘴金牙，在惨白的白炽灯光的映照下，金牙苍黄、暗浊，略显陈旧。

沈小丛一脸茫然，不知所云。

别说沈小丛与黎谷良没听懂老太太说的话，连我对她说的“小人”也不知所以然。忽然想到信封上写着任千雅，一定是沈小丛女朋友的名字，我才恍然大悟。“小人”便是“小任”。

沈小丛求救般地拽了拽我的胳膊，我点点头，郑重地跨前一步，心头涌出一股责任感。

我问：“阿婆，您好。小任搬走多久了？有没有留下联系电话？知不知道她在哪里上班？”

老太太听懂了我夹着普通话的广东话，绷紧的脸皮松了几分，眼睛里的警惕光芒也减弱了几分。

“不知道哦，她走时都没讲，你是小任的什么人？”

“他是小任的男朋友，过来找她的。”我指着沈小丛对她说。

老太太睁大眼睛打量着沈小丛，眼里满是惊讶和狐疑，小声嘀咕说：“小任男朋友？我不知道哦，什么都不知道。”

老太太说完，不再理我，转身走了。

我对沈小丛说：“阿婆说小任搬走了，不知搬去哪儿了，也不知道她在哪儿上班。”

沈小丛不死心，举手欲敲门，我拦住了他。

沈小丛哀求地对我说："你跟阿婆说，能不能开门让我进去看看她有没有留下什么线索。"

"这个要求不太合理吧。很简单，小任年前就搬走了，她住过的房间肯定租给别人了，能让你进去看吗？再说，你女朋友也不可能在住的地方留什么给你……"

我说这句话的时候，忽然想起了什么，立马住口。

我望着沈小丛，他焦急的神情让我明白了他内心在担心什么。

我问："你是不是担心小任出了意外？"

"是呀，深圳治安那么差，我能不担心吗？她不可能搬走了连招呼也没打，我们没发生矛盾，也没吵架。"沈小丛说。

"既然你往这方面怀疑，为什么不报警？"我不满地问。

"我仅仅是怀疑，还不敢确定。她以前也有失去联系的时候，最长只有两周，那是因为她的老板派她去国外出差了。可是，这回两个多月没有消息了，我能不往坏处想吗？"

我不清楚自己为什么听不得别人说深圳不好，而且能引起我生气，好像别人指出我身上的缺点一样。我户口在深圳，算是深圳人了吗？我没有这种感觉。我一直觉得自己是一只长了翅膀却只能行走的小鸟。

"你怀疑什么呀？没听老太太说她搬走了？说明她没出事。深圳治安不好，是因为刚建深圳经济特区的时候，每天成千上万的人往深圳涌！警察那么少能管得过来吗？"我想纠正沈小丛对深圳的看法。

“在深圳生活了几年，你真把自己当深圳人了？学得爱面子了，不爱听难听话了。”黎谷良冲我皮笑肉不笑、连讽带嘲地说。

我拉起黎谷良和沈小丛退到路边，没接黎谷良的话茬，这样的话题争论起来没个完，没必要费神。

一番争论反而让沈小丛的情绪平静了许多，女朋友搬走的消息消除了他内心最不安的因素。我看到他的眼睛直溜溜地盯着经过身边的每一个女孩子，他多么希望女朋友突然出现在自己眼前。

黎谷良问沈小丛：“你为什么不去你女朋友的单位找？”沈小丛说：“她没说过公司的名称和地点，只说了租住的地址，她说香港老板要求员工不要对外泄露公司地址。”

“啊？还有这样的事？”黎谷良惊愕地说。

我也感到意外。

街灯一盏盏点亮深圳不眠的夜晚，穿T恤、大短裤、人字拖鞋的年轻人像从茧壳里钻出来似的，在南方温暖的街边悠闲地逛着。

我第一天到深圳的那晚，正如沈小丛这般茫然无措地站在街边，希望她能出现在我面前……

望着沈小丛忧伤的眼神，我的内心生出几许酸楚。

一个女孩子，离开男朋友，来深圳独自工作生活两年，要守住这份寂寞，不是易事。

即便这样，我仍然相信爱情。

我望着街灯点点，平静地往远处延伸，霓虹灯闪烁变幻着暗夜的颜色。我没有破坏沈小丛内心世界正在进行的祈盼，伸手触摸这夜色，夜风滑过指缝，凉润如水。

我想，春雨总归要下的，虽然天气还会转凉。

“她年前不和你联系，你怎么隔这么久才来找她？”我终于没憋住这句话，说出了对沈小丛的不满。

“我在准备硕士毕业论文。”沈小丛小声说。

很多人可能会问：毕业论文和爱情孰轻孰重？

我没问。

我想，如果沈小丛的女朋友真的珍惜这份爱情，她不会连两个月都守不住的。

“今晚你找不到她了，世上有巧事，但不一定是在最迫切的那一刻。如果她在这座城市，你一定能找到她。”

很大程度上我想宽解沈小丛，却又不想说“别着急，慢慢找”之类的废话。

“给你添麻烦了。”沈小丛小声说，目光仍在人群中搜索。

“走吧！找地方住下来。”我说。

“今晚我俩住一块儿吧！反正我也是一个人。”黎谷良说。

我看一眼黎谷良，再望着沈小丛，意思是：“你愿意吗？”

沈小丛没明白黎谷良指的“我俩”包括谁，见我望着他，才恍然大悟，掩饰不住内心的欢喜，说道：“今天我没烧香，照样遇上贵人，谁说深圳没好人了。”

“深圳有好人，可这个好人是我做的，我从上海来，是我收留你和我一起住的，你该感谢上海人。”黎谷良对沈小丛说着话，眼睛眯睨着我，一副狡黠之态。

我“呵呵”笑了笑，用宽容敷衍黎谷良，心里却说：“你不是上海人，却学得比上海人还精明。”

安排好两人住下后，我找了一间并不豪华的名为湛江鸡的饭店给他俩接风洗尘。

席间，沈小丛对我百般感激，一个劲儿地叫哥，不停地敬我酒，而我心存对沈小丛寻找女朋友未果的同情，甚至不忍想象他在今后的日子里饱受失望和痛苦。

三个人一斤酒下肚，脸上发烫，身上发热，话说得更热乎了。

我力劝他俩别喝太多，可是拦不住。没办法，喝到后面，他俩喝嗨了，我只是湿湿嘴唇。

黎谷良的老婆主动闹离婚，他表面看起来没有丝毫痛苦，我整晚也没再提这个话题。

在我看来，黎谷良和沈小丛是借酒壮胆，装洒脱，看起来表面坚强，其实心虚得如浮出水面的水母，用牙签都能刺破了。

我左劝右劝，他俩最终还是喝多了。

终于，黎谷良自己忍不住了，睁着带血丝的双眼，醉意蒙眬地说：“陆可俊骂我没用，不会挣大钱，上网胡编乱造破小说，买不起房子。”

沈小丛也睁大两眼问黎谷良：“大哥，陆可俊是谁？”

“暂时还是你嫂子。”黎谷良说。

沈小丛拉住黎谷良的手，大着舌头说：“大哥，我读研究生，是我俩商量好的，她同意的。她先到深圳工作，挣钱支持我读完书。再说，我读研是为了今后找到好工作，更好地养家。在深圳这样的城市立足，没有好学历，如何拼出一方天地？如今我毕业了，等着拿文凭来找她了，她却不见了。”

我知道他俩再喝下去肯定都得醉，便悄悄把半瓶酒让服务员拿走了。

送沈小丛和黎谷良回区政府招待所时，我走在他俩身后。望着两人相互搀扶的背影，像一对难兄难弟。我心想，今天中午这俩人还不相识，一个从江苏来，一个从上海来，不是同一趟车，晚上竟然聚在深圳喝酒，还成了好朋友，世上的事真是难料。

二

新洲村的阿婆听我说沈小丛是小任的男朋友时，神色顿时变了，她的反常令我生疑。

阿婆在躲避什么？是任千雅与别的男人在此同居，还是另有隐情？

我的判断是前者，发生在我身上的经历，变成了我预料中的答案。可是，即便胸有成竹，我心里仍有疑问。我没有把阿婆的反常行为告诉沈小丛，是不想因我的判断引起他不开心。

另外，沈小丛仍相信任千雅没背叛他，或者根本没往这方面想。

我觉得，把预料的答案搁置在一边，由沈小丛自己寻找结果，更容易令他解开这个心结。

当年我也是自己寻找到最终答案，才死了这条心。

1992 年，我在《特区文学》发表了一篇三千余字的短篇小说，小说名为《风景线》，是我的处女作。小说讲述男主人公来深圳寻找相恋四年的女朋友，最终没能把女朋友带回上海。这篇小说与同期的另外三篇小说在一次研讨会上被讨论，在《深圳特区报》的文艺版中被大篇幅报道。后来这篇小说获了第二届特区文学奖，如今这个奖更名为青年文学奖。

没有人知道小说真实的故事背景，我没对任何人说起过。当年这篇小说的编辑老师说了这样一句话：这是一篇故事后面有故事的小说。我没有告诉他小说的男主人公是谁。

那年也是在春天，刚入春，我上火车的时候，上海的气温还在零度左右。

我想，我来带女朋友回家，总该选在春天。春天万物复苏，万象更新，能给人带来好运。

我是跟着春天的脚步来的。

我到了深圳，还没下火车，列车员播报深圳正在下小雨。

深圳的春雨要比上海来得更早，我到深圳后一连几天像是浸泡在绵绵细雨里，浑身有一种潮湿的冰凉，四肢关节涩重，像是生锈了。

雨还没停，北方冷空气蹿到深圳，春雨阴冷。

即便那段日子四肢与身体仿佛要锈成铁块，我仍没停止寻找。

每天独自走在街头，我感受着远离亲人的孤独与春寒的冰冷，心灰暗如天幕下滴水的黑瓦，僵硬，没有热气，没有生气。

我拿着鱼妮写给我的信，按信封上留下的地址“上步区浦尾村”，沿着深南路往南寻找。

鱼妮是我女朋友，我们相恋四年。她说深圳是中国改革开放的窗口，她要先来闯一闯。那时候我刚找到实习单位，我想说服鱼妮等半年，等我实习结束后，多攒点余钱，两人一起去。可是鱼妮坚持自己先走，到深圳打前站，适应那里的环境，争取能站住脚。我知道鱼妮的脾气，她想好的事一定要做的，十头牛都拉不回来。所以，我没能说服鱼妮，唯一能做的，便是把身上所有的钱给她。我想，不管她有多坚强，如果到了深圳不能第一时间找到工作，身上又没多少积蓄，那就麻烦了，我得给她准备足够的生活费。

我和鱼妮都没想过伸手问父母要钱，而且鱼妮又担心父母反对她独自去深圳。

多年之后我想起当时的情形，如果那个时候我们资金充裕，我结束实习后与她一同出发，也许就不会失去她。

这些都是后来自我埋怨的理由，是自责时让自己后悔的幻觉。

我不知道这个世界上有多少人有过只身行走在冰冷细雨中寻找爱人的经历。

那样的雨天，那样的心情，我忘不了。

细雨绵绵，似烟若雾，雨水落在脸上凉凉的。

穿着雨衣、打着伞的行人匆忙赶路，深南路路面泥泞，污水成河。

我经过市政府门前时，看到草坪上有一只黑色铁牛，它四脚蹬地，正在埋头奋进。牛身肌肉结实，一疙瘩一疙瘩的。

拓荒牛象征深圳人的精神。

雨水在铁牛身上汇聚成珠，流淌下来。

那个时候我浑身凉飕飕的，心里发虚，好像身体某个地方在漏风，使不上劲。

浦尾村在市政府对面，我顺着村道走了进去。

低矮的旧民居分布于村道两侧，像错落有致的积木块。屋顶的黑瓦在细雨的浸润下，更显黑亮。墙根散落着指甲大小的墙皮，斑驳的马头墙被潮湿的水汽浸润。

我依照门牌找寻，走进一条狭窄的小巷。

窄巷冷冷清清，四方的水泥板路湿漉漉的。刚刚有人穿雨靴走过，留下一串清晰的湿土脚印。

偶尔看到狗或猫冷不丁地走出来，站在巷内，四下张望。见我朝它们走去，便匆忙逃开，步履显得懒散又不情愿。

冷风冷雨，猫狗似乎也失去了本来的灵性。

我的心像攥紧的拳头，又冷又硬，跳动迟缓。

手上的信封如一块吸了水的海绵，软塌塌的。细雨在发梢积多了，往衣领深处流，我感到脊背冰凉，像正在剥落的墙皮。

尽管如此，我仍强装镇定，尽量神情自若。黑色大衣包裹着我绷紧的身躯，我看上去好似一张陈旧的弹棉花的弓。

我迈出的每一步仿如走在琴弦上，太阳穴“嗡嗡”敲击，心跳加速。

终于，我看到一块蓝底白字的门牌上写着：浦尾村 176 号。

我的血液仿佛开始逆流，我紧张得张大嘴，喘不出气来。

被雨水淋透的前额，却在此时滚烫起来，如正在加热的钢板，我听到热气蒸发的滋滋声。

冷风撩起我大衣衣摆，从裤脚掠过，钻进去。

我浑身打了个激灵，滚烫的脑门开始冷却。

再次与信封上的地址核对，确定没错，我这才举起了右手。

举起右手的同时，我看到门上挂着一条生锈的铁链和一把明晃晃的铜锁，门楣几缕蜘蛛网随风飘荡。

灰暗的天幕下，我的手苍白透明。浑圆饱满的水滴沿手指流经手背，经手腕流进袖口。

疾风刮过屋脊，马头墙翅檐的风铃叮当乱撞。

我举在半空的手被气流牵引，晃悠颤抖着。

我的心一片一片地锈蚀。

沈小丛没死心，他第二天独自去了新洲九街，再次来到他女朋友曾租住过的公寓门前，按响门铃。门开了，仍是酱色的阿婆打开酱色的木门。

年老的阿婆记性好，在昨晚昏暗的光线下，她记住了沈小丛的面孔。

可是，阿婆见到沈小丛后，微微张嘴，不知是想笑还是想说话，露出半口金牙在阳光下闪了闪，回身便把门关上了。

沈小丛没明白阿婆什么意思，他糊里糊涂地盯着关闭的铁门发愣。

正当沈小丛欲伸手再按门铃时，铁门又开了。

这回开门的不是阿婆，而是一位二十出头的小伙子。

小伙子满头卷发，像刚从地里摘下的剪去托底大叶子的花菜。他上下打量沈小丛，用夹生的普通话和不耐烦的口吻问：“你找谁？”

沈小丛看出年轻人脸上的表情不太友好，赶忙赔上笑脸，说道：“对不起先生，我找任千雅，她以前租住过这里的房子。年前我没了她的消息，请问你知道她去哪儿了吗？”

“任千雅？”

小伙子仰起头，做思考状，嘴里重复着“任千雅”三个字。

“是，任千雅，你看，就是她。”沈小丛拿出任千雅的照片以及写有新洲九街门牌号的信封，指给他看。

小伙子没看信封，推开沈小丛手中的照片，思考状的表情变成嘲弄，他说：“你如果不是租房，以后不要再来敲门了。我跟你讲，任千雅搬走了，同另一个男人搬走的。”

沈小丛初时没明白小伙子话中的意思，眼睛里的迷茫就像瓷砖表面积下的尘土。

“真是傻子，看你就是读书读傻了的人。”

沈小丛虽没立刻听懂小伙子说的话，却慢慢咂摸出他前面说的话的意思，心顿时缩成一团。

“一个男人帮她搬走的？”沈小丛声音微颤地问。

小伙子拉下脸，扬起嘴角，抬高语调说：“我普通话有这么差吗？任千雅同一个男人一起搬走了。”

他说完，没再理沈小丛，关上门的同时丢下两个字：“懵佬！”

沈小丛这回听懂了，不是听懂了“懵佬”，而是听懂了女朋友是与一个男人一起搬走的。

沈小丛感觉自己喘不上气，双腿发软。他挪到墙边，背抵墙壁，调整呼吸，顺手解开了衬衣领口的扣子。

深圳的春天真热，热得让他觉得自己胸口堵着一团刚出锅的热干面。

汗水刺溜一下顺着他的两鬓流淌下来，不多时，前胸后背的衬衫都湿透了。

沈小丛体会着被双重羞辱的耻辱。

一个耻辱来自菜花头，另一个来自与任千雅一起搬走的男人。

按沈小丛之后的话说，他没有人们说的天旋地转，只觉得无地自容。

他感到腮帮子被火苗燎烧般的灼热，又像是刚被人左右开弓抽了几十记耳光。

他这段自我剖析，我没有任何疑问。

这世上没有男人不要面子。

沈小丛没想过任千雅会背叛自己，始终相信她深爱自己，像自己深爱她一样，他一直幻想着与她失去联系是因她工作需要。

偶尔也有怀疑的念头冒出来，他即时宽解自己，掐灭了怀疑的嫩芽。

在沈小丛心里，自己和任千雅有过约定，拉过钩，承诺过，说好硕士毕业后来深圳结婚的。所以，他一直坚守着这份许诺。

沈小丛望着街头走来走去的行人，心头泛酸，默默自问：

“许诺呢？去哪儿了？”

他知道，信誓旦旦的爱情遇到了金钱，便会脆弱得像拉长的糖丝，轻轻一碰就碎落满地，无可收拾。

沈小丛不相信他与任千雅的爱情也成了七彩斑斓、横挂远天的美丽彩虹，仅是魅惑的表象。

他俩从大学二年级开始恋爱，没发生过争执，没红过脸，没被现实问题困扰过。两人仅仅需要等到沈小丛硕士毕业便可相聚，况且，他离毕业仅剩下几个月的时间，过了论文答辩便可以来深圳延续他们的爱情。

所以，他一直坚信与任千雅的爱情基础坚不可破。

沈小丛此时怎么也不相信，这份爱情经不起短暂的等待。

沈小丛离开新洲九街，独自漫无目的地沿途而行，他不知道要去的方向，忘了自己是否会迷路，只是不停地往前走。

由于我当天工作忙，沈小丛发生的事我并不知情，中午休息时间也没和黎谷良联系，不知道沈小丛上午出去了，到了下午还没回来。

其间黎谷良有几次打通过沈小丛的手机，但对方没接。

直到傍晚六点下班后，我来到招待所，这才知道沈小丛上午出去后还没回来。我又试着拨打沈小丛的手机，显示对方已关机。

对于沈小丛出去了一整天都没有消息，我心里有些紧张。他毕竟第一次来深圳，我担心他迷路的同时出什么意外。

黎谷良见我担心，反而笑了。他说一个即将毕业的硕士生，就算对一个城市再不熟，也不至于迷路的，况且又不是语言不通的国外。连小学生都知道迷路了找警察的常识，他能不知道？

黎谷良的话也对呀！即便沈小丛还没走出校园，缺乏社会经验，但正常的自我保护意识应该是有的。

原本沈小丛不是我朋友，可是，经过昨晚一聚，相互称兄道弟后，我们早已消除了陌生，成为朋友。此时，虽说不担心他迷路，可是对于他外出一天未归，又没一个电话的反常举动，我仍有些担心。

我忽然想到沈小丛是不是去新洲九街了，想到这里，我更加有些紧张了。如果他从房东那边得知了事情真相，他会不会想不开？

想到这儿，原本半躺着的我霍地从床上跳起来，让黎谷良吓了一跳。

“沈小丛不会自杀吧？”

我把自己的担心告诉了黎谷良，黎谷良也惊愕地望着我，半晌没作声。

房间里很静，日光灯嗞嗞的电流声刺耳又闹心。

“坦白说，我也有过提前结束生命的念头。”黎谷良说这番话的时候鼻音很重，声音似乎是从胸腔里挤出来的。

这回轮到我吓了一跳。

“有这么严重？究竟发生了什么事？”我问。

“昨晚喝酒，当着沈小丛的面，我没好意思说出真相，觉得丢人。这种事说出来，我在朋友面前就没脸皮了，你知道上海男人老要面子的。”

黎谷良说话的时候，显得痛心疾首，我看到他的眼里有泪光在闪动。

我没有继续追问缘由，只是静静地望着他。

看来，黎谷良真的被妻子伤到了，并不是他一开始说的仅是嫌他没能力赚钱这么简单。

黎谷良看出我内心的沉重，又反过来安慰我，想缓和一下压抑的气氛。

“你这人怎么一点好奇心都没有？我都快流眼泪了，你竟然无动于衷，不问为什么。”

我“呵呵”了两声，故作轻松地说：“你刚才说了，上海男人老要面子的，我怎么好意思问你真相？”

“你这人没劲。”

黎谷良说着，拿起茶几上的一包纸巾，抽出一张，擦了擦眼睛，之后双手垫在脑后，背靠枕头说：“陆可俊外面有男人。”

“不会吧？你俩一个村的，又是初中同学。这种事没有捉奸在床，光凭猜测或者从别人嘴里说出来，不好作数的！”我做惊讶状，同时模仿黎谷良的娘娘腔说道。

“我晓得的呀！这种事没有依据，不好乱讲的。她自己亲口说的，是一个离了婚的男人爱上了她。那个男人说，只要我老婆离婚跟了他，就把她户口迁入上海，房产证写上她名字。”

“你俩的孩子呢？”我小声问。

“没孩子，怀两次都流掉了。听医生说，她现在怀不上了。”黎谷良的语气有点幸灾乐祸。

“不是吧？你老婆都这样了，那个上海男人图你老婆什么？

难道你老婆貌若天仙赛貂蝉……”

黎谷良打断我的话，生气地说：“别你老婆你老婆的，成心恶心我，说她名字。”

“哦，叫什么来着？陆可俊？人如名？可人？俊俏？”我问。

“当初还真有那么点可人，现在看，也就那样吧！”

黎谷良说话的腔调很像某一个电视节目的主持人。

“所以呀，我更不明白了，上海男人图你老婆……陆可俊什么？都长成你说的那样了，又不能生孩子，还甘愿为她倒贴？要不然就是陆可俊在上海男人身上重获了你给不到的爱情？”

“那个男人六十多岁了，退休前也就是个工人，两年前死了老伴，一儿一女成家了，儿女不愿接他同住。”

“你怎么对那个老男人了解得那么清楚？”我惊讶地问。

“陆可俊亲口说的。”

“她当面和你说得这么详细，就不怕你揪着她头发揍她一顿？我好奇你能如此平静地听她讲述，不生气？”

“我诓她说不生气，也不怪她……”

我不知该说些什么，只好故作深沉。深沉久了，有点尴尬，又端起茶杯喝起水来，以掩饰无语形成的沉默。

我集中精神，搜肠刮肚，拣词择句，准备回答黎谷良的问题，却听到他说：“人活着都不容易，包括那个破坏我家庭的退了休的男人。他有子女，却都不愿赡养他，他的晚景也是一片凄凉。他无非就是用手上握有的、陆可俊向往的房子和户口，骗她照顾他的晚年。”

我点点头，黎谷良说得有一定道理。

我不相信黎谷良的妻子真的能从一个六十多岁的男人身上得到爱情，最大的吸引力是她能住进自己名下的房子，名字落在盖有上海公安局公章的户口簿上。

我忽然觉得黎谷良是个善良的男人，面临家庭破裂，仍能同情破坏自己家庭的男人。

会不会有另一种可能，黎谷良发现自己没有能力满足妻子的物质需求，于是便自毁人格充作自我反省。

别的男人能为妻子做到的事，自己却做不到，身为男人，不进行反省，妻子迟早不能容忍。

可是，我不明白，陆可俊说服丈夫离婚的条件是别的男人对她物质上的许诺。

我们时常听到这样的议论："人生苦短，活在当下。"陆可俊的行为算不算为了活在当下的觉醒？

这个老男人给陆可俊许诺的条件，可能是她拼到死也无法实现的梦想。

陆可俊把什么都豁进去了。

话说回来，黎谷良与陆可俊的结合，是有爱情基础的，就算婚后经历七年、十年之痒，爱情变成了亲情，过去的夫妻感情也是真实可靠的。

可是，如今又有多少对夫妻的感情能在利益面前经受住考验？

那么，任千雅为何离开沈小丛？也属于经受不住某种诱惑吗？

鱼妮当年离开我呢？

此时，我感到一阵阵心悸，有一种无法掩饰的疼痛，针刺般从心脏中心往外辐射。

我手捂胸口蜷缩在床铺上，一丝寒意游丝般从袖口渗进体内，我浑身开始出冷汗。

我不知道自己何时落下的这种毛病，不能想起鱼妮，无论何时何地想起她，我都要经受心头针刺的疼痛。

“你怎么了？肚子疼吗？”黎谷良紧张地弯腰问我。

“我没事，倒杯热水给我，喝口水就好了，最近工作有点累。”

喝了杯热水后，心口绞痛稍稍得到缓解，我又想起了沈小丛，看表已经是晚上七点了，仍不见他回来，我愈加担心。

“要不要报警？”我紧张地问黎谷良。

黎谷良沉吟片刻说：“你懂深圳，你决定。”

我暗自后悔，这不是给自己找事吗？当着黎谷良的面又不好说出口。

正当我决定打 110 电话，手机还没从口袋里掏出来时，手机铃声却响了起来。看显示屏，是区政府总机号码。我还以为是单位领导找我加班，心想，这个时候加班，是要赶材料吧。

兀自疑惑中接通手机，我听到一个陌生男人的声音。

“喂！你是李非柳吗？”

“我是。您哪里？”

“我是大门值班室，你有朋友叫沈小丛吗？”

“有，沈小丛在哪里？”

“你到区政府东门来一下。”

对方说完挂断了电话。

我听出了门卫说话语气的不耐烦和气恼，不过，得知沈小丛就在大门口后，我的担心也解除了。

“走，沈小丛回来了，他在大门口，刚才是保安打来的电话。”我兴奋地对黎谷良说。

我与黎谷良来到区政府大院东门，见到沈小丛被两名保安拦在铁栅栏外，双方正在争执。

一名保安表情严肃地问我：“这人自称是你朋友？你怎么会有这样的朋友？”

保安的话让我别扭，同时也让我摸不着头脑。

我正了正脖子下的衣领子，表情严肃地问：“怎么了？我这个朋友怎么了？”

“你这个朋友牛哄哄的，窜（牛）得不得了。”操广东客家口音的保安说。

“窜得不得了？”我对保安说的话将信将疑。

“你看他这样子，不让他进来，嗓门大得不得了，好像他是这里的老大，想进就进。”

另一名保安喷着口水训斥着沈小丛。

“你牛什么？我在这里上班，你是干什么的？你找人又怎么样？就是不让你进！”

沈小丛指着大门边的牌子说：“这上面写着福田区人民政府，人民指的是谁呀！你是人民，我也是人民，我怎么不能进？”

“你不是人民，你是刁民。”

与我说话的保安听到他同事说的话，咧嘴笑了。

那名保安也为自己说出这句有水准的话而得意。

我走上前，示意沈小丛别说话，我用商量的口气对保安说：“多大点儿事儿呀，怎么吵起来了？”

“他是你朋友？”保安抬头挺胸地问我。

“你指谁？”

我以为保安指的黎谷良。

“外面那个。”保安抬起下巴示意我。

“是我朋友。”我回答。

“你在区里上班？”

“我在24楼，你知道《莲花山》杂志吗？”我认真地问。

“哦！24楼呀！《莲花山》杂志？没听说过。”

“嗯！职员，跟你差不多。”我微笑作答。

黎谷良看出保安对我不屑的态度，嘲讽地说：“你平时不读书吧？《莲花山》你们不知道？他是你们区的作家你更不知道了。”

我连忙摆手制止黎谷良往下说。

两名保安对视一眼。

“看看你的朋友，像什么样？”另一名保安指着沈小丛说。

“他是什么样，我看看。”

我借着路灯昏暗的光线，打量了一下沈小丛。

衬衣从袖口撕到肩头，像一块门帘缠绕着胳膊，一只眼圈乌青，一只鼻孔塞着一团纸巾，手上还拎着一只皮鞋。

沈小丛这副狼狈样，让我惊讶的同时又让我忍不住笑出了声。

沈小丛隔着铁栅栏神情倔强地望着我。

“看看你，像是刚从战场上下来的伤兵，哪还像武汉某大学的研究生？你跟谁干架了？”

原本嘲弄沈小丛的保安，轻视完了我，正不屑一顾地吊起眉毛眯眼斜视着沈小丛，听到我说沈小丛是某大学的研究生后，吊起的眉毛立即放了下来，抻直目光，不再斜视。

我假装没看到保安心理上的细微变化，对他说 ：“我朋友还是学生，昨天刚来深圳，住在区招待所，今天不知跑哪儿跟谁干了一架。”

保安干咳几声，笑了笑说 ：“人生地不熟，还是不要乱跑，深圳外来人员多。”

我盯着保安胸前的号码牌说 ：“听你口音，是客家人？”

“对对，我是客家人，新宁的。”保安说。他之前的傲慢被抹净了，一下子变得精神饱满、表情兴奋、笑容媚态。

“你叫什么名字？”我问。

“程月容。”

“程月容，这名字挺中性的。让我朋友进来吧，他住招待所，得进去换衣服。”我对程月容说。

程月容操纵手上的黑色遥控器，铁栅栏缓缓地往右侧移动。

沈小丛侧身从铁栅栏的开口处走进来。

另一名保安问 ：“你在武汉读大学？湖北人？”

沈小丛看了看问话的保安，说 ：“是，我在武汉读大学。是，我是湖北人。”

我听到沈小丛说自己是湖北人，愣了一下，看他挑眉毛的表情，知道他有意揶揄保安，报复之前对他的态度。

保安果然上当了，连忙说：“你看看，大水冲垮龙王庙喽，搞了半天，咱俩还是老乡。”

“哼哼，是吗？你是湖北哪里的？”沈小丛嘲讽地望着保安，鼻孔里挤出了冷笑。

“襄樊。”保安说，明显没听出沈小丛在揶揄自己。

“哦！我是武昌的。”

沈小丛用像模像样的湖北话与保安对话。

我担心沈小丛往下会说出什么过激的话，弄得大家都不愉快，于是对两名保安说：“都说深圳人来自五湖四海，这下真遇见老乡了，有空老乡一起聚聚。”

两名保安见我热情，频频点头。

人与人之间从尴尬转变为热情，首先要扭转虚假的表情。

我拉起沈小丛小声说：“回去换件衣服，洗一把，然后出去吃饭。”

三

沈小丛穿过新洲路桥洞，沿滨河路一直往南走。他不知道要去哪儿，只是一个劲地走，大脑不停地出现各种画面，像边走路边看电影。

电影里只有两个人物——沈小丛和任千雅。

镜头一：沈小丛与任千雅在大学食堂相遇。

食堂里就餐的学生熙熙攘攘，买饭窗口排起了老长的队。

一名短发女孩站在沈小丛前面，轮到她买饭时，她翻遍所有口袋都没找到学生证。排在她身后的同学以及橱窗内食堂工作人员的目光齐刷刷地扫向她，她脸色通红，异常窘迫。她看了看周围，没找到同班同学，无奈地准备离开窗口。沈小丛见状，举起学生证在读卡器上扫了一下，小声说："忘带了吧。快去拿饭。"

女孩愣了一下，惊讶地看着沈小丛，下意识地抬手撩一缕短发夹在耳后，露出耳后白嫩的皮肤。

“快端走，后面等着呐。”沈小丛催促道。

女孩面露羞赧，轻咬嘴唇，顺从地端起餐盘。

沈小丛看到她脸上淡粉色的羞涩，像泼在玻璃板上的泉水，扇形延伸，洇透耳朵后面的白净，他的心头结结实实被撞击了一下。

他是第一次这么近距离看女孩脸上游动的羞涩，一种近乎完美的迷人。

女孩子端着餐盘回身小声说：“谢谢，回头我还你。”

沈小丛说：“高利贷，利滚利的。”

女孩笑了，笑得很浅。

沈小丛吐了吐舌头，鬼鬼地龇着牙，脑袋上下晃动着。

女孩被逗笑了。

沈小丛端着餐盘，跟在女孩身后，寻找座位。

女孩神情有些犹豫，她回身看了看沈小丛，径直往后排空座走去。沈小丛跟在她身后，心中也犹豫。他想，是否跟着她。这么跟着，明摆着要认识她，等她还饭钱。

沈小丛停下脚步，故意与她落下一大截。他四处张望，寻找座位。

走在前面的女孩找到空座，坐下来，望着沈小丛，明显是在等他。可是，沈小丛没往她坐的方向张望，假装不知道她已经找到了座位。

过道边，有一名同学吃完饭站起身，沈小丛乘势背对着女孩坐了下来，埋头吃饭，做出一副把刚才的事忘了的样子。

沈小丛自始至终没抬头四处张望，他一直感觉背后有一双眼睛在盯着自己，后脑勺和后背麻酥酥的。他担心遇到她的目光，自己先脸红。

其实沈小丛心里并不平静，他不停地问自己："这么好的机会，为什么不过去认识她一下？"可是，他的心里又冒出另一个声音："你得有点男人样，不就是替人家付了十块钱饭钱而已，别以此为借口，俗不可耐。"

这顿简单的午饭是沈小丛读大学以来吃得最久的一次，他有意慢吞吞地磨蹭，有意避开与她在食堂再次接触。他担心，如果目光再碰到一起，他会像她那样羞涩。

沈小丛拖拖拉拉地吃完饭，端起空盘子往食堂外走的时候，他用眼角余光扫过女孩坐过的位子。座位空了，沈小丛虽觉失落，却松了口气。

当他放回餐具，走出食堂的时候，心里却又冒出了另一个声音："错过这次机会就再难遇上她了，你后悔了吗？"

沈小丛后悔了。

镜头二：时间，一个星期后。地点，仍是与不知名女孩相遇的食堂窗口。

沈小丛每天中午用餐都会来这个食堂窗口，时间过去了一个星期，再没遇上过那个女孩，他有些心凉。可是，他的心中始终有一个声音提醒他说：她会来的，你一定会在这里再次遇见她。

第二天要考英语，沈小丛临时抱佛脚，排队买饭时也没忘了戴上耳机专心听英语，他眯着眼睛，没四处张望。

沈小丛随队伍慢悠悠地晃到窗口，这才摘下耳机，点好要吃的菜，摘下挂在胸前的学生证。刚要伸向读卡器，他看到一只素手抢在他前面，嘀一声之后，一个女生说："这是利息，本金下次还。"

沈小丛侧脸一看，正是她，诧异之余满心惊喜。

"是你？"沈小丛说话的声音微微颤抖。

"怎么了，黄世仁，不认识杨白劳啦？"女孩调皮地歪着头，看着沈小丛又小声说，"装矜持。"

沈小丛笑出了声。

"你没忘了我说的利滚利的话？"

女孩没理沈小丛。

他上下打量着她。

女孩身着蓝色长裙，黄色发卡拢住短发，露出光洁的额头。脚上穿着黄色人字拖鞋，露出长裙外的一双纤细的脚，脚趾白嫩细腻。

沈小丛心头突突乱跳，见她调皮地望着自己，心里说：想不到漂亮女孩也挺贫的，那好，我跟你贫几句。于是，沈小丛暗示自己镇定下来，歪着头说："女杨白劳？还这么漂亮，如果我是黄世仁直接抢女杨白劳。"

"男人都不是好东西，你也像黄世仁那么好色吗？"

"要分时代，如果黄世仁活在这个时代，他也会送花给喜儿，用高雅的方式追求他向往的纯洁爱情。"

女生没再接话，却笑得咯咯的。她伸手在橱窗内的菜盆点了几下，又举起学生证。沈小丛看到电子屏显示"任千雅"三个字。

沈小丛还想贫几句的，但听到身后一个男生酸溜溜地说："你俩话剧社的吧？演买饭剧？还要演员不？"

任千雅没说话，只是笑，端起盘子径直走到最后一排，坐下来。

沈小丛坐在她对面。

"千雅，很好听的名字。"沈小丛说。

"我知道你叫沈小丛。"

"啊！你在暗恋我？"沈小丛有些惊慌失措，睁大了眼睛，张大了嘴。

"你在臭美。"

"嘿嘿。"沈小丛鬼鬼地笑了。

"吃饭吧。"任千雅小声说。

沈小丛听出她语气中的温柔，心底又一次"咚"地被撞击了一下，手举着筷子愣在那里，目光如痴如醉。

"怎么啦？刚才不是反应挺快的吗？现在变傻瓜了？"

"我在原地等你，你出现一次就好，这一次不会让你再从我眼前消失了。"

"那你为什么要远离我？"

"因为我相信这辈子一定能再遇到你，那时候，我一定走近你。"

"那时候，你不来我不老。"

任千雅说完，羞赧地低下头说："吃饭吧！我们班几个同学盯着我看呢。"

"哪儿呢？"

沈小丛想回头看看任千雅的同学是谁，她手上的筷子随即轻敲在他手背上。

“别回头，一个大男人哪来这么重的好奇心？”

沈小丛赶忙低下头，吐了吐舌头，心想 :“小丫头好厉害。”

沈小丛和任千雅从这天开始了约会。

沈小丛没想到自己的爱情会以这种方式开始。后来他才知道，食堂相遇并非偶然，是任千雅专门设计的。用任千雅的话说就是 :“我虽然是学财经的，但是设计这点小误会，要这么点小聪明，没有什么技术含量”。

沈小丛听了，心像掉进了蜜罐子里，甜得他几天没睡好觉，他真的没想过会有一个女孩子在不知不觉中对自己动脑筋。

沈小丛问任千雅从什么时候开始注意他的，任千雅说，近一年了。

沈小丛听了，不由自主地“啊”一声惊叫，激动得浑身哆嗦。

他想，如果这段时间自己与别的女同学发生恋情，或者有点暧昧，岂不是逃不过她的眼睛？那时候她会悄悄退出，再不出现吗？

沈小丛心中暗暗庆幸自己没有急着谈恋爱。

……

沈小丛沿滨河路人行道不停地走，大脑里重复播放着与任千雅在大学食堂初次相识的情节，台词就两句。

沈小丛说一句，任千雅说一句。

“我在原地等你，你出现一次就好，这一次不会让你再从我眼前消失了。”

“我相信这辈子一定能再遇到你，那时候，我一定走近你。”

沈小丛像个病人一样，嘴里念念叨叨、叽里咕噜地像倒豆子：“我来了，你出现一次就好……”

他的脚步急促，不知是脚步配合语速，还是语速跟着脚步，路人看了像个精神病人。

沈小丛的大脑停不下来，往事不断地往外倒，像在抽电影的胶片，他看到自己和任千雅的点点滴滴都印在薄薄的胶片上，抽多了，揉成一团，随手扔进风中。

他看到自己被挂在树梢上荡秋千。

他不清楚自己是要把任千雅从大脑里赶出去，还是渴望与她在下一个红绿灯路口不期而遇。可是，菜花头说的话像一根钉子一样钉在沈小丛的大脑里。

她真的和另一个男人住在一起吗？

沈小丛被这个问题击倒了，他恍恍惚惚，脚下飘忽，东倒西歪。

人行道不宽，偶尔有骑自行车的人和行人通过，几次差点和他相撞，旁人心惊胆战，他却毫无察觉。

这时，迎面并排走来两男一女三个年轻人，他们身着深蓝色西装，女孩走在中间，凸前一个身位，两个男孩子像保镖一样守护左右。他们同是房屋中介职员，两个男孩长得挺帅，唯一的区别是，一个瘦高长脸，一个圆胖脸。

女孩子知道两个男生同时喜欢自己，他们表面和气，却在暗中较劲，默默示好，可是，谁都没公开向她表白。

两个男生没谁抢先表白，担心先表白会被拒绝，没了机会也丢了面子。于是，两人唯一的手段是在女孩子面前较着劲地表现大方，装得像个成熟男人，还要显得够兄弟义气，表面看起来其乐融融，心中却都暗暗较劲。所以，两个男生千方百计地讨好女孩，女孩则乐于享受他俩的呵护，对谁也不拒绝。

圆脸男生说："昨天小顾对她男朋友发脾气，叫男朋友滚。男朋友说'你让我滚，我滚了，如果你想让我回来，对不起，滚远了'。"

女孩听了直乐，侧身举起拳头捶了圆脸男孩一拳说："我只对你说，给我滚回来。"

瘦高男生见女孩笑得花枝乱颤，心生醋意，于是也绞尽脑汁想怎么逗笑女孩。

原本人行道就窄，三个人又是并排而行，沈小丛从对面过来，让他们无法并排通过。

可是，三个人谁也没想着避让。

两个男生估摸着对方会自动避让的，一个人，势单力薄，量他不敢与三个人较劲。

神情恍惚的沈小丛大脑乱如麻，他见到对面走来穿西装的女孩子，眼睛就直盯着她看。他送任千雅来深圳的时候，她穿的也是浅蓝色西装。

沈小丛望着穿蓝西装的女孩，迷乱的眼神忽地一亮，如着了魔一般直勾勾盯着她迎上去，没看到女孩身边有两个男生。

女孩并未注意对面男人反常的表情，她无暇他顾，忙于应付身边两个男人，平衡他俩争风吃醋的胜败情绪。

守护女孩左右的男生见沈小丛毫无避让之意，眼睛还直勾勾地盯着心爱的女孩，既惊讶又来气。

沈小丛望着穿西装的女孩，心里只有一个声音："千雅，千雅……我终于找到你了。"

等到女孩发觉有个男人径直冲自己走来，躲闪已经来不及了，只觉得眼前一黑，一头扎进沈小丛怀里。

原本长脸、圆脸男生有时间阻拦的，偏偏在这一瞬间，谁也没主动挺身而出。

原因是长脸男生被圆脸男生巧妙地骂成孙子，长脸男生在女孩面前失了面子，心里正自懊恼，主要精力正用于满世界找回击的段子。

圆脸男生有心让长脸先出手，因为以往需要武力解围时都是长脸男生仗身高优势抢先出手的。圆脸男生明白，经常靠武力解决问题的男生，天长日久，不会讨女孩子喜欢。圆脸男生见对面陌生男人冲过来，反而放慢脚步，自觉错后两个身位。

因此，他俩眼睁睁地看着心爱的女孩撞进陌生男人的怀抱。

沈小丛抓住女孩的胳膊，颤声说："千雅，你在这里呀，终于找到你了，不要离开我。"

女孩子"哎哟"一声惊呼，手推脚揣，口中大骂："流氓，流氓。"

女孩叫声夸张而虚假，外人听了，以为她被调戏，吃了大亏，其实她故意撒娇，让两个男生注意她。

这时，长脸、圆脸清醒过来，两人像上足劲的弹簧，猛一松劲，“当”一声弹起来。危急关头，谁敢第一个冲上前出手相救，说明谁更关心她，更在意她，便能赢得她的爱。

沈小丛并没撞疼女孩，是女孩惊慌撞进他怀里，他顺势张开怀抱，抱住她。

长脸男生抢先上前把女孩从沈小丛怀里夺过来，搡开沈小丛，抱住女孩，双手轻拍女孩肩膀，柔声问：“哎哟！撞到哪儿了？疼吗？”

女孩双手捶打长脸男生的胸膛，跺着双脚，带着哭腔说：“你没用，眼看我给别人欺负……”

长脸男生见状，顺势将女孩搂在怀里。

圆脸男生见女孩被情敌搂在怀里，又气又急，想上前将女孩抢过来，却不知从何下手，急得眼都红了。恰见沈小丛神情惶惑地望着长脸男生搂着哭泣撒娇的女生，傻愣愣地站着不动，圆脸男生找到了发泄点。

他走上前，抬起手抡圆了，照着沈小丛的脸抽去。

“啪……”响声清脆。

女孩听到清脆的耳光声后，挣开了长脸男生的怀抱。

她见圆脸生男正怒不可遏，一副英雄气概，他竟然敢出手抽非礼自己的男人的耳光，为自己出气。女孩走近圆脸男生身前，拉起他的衣袖，娇滴滴地说：“打他，他轻薄我。”

圆脸男生受到鼓励，再次举起手，用手背反抽沈小丛的脸。

沈小丛被抽醒了，明白自己错把别人的女朋友当任千雅了。

长脸男生见女孩对圆脸男生撒娇，心中发急，不甘示弱，挺身上前，一记直拳打在沈小丛的鼻子上。

沈小丛满怀歉意，鼻子酸痛，眼泪鼻涕鼻血止不住地流了下来。他伸手抹了一把，擦在衣襟上，低头站着不动。

圆脸男生把对情敌的怒气，全部运在了手上。在他看来，原本自己占了上风，因为沈小丛的突然闯入，心爱的人被情敌抱在怀里占了便宜。圆脸男生越想越气，两记耳光仍没解恨。他跳起身，飞起右脚，踢在沈小丛的肚子上。

沈小丛闷哼着倒在地上，五脏六腑如翻江倒海。

他倒地的同时，手机从裤子口袋里滑了出来，摔在了马路牙子上，"当啷，"手机后盖与机体分离。

沈小丛没叫痛，也没求饶，他知道自己有错。

片刻之后，沈小丛忍着疼痛爬起身，默默地捡起手机，捏上后盖，也没看是不是摔坏了，便塞回了裤袋。之后，他双手顺从地贴着裤缝，目光低垂地望着地面。他想，不还手，不还口，这样认错应该能得到女孩的原谅了。

女孩见沈小丛知错的样子，随即停止了假哭，拉住圆脸男生的手柔声说："别再打了，打伤人了不好。"

长脸男见女孩用崇拜的眼光望着圆脸男，心生嫉妒，于是跳起身，照准沈小丛的小腹飞起一脚，虎虎生威地踢了过去。

长脸男想大显身手，他想，凭自己高挑的身材，肯定比胖子踢得高。

长脸男这一脚确实如他想象的那样踢得很高，但脚不是踢向沈小丛小腹，而是胸口。

沈小丛虽然低垂着目光看着地面，但当长脸男起身提脚时，他看到了。当带风声的脚踢到面前时，他不敢再用身体承受，而是急忙撤身避让。

沈小丛避过飞脚，右脚顺势勾了一下。

长脸男右脚踢空了，身子站不稳，直往前冲，左脚恰好被沈小丛勾中，身子失去重心，往左前方斜冲出去，迎面结结实实地磕在了草坪里。

长脸男想大显身手，反而弄巧成拙，出了洋相。他不干了，爬起身恼羞成怒，像条疯狗一样挥拳冲向沈小丛，破口大骂。

长脸男骂骂咧咧地揪住沈小丛的衣袖，“刺啦”一声，硬生生把沈小丛的衣袖从肩膀处撕开。

女生吓得连声惊叫，声带哭腔，这回不是假哭，是真的吓哭了，她说：“你们别打了，谁敢动手我就不理谁了。”

圆脸男听了，大度地走上前，笑嘻嘻地拉住长脸男生，说道：“算了！他不是你对手。”

长脸男掸落裤腿上的青草叶说：“敢还手，我弄死你。”

沈小丛没作声，他知道瘦高男生在骂自己，但没听懂骂的是什么，就没往心里去。

其实沈小丛没想动手，也无心摔他跟头，更无心让他在女朋友面前出洋相。

两个男生哄着女生走了，长脸男余怒未消，心有不甘，回头以警告的眼神看了沈小丛一眼。

沈小丛见三个人走远了，这才感觉到浑身酸痛，倒在了草坪上。他不想走了，也走不动了。

早上环卫工人给草坪浇过水，草梢水珠未干，凉意透过衬衣渗进沈小丛体内，让他发烫的大脑冷却了下来。

沈小丛四仰八叉地躺在草地上，他不知道走了多远，也不知道这是哪儿。

他揉了几下被踢痛的小腹，捏了捏挨拳的鼻子，用鼻孔轻轻吸了几下，尚能通气，估计伤得不重，便没往心里去。

沈小丛闭着眼睛问自己，怎么糊里糊涂的，像失去记忆的行尸走肉。

再想起任千雅，沈小丛只感觉心中委屈、鼻子发酸。

他望着一碧如洗的天空，心中默问："千雅，你在哪里？失去你，我还有什么？为什么不能等我毕业？"

沈小丛心头针扎般地刺痛，泪水止不住地顺着他的眼角往下淌，滴进草丛里，有几滴挂上了叶梢。

之后他闭着眼睛，不敢睁开，他怕睁眼看到明晃晃的太阳和碧蓝的天空，自己仿佛走进猎人的埋伏圈，整个人被猎枪的准星套住。他想把自己关进没有人的黑屋子，置身黑暗之中，也许这样能让内心安定些。

沈小丛蜷缩在草坪上，瑟缩一团，身体簌簌发抖。

行人见状，以为他得了重病。

这时，一辆城管执法车经过，见到沈小丛躺在草地里，带队的队长说："草坪上睡觉，形象不雅，有碍观瞻，下去看看。"

两名城管走近沈小丛身边，见他双手抱头浑身发抖，像是生病了。

“先生，你是不是病了？”一名城管问。

“你看，好像刚打过架，袖子破了，脸上和手上还有血。”另一名城管说。

“可能伤得不轻。”说话的城管走回执法车边，对带队的队长说：“覃队，这人好像打过架，伤得不轻，要不要送去医院。”

姓覃的队长听了，拿起大檐帽扣在头上，说道：“打架？报警呀！”

他说着开车门下车，走到沈小丛身边，轻推沈小丛的肩膀问道：“你怎么样？没事吧？要不要去医院？”

沈小丛睁开眼，见身边围着几个穿制服的人，浑身一激灵，醒神了。他胳膊肘撑地，爬起来，坐直身子，揉了揉眼睛，看到对方制服的袖子上有“行政执法”四个字，知道来人便是城管。

“打架了？发生了什么事？”覃队长问。

“我没还手，我被打了。”沈小丛说。

“要紧吗？需要去医院吗？”覃队长关切地问道。

沈小丛心存感激，摇了摇头，就在这时，一股鼻血“呼”地从沈小丛鼻子里涌了出来，染红了衬衫前襟，他慌忙用双手捂住鼻子，仰面躺在地上。

几个城管也吓了一跳。

覃队长见状后立刻说道：“你伤得不轻，小心伤到大脑了，赶快坐我们的车去医院检查一下。”

沈小丛还要拒绝，覃队长已经上前一步，俯身托住他的头，同时对队友说：“来，搭把手，送他去医院。”

几名城管合力上前，将沈小丛扶起来，扶他坐进车内，随即送他去了医院。

路上，覃队长几次问沈小丛要不要报警，沈小丛不好意思地说是自己认错人遭打了，连声说不用报警，是自己有错在先。

覃队长没再深究。

城管人员将沈小丛送到急诊室，覃队长见沈小丛掏不出钱，便主动掏钱帮挂号，又交了留院治疗的费用，还给医生留下了自己的联系电话。

覃队长交代医生说，如果留下的钱不够，就打电话给他，他再送来。

初时，医生以为沈小丛是被城管打伤的，见伤者没有抱怨，还满口感激之情，明白是城管在做好事。

医生给沈小丛做了全身检查，没有发现内伤，于是给他开了消炎药，打了消炎补水的点滴。沈小丛躺在医院病床上，望着手背插着的针管，百感交集。

昨天才来的深圳，今天就发生这样的事。

虽说被陌生人打了一顿，内心觉得委屈，但想到又是陌生人把自己送进了医院，还掏钱给自己治疗，心头还是感觉热乎乎的。

他望着药水一滴一滴不紧不慢地流进血管，心情慢慢跟着平静了，也不再去想任千雅在哪儿了。不知不觉，沈小丛睡着了，医生给他拔了针管，没叫醒他。其间覃队长又来医院看望了他，见他睡得正香，便没去打扰他，结清医药费后就走了。

沈小丛醒来时，已近黄昏。医生告诉他，医药费结清了，他的身体也已无大碍，不需要再住院治疗了。

沈小丛知道医药费是城管队的覃队长付的，就问医生覃队长有没有留下联系电话，要还钱给覃队长。医生告诉他，本来城管写了联系电话的，不知为何又把字条拿走了，看样子是想做好事不留名。

沈小丛听了医生的话后心中充满感激，经过回忆，他记起了覃队长的长相，相信能找到他，到时把钱还给他，还要当面表示谢意。

吃晚饭的时候，沈小丛对我们讲述了自己的离奇经历。

“明天带我去找那两个王八蛋，我替你报仇雪耻。”黎谷良拍着沈小丛的肩膀说。

我想起黎谷良说过，他中学辍学后，离家出走去河南武术学校学过几年武术。

我说：“别把事弄大了，男人之间争风吃醋争面子的事，不是非得动拳头才能解决问题的。”

我制止住黎谷良的怂恿。

沈小丛揉揉鼻子，不好意思地说：“也怪我，错将别人的女朋友当任千雅了，惹恼了两个爱她的人。”

我与黎谷良对视一眼，黎谷良明白了我的意思。

我的判断没错，沈小丛果然去新洲九街找房东了。

“你下一步怎么打算？”我问沈小丛。

“不知道，我读研究生是为了任千雅，如今毕业了，这个文凭却没什么意义了。”沈小丛忧郁地说。

我和黎谷良都没接沈小丛的话，三个人面面相觑，各自闷闷不乐。

我之所以不开心，是因为被他俩的情绪影响了，想着如何分别劝导他俩。

在我看来，他俩比我幸运得多。当年我在深圳独自承受着失去鱼妮的痛苦，没有诉说对象，像中了慢性毒药的病人，由自己慢慢排解这毒素，只有我知道，毒性至今仍没有根除。

我不知该如何劝慰沈小丛，劝他把目光放长远之类的废话懒于说出口。

失恋是揣在怀里的冰块，得靠当事人的体温焐热融化。

都是成年人了，孰轻孰重，无须费口舌。失恋的心结只有当事人自己想通了，放下了，问题才能解决。

其实我能看出黎谷良也心事重重，只是在我和沈小丛面前装作若无其事罢了。黎谷良到深圳之后，陆可俊没有给他打过一个电话，可想而知，他在陆可俊心里已经没有地位了，他在与不在无关紧要。

黎谷良宣称自己对陆可俊没有感情了，如果真如他所言，他的心情应该是轻松的，离开上海对他来说是一种解脱。可是，从他沉默寡言、心不在焉的表现中不难看出，他仍在意陆可俊。当年我和他在北京相识时，他是很健谈的。

我不想问黎谷良下一步如何打算，在深圳躲几天清静或许能暂时缓解个人内心的痛苦，却无法解决夫妻间的问题。

昨晚他俩都喝多了，说好今晚不喝酒的，但我见他俩心情都不好，弄得我也没情绪，心情跟着不畅快，于是干脆叫服务员拿来一瓶高度白酒。喝点酒让大家打开了话匣子，话说出来了，焦虑的情绪也能得到缓解。

一杯酒下肚，由喉咙烧到了肚里。

黎谷良的眉头逐渐舒展了。

为了缓和气氛，我绕开话题对沈小丛说："明天我帮你找城管的覃队长，今天多亏他出手相助。"

沈小丛点点头对我说："你是我来深圳后碰到的第一个好人，覃队长是第二个。"

"我不是好人？"黎谷良说。

"黎大哥，你是我兄长。"沈小丛说。

黎谷良拍了拍沈小丛的肩膀，原本他就是想逗沈小丛开心的。

"你原本计划毕业了来深圳工作的，现在还有这打算吗？"黎谷良问。

"我不知道，我现在没心情想工作的事情。深圳比我想象中要好，可是，我现在整个人都是空的，我不属于深圳，深圳也不属于我。昨天刚到深圳的那种美好印象，仅过了一夜，都离我远去了。"

我没有发表建议，沈小丛此刻的心情与我当年没找到鱼妮时的心情是一样的，我只是拿起酒瓶给他俩的杯子倒满酒。

"谷良，你在上海打拼有十余年了，结婚也已五六年了，你总结一下，作为男人，事业和婚姻你收获了什么？"

黎谷良端起酒杯，沉吟良久后喝干净了杯中的酒，放下杯子的时候，我看到他眼眶有些发红。

黎谷良说："这个话题说起来很长，又很沉重。我用下面几句话来概括吧！收获了几件能塞满行李箱的旧衣服，一把钝了刃的剃须刀，一段想恨又狠不下心的旧情，一张能花到下个月的银行卡。"

沈小丛的心情被黎谷良沉重的表情带进去了，他不知道黎谷良是为了逃避妻子的背叛才逃来深圳，他此时明白，这世上不是只有自己遭遇了不幸，来深圳的男人有的丢了爱情，有的为了逃避不幸的婚姻。

沈小丛瞪大眼睛望着黎谷良，欲言又止。

黎谷良故作轻松地笑笑，又扬起眉毛，说："你刚毕业，我不想破坏你对美好爱情的期望。用上海话讲，现在的小姑娘不要太现实哦。"

我被黎谷良的话逗笑了，我发现他最可爱的时候是说上海话的时候，虽然我听起来没那么顺畅，但仍让我听出了戏剧的韵味。

"不是只有上海小姑娘现实，哪儿的女孩子都一样，你没钱，怎么让她放心跟着你？"

黎谷良和沈小丛眉头紧锁，沉默不语。

沈小丛刚出校门，生活中的许多阴暗面还没亲身接触过。

黎谷良端起酒杯，在我的杯上碰了一下，说道："兄弟，谢谢你在深圳收容我这条流浪狗，明天我去找工作，在上海跌倒了，就在深圳爬起来。深圳是特区，有包容心的。"

沈小丛迷惑地端起酒杯，举在嘴唇边没喝，望着黎谷良喝完了，沈小丛问："黎大哥，你要在深圳找工作？"

"我回不去啦，我在上海没牵没挂，没房子，没妻子，没票子，网上写点小说换不来房子。来深圳，我要换个活法，自己找工作，赚香烟老酒钱。"黎谷良故作风趣地说。

我看到沈小丛看黎谷良的目光里充满了敬佩。

沈小丛喝完杯里的酒说："黎大哥，我跟你一块儿去找工作。我暂时不确定我的爱情是不是已经在这里弄丢了，我内心仍不相信菜花头说的话，我甚至怀疑他骗我。千雅在我心里不是朝三暮四的人。"

我没说话，望着他俩，点点头。我知道点头不代表赞同，更不是支持，只是不想说出让沈小丛灰心的话。我仰头喝完杯子里的酒。

我说："人得像水，流到哪儿都是自己，千万别把自己装进瓶里。"

这是我说给他俩听的，算是鼓励他们在深圳找到工作。

餐厅开冷气了，我听到陈旧的空调机发出嘶嘶的吹风声。

"我要找到任千雅，亲口听她说，她爱上了别人。"沈小丛坚定地说。

我望着沈小丛视死如归的表情，心中微感悲哀。

服务员端来了干炒牛河。昨晚黎谷良和沈小丛一个劲地说好吃，多炒了一盘也吃完了。但此时，他俩望着碟子里堆起来的河粉，谁也没伸筷子。

"任千雅与你是大学同学，她老家在哪里？"我不经意地问沈小丛。

“湖北襄樊。”

“难怪你与保安套老乡关系。”我呵呵笑着说。

黎谷良问沈小丛：“你女朋友学什么专业？在深圳从事什么职业？”沈小丛说她是财经学院毕业的，听说是在一家港资公司担任会计，之后是财务经理。

黎谷良嘴里嗯了一声，没再说话。

他俩对话的时候，我大脑里冒出江湖流传的一句话：“湘女多情，川妹要钱，鄂女要钱又要命。”这句话在我嘴里转了一圈，没说出来。

以江湖传言定位湘川鄂女孩子的人品，对她们不公平。

四

黎谷良和沈小丛准备在深圳找工作了，我在心里默默预祝他俩顺利找到工作，希望他俩开始人生新的生活。

黎谷良在人生低谷的时候能想到我，是对我的信任。他原本想让我出面帮忙找份工作的。在他看来，我在深圳有几年了，利用已有的人脉帮他介绍一份工作应该不成问题。事实上，在平时生活中，我是个墨守成规的人，下了班看书写作，连朋友聚会都很少。突然想到要为他们找份工作，的确让我大脑一片空白。我在脑海中搜罗了半天，没想到自己与哪个企业老板有交情。

黎谷良见我没表态，便说自己张罗。

隔日，黎谷良去书报亭买了几张深圳本市的报纸，在上面查找招工信息。他举着报纸递给沈小丛说："这上面有许多招聘广告，看看有没有适合你的岗位。我看了一下，有些适合我，我在上面用笔圈过了。你是研究生，条件比我好，工作肯定比我好找。”

沈小丛接过报纸，说道：“我还没拿到学位证，条件与你差不多，你能干的，我肯定也能干。他看到黎谷良信心十足，也激起了自己找工作的信心。他拿过报纸认真地看了起来，看到上面有几处招工信息被红色圆珠笔圈过，便仔细阅读起来。

圈过的广告多是招物流、仓管员、保安、酒楼经理等。没有圈过的大多是招文员秘书，而且只招女性。也有总经理秘书要男性的，多是大学以上文化程度。

沈小丛权衡了一下，打算先找份基层的工作做一段时间，合同不用签太久。他想给自己暂时找一个栖息之所，长期住招待所花费不低，只能等拿到学位证之后再做长远打算。况且，与黎谷良结伴找一份简单的工作，两人也好互相有个照应。沈小丛想到这里，便着重在物流、仓库保管员、保安的几个广告上仔细看。这些职位的招工条件不高，应聘应该不难。

沈小丛说：“黎大哥，你去哪儿应聘我都跟着你。我们去登广告的招工单位应聘，说不准能成。尤其是招聘保安的服装厂，又是招两个人，身高年龄我俩也基本符合。”

黎谷良也想与沈小丛在一个单位。经过两天的相处，他觉得沈小丛这人不错，值得信任。

黎谷良打电话把这个消息告诉了我，我替他俩开心。我对黎谷良说：“明早送你们去招工单位。”

第二天，我早早便起了床，说好陪他俩吃完早饭后送他们去八卦岭。可当我来到招待所时，他俩已经出门了。

黎谷良在公交车上打电话跟我说，他们这两天已经给我添了不少麻烦，不好意思再找我帮忙了，再说两个男人找份保安的工作不算难事。

我想也是，要想在深圳生存下去，首先得熟悉交通路线。八卦岭在福田区，区政府门前有直达公共汽车，交通比较方便。

黎谷良、沈小丛早上起床后，认真地梳洗了一番，一扫心头的阴霾，把心情收拾得跟窗外的阳光一样明亮。黎谷良想，既然要活下去，就得活出样子来，陆可俊跟了别的男人，她看中的是房子和上海户口，她想要的得到了，这也正是自己给不了的，那就不妨放手，何苦伤感缅怀不能自拔？这是自己在深圳应聘的第一份工作，不管怎样，都是新的开始。他觉得干好保安这份工作不是问题，如此想着，心头涌出一股喜悦。

沈小丛与黎谷良的想法不同，他认为，要先让自己的情绪稳定下来，有工作做，有钱吃饭，有地方睡觉，再慢慢寻找任千雅。

黎谷良和沈小丛坐的是早晨第一班去八卦岭的公交车，这时候天还没完全亮，车厢里空荡荡的，加上他俩一共只有四个人。售票员很热情，用普通话招呼他俩坐好，面带微笑地问他们哪站下。

他们换了一趟车，辗转找到招工的服装厂时，已近上午八点。两人在路边小吃摊吃了些早点，然后就去服装公司门外等候了。

令他们意想不到的是，公司大门外的空地上站满了前来应聘的男男女女。沈小丛心想，这家公司仅招两名保安、一名财务和一名文秘，却来了这么多人，他开始担心自己能不能如愿以偿。

大门终于开了，出来三名保安，其中一人在门边贴了一张通知，另两名维持秩序，招呼众人排好队，按顺序叫号进门应聘。

黎谷良觉得有些不对劲，一下子出来三名保安，怎么还招聘保安呢？于是他走上前询问。

维持秩序的保安告诉他，两名保安名额在昨天就招满了，今天招的是财务与文秘。

黎谷良大脑嗡嗡作响，双腿竟然有些发抖，他问："昨天刚登的广告当天就招满了？"

保安说："兄弟，快点去别家应聘吧！过了年找工作的人多着呢！昨天来应聘保安有一百多号人，就两个名额，能过夜吗？"

黎谷良只觉眼前的地面在旋转，他忽然觉得在深圳找份工作没想象中那么容易，此时他有些茫然。

早起赶路，信心像鼓起来的帆，此时风停了，帆布松垮垮的。

沈小丛听到服装公司的保安名额招满后，有些惊讶，但没影响他找工作的信心。他在电视上看到过，每年春节过后，打工潮南下，农民工找工作比较困难。他只是没想到，保安这样的工种，工资待遇不算高，竟然也如此炙手可热。

沈小丛看出黎谷良备受打击，脸上情绪低落，像被正午的太阳晒蔫的叶子。

沈小丛揽着黎谷良的肩膀安慰他说："没关系，咱们去下一家，凭咱俩的条件，在深圳找到一份暂时栖身的工作不会有问题。"

黎谷良脸上勉强挤出一丝笑容，点点头，没说话，心里却在说：我没你有优势，年龄也不小了，却连点像样的技术都拿不出手。虽说闯荡上海的前几年开过餐厅，但那点餐饮水平要在深圳立足是不可能的事。再说，投资餐饮需要大笔资金，自己带的这点钱维持两个月生活都困难。黎谷良的这些话只能放在肚里，表面还得装出年长者的成熟镇定来。

黎谷良和沈小丛离开服装公司后，又去了一家酒楼应聘保安。可是，等他俩赶到公司，名额也已经满了。黎谷良问招聘经理招不招厨师，招聘经理问黎谷良会做什么菜系，黎谷良说会上海菜。招聘经理笑着说："咱们是粤菜，不收上海菜厨师。"

对于第二家的应聘结果，沈小丛已经提前有了心理准备，因此他没有沮丧。

接下来的几次应聘，黎谷良和沈小丛仍按报纸上的招工信息前往应聘。他们虽然起早赶到了招聘点，但都是招满了的结果。

经过打听，他们这才弄清其中缘由。

凡是招工单位有了招工名额，如果招工对象没有学历和技术要求，名额虽是该单位人事部门登报招聘，事实上都被公司内部的熟人介绍占去了。

经历过几次应聘失败后，沈小丛有些动摇了，他无意参与基层岗位的竞争，试图拿出本科文凭应聘更适合自己的职位。但是，一旦应聘成功，签一年或者更长的劳动合同，很不划算。再过一个多月他就能拿到硕士学位，到那时再找工作也可以。沈小丛知道，黎谷良没有高学历，他只能参与基础工作的应聘，而且他目前需要一份工作。如果自己先找到工作离开他，他定会失落的。沈小丛来到深圳，在最困难的时候认识了两个好兄弟，得到了他们的帮助，这个时候他不能丢下黎谷良。沈小丛思来想去，决定继续跟着黎谷良一起去找工作。

沈小丛这回吸取了教训，等报纸上的招聘广告登出来后再去找，肯定迟了。于是，他俩每天起早坐公交车到工业区一间间工厂地看，主动上门应聘，争取第一时间找到用人单位。

春天是深圳的招工旺季，也是在深圳找工作最难的时间段，仓管物流或保安这种流动性大的普通工种还没公开便招满了。如果没有特殊情况，这类岗位的人员不会辞职也不轻易跳槽，他们基本都是来自农村的青年，来城里找份工作不容易，因此他们很珍惜，也很卖力。

黎谷良并不气馁，每天从工业区到美食街，辗转奔走，一间间工厂、一家家酒楼地去打听。他坚信，在上海闯荡了十几年的人在深圳也一定能找到一份合适的工作。

转眼过去了半个月，福田区的几个工业区和几条美食街都让他俩跑遍了，他们竟然都没有应聘成功。有几间酒楼招服务员，但多是要二十岁左右的女孩子。

沈小丛和黎谷良每天早上兴致勃勃、满怀信心地出门，却垂头丧气、无精打采地回招待所。黎谷良看到我时，会露出羞愧的样子。我安慰他俩说，来深圳几个月找不到工作不丢人，你们还不熟悉深圳，满眼都是陌生人，连正常交流都觉生疏，怎么找工作？等你们熟悉深圳、了解深圳了，走在街上不再胆怯了，到那时候你俩就快找到工作了。沈小丛附和说："对呀，我们每天只不过是在福田区寻找，还没走遍深圳呐。"

其实沈小丛有另一个心思，他每天跟在黎谷良屁股后面跑，找没找到工作没放在心上，心思主要放在了从他身边走过的女孩子身上，他希望在人群中看到任千雅的身影，幻想某日在深圳街头与她不期而遇。所以，凡是小公司以及餐厅酒楼，由黎谷良进去问；工业区内的大公司写字楼，由沈小丛负责找人事部。他会先问招不招工，再问做财务的有没有叫任千雅的。

黎谷良没找到工作，沈小丛也没找到任千雅。不过，沈小丛对福田区的商业和工业分布有了大致了解。比如：金地工业区与福田区政府仅隔一条新洲路；上步工业区与华强北电子商业街相连；最具规模也是深圳最早的工业区是八卦岭工业区，如今已经逐渐往商业转型；原本工业区内的大型服装电子等工厂正在往外搬迁。他了解到，深圳正在大力发展高科技信息产业。沈小丛心里清楚，今后的工作方向不会首选工业区。

找工作连连受挫让黎谷良很难过，同时让他难过的是每天黄昏回到招待所后要面对我的询问。我也没想过他俩找份工作会这么难，我看到黎谷良在我问他找工作的情况时，显得面红耳赤、满头大汗。我被他的难堪弄得不忍再问，尤其看到他躲躲闪闪的眼神，如做了亏心事，我只好多方开导安慰，再不询问。

我明白黎谷良的窘态来自他钱包没多少钱了，为消除他的紧张，我把他俩的住宿费悄悄预付了一个月。我想，再过一个月应该可以找到工作了。

我提醒他们，找工作别局限于福田区的几个工业区，可以去罗湖区和南山区看看。

这天下午，沈小丛意外地在一根电线杆子上看到一张新贴的广告，是电子厂招工人。没说是什么工种，工资每月八百，包吃包住。沈小丛想到自己没做过电子方面的工作，等于是一窍不通，厂家不会要的，便没细看。本想离开了，但“包吃包住”这几个字像一块磁铁一样紧紧吸引着他。

他指给黎谷良看，黎谷良也被“包吃包住”吸引住了。

黎谷良想，虽说每月只有八百块钱，但算上吃住也有一千五六百了。再说，当务之急是先把自己安顿下来，解决吃住的问题。

沈小丛看了一下招工地址和电话，立即掏出手机打过去询问。

电话接通了，招工单位什么也没问，留下沈小丛和黎谷良的手机号和名字，便叫他俩明天过去上班。

电子厂不在深圳市区，在东莞的樟木头镇。

他俩站在广告栏前有些茫然，之前历尽千辛万苦都没找到工作，而这份工作却来得这么简单、这么容易，他们不是骗子公司吧？他们再次查看招工广告，想从上面找出破绽。当确认招工信息没提到要交押金之类的要求后，黎谷良便放心了，心想不管真假，明天先去应聘了再说。

第二天，沈小丛和黎谷良起大早坐车去樟木头。他俩倒了四趟车，用了三个小时，才找到招工的电子公司。保安带他们去厂里报到，负责接待他们的中年妇女问他俩以前干过什么，有没有在电子厂工作过。沈小丛和黎谷良如实回答，中年妇女便没再往下问，登记了两人的姓名，拿了两把钥匙给他俩，挥手叫保安带他们去宿舍。

沈小丛和黎谷良心里忽上忽下，没有着落。心想这是什么电子公司呀，应聘太简单了吧。

他们来到男工宿舍，发现这是十个人一间的宿舍，还是铁皮搭建的棚子。他们走进去，想不到里面竟然已经先来了两个人。一个是河北人，姓黄，曾是中学英语教师；另一个是广西人，姓石，当过小学数学教师。他俩来深圳两个多月了，几乎用完了身上所有的钱，不得不暂时来这里当一名普通工人。

相同的经历让他们很快熟悉了起来。

四个人渐渐聊熟了，这才明白，大家都是冲着包吃包住来的。

四个人变得有些伤感，他们在想，深圳究竟是不是年轻人的天下。

深圳开始热了，太阳刚爬过树梢，铁皮棚里就闷热如蒸笼。

他们第一天没被安排工作，也不知道具体要做什么，宿舍又待不住，于是四人相约去樟木头走走。

走在街上，老黄和老石见到炸油条的早点铺子，吞咽口水掏摸口袋，可掏遍所有口袋一共才凑足三块钱。黎谷良见此情景，便说："我请两位吃早餐吧！"

老黄愧疚地说："兄弟，不怕你笑话，我俩从昨天中午起就没正经吃过饭了。昨晚我们分吃了一张饼，在公园草地上睡了一觉，不敢花掉仅有的几块钱车费，怕今天到不了樟木头。"他说完这些，眼里涌出了泪水。

沈小丛和黎谷良听了他的话，心中大为震惊，心想，自己吃的那点苦，比起他俩真是天堂与地狱的差别了。

沈小丛说："黄大哥，石大哥，好歹我俩身上还有点钱，你们放开了吃。"

"谢谢兄弟。"老黄和老石分别握住沈小丛和黎谷良的手使劲摇。

黄、石二人确实多天没吃顿饱饭了，如果不是两人结伴互相鼓励，都不知能不能撑到现在。此时吃的虽然仅仅是油条和白粥，可在他们眼里远远胜过山珍海味。

四个人来自不同的省份，一顿简单的早餐让他们迅速结成好友。

他们休息了一天，第二天早上七点半便被叫去上班了。

走进工厂，他们才发现其实这并不是什么电子公司，只能算一间作坊。几张旧乒乓球台拼成长条，四周围坐着男男女女年龄不等的工人，手上做着不同的活计。

工作并不复杂，但是要求细致。工作内容是分别将两根铜丝插上寸长的电路板，再套上一个红色塑胶套子，每个模具摆满一百个后交给另一个车间的另一道工序进行点焊固定。这种活女孩子做起来不难，可男人却显得笨拙。

元件看起来像一个二极管，老黄说这不是二极管，是常用的一种电子元件，不是高科技产品。沈小丛和黎谷良虽然不懂，但看着别人做，不久便学会了。开始两天还行，三天过后便觉枯燥无味了。上班时间又很长，手上从早到晚重复着一件事。

伙食也是差到不敢想象。

陈年米煮成的饭管够，一碟水煮青菜上面趴两片肥肉，下不去一碗饭。唯一的不同是青菜变白菜，白菜变萝卜、土豆。沈小丛和黎谷良看着那两片肥肉，上面还带着寸长的白毛或黑毛，只觉得恶心。好在沈小丛和黎谷良身上合计还剩几百块钱，晚上下班后便叫上老黄和老石去街边吃三块钱一碟的炒河粉充饥，以此度日。

沈小丛心想，别把这世上包吃包住的事想象得很美好，天下哪有免费的午餐？

沈小丛边穿铜线边对黎谷良说："大哥，我要这么干下去，很快便成斗鸡眼了。"

黎谷良悄声说："兄弟忍忍吧！好歹也等发了一个月工资再说。"

沈小丛心想有道理，不能就这么白干呀！

夜里回到宿舍，微弱的灯光下蚊子绕着灯泡嗡嗡地飞，可是他们连驱赶蚊子的力气都没了，倒头便睡，任其叮咬。

干了两周后，由于睡眠不足，加上长时间灯光下劳作，沈小丛开始头痛。

沈小丛和黎谷良实在无法忍受了，一天早起后，趁大家上班走光了，与黎谷良悄悄拿起行李走了。他们走这天离发工资还有十天，保安看着他们走出厂房，连问都没问。

黎谷良和沈小丛回到了福田区政府的招待所。樟木头的打工经历使他俩不再相信贴在电线杆子上的小广告了，他们专心在深圳市内找工作。

又过去了一周，他们仍没找到工作。

这天黄昏，他俩坐在公交车上，沈小丛说："黎大哥，明天我们分头找工作，我往罗湖，你去南山，我们把网撒大一点。"

黎谷良心中明白，是自己拖累了沈小丛。想到这里，黎谷良笑着说："这个办法好，找到招人多的单位我们互通电话。"

沈小丛说："是呀，到时我俩还在一起。"

黎谷良心中苦笑，他知道沈小丛能做的工作，自己未必行。

沈小丛也清楚，自己找到工作那天，便要与黎谷良分开，他不忍看到黎谷良失落的眼神。

果然，仅隔一天，沈小丛便在华强北一家电子元器件公司找到了销售工作。沈小丛很想说服老板再多招一个人。可是，他们的招工条件是必须具备本科文凭，这是硬性规定，沈小丛只得作罢。

晚饭时，黎谷良变得沉默寡言，他的情绪变化影响了我和沈小丛。原本沈小丛找到工作该庆祝的，但我只字未提，沈小丛也没有把第二天上班的喜悦显露在脸上，自觉地回避了敏感话题。说笑少了，话也不多，气氛非常沉闷，仅能听到筷子与碗碟相碰的声音。

黎谷良一顿饭没吃完，浑身已经汗流浃背，汗水顺着头发往下掉。

终于，黎谷良说："兄弟，我来深圳投奔你，找不到工作，还成了你的累赘。"

听了他的话，我心头一揪一揪的。

"谷良，别这么说，我们是朋友，是兄弟。一个人在外闯荡，谁还没遇到点挫折，不就是眼下没找到工作吗？你这么说是没把我当朋友，当兄弟。"

"我被同床十年的妻子抛弃，在我低谷时，你收留我，如果我不把你当兄弟，我黎谷良还是人吗？"

黎谷良说这番话时，声音哽咽，眼圈发红。

沈小丛见黎谷良如此动情，忍不住了，握住我和黎谷良的手说："李哥、黎哥，你俩是我走上社会后遇到的朋友，在我心里，你俩是我的异姓兄弟，是你俩使我有信心与陌生人交往。"

失去爱情的男人，内心很脆弱，只剩下朋友情谊、兄弟感情值得信任了。

我望着黎谷良和沈小丛，想起自己刚来深圳时，没有熟人，没有朋友，一个人默默坚持了下来，并不是我能力强，而是能忍耐。我想，我能给他俩的，不过是帮他们付点房费，请他们吃几顿饭。这点帮助如果能让他们渡过难关，那么今后再次面对他俩时，我心中就不会感到内疚。

我握紧沈小丛的手点点头说："老板喜欢卖力的员工。无论在哪里，努力工作都能得到老板的欣赏。"

沈小丛在我的手上用力回握了几下。

我又安慰黎谷良说：“深圳是一座包容性很强的城市，来到这座城市的人最后都能找到适合自己的位置。你也一样，别急，慢慢找，我们帮你一起找。”

沈小丛第二天便去公司报到了，他带着行李离开了我和黎谷良。

我原本想送沈小丛去公司的，但为了照顾黎谷良失落的情绪，我只将沈小丛送到了公交车站。

黎谷良从来没想过男人的自尊在失去爱情、失去工作之后竟然如此脆弱，薄如纸片。

沈小丛走后，黎谷良和我之间话越来越少，他尽量避免与我接触。

为了减少这种局促不安的场面，黎谷良每天很早就出门，晚上很晚才回来，回避我请他吃饭的尴尬。

我知道他身上带的钱不多，后来才知道，他为了减少开支，早餐在外喝一碗白粥，中午和晚上在路边买几块钱的盒饭。

即便这样，加上他来回坐车的钱，一天也要三十块的开销。到后来，他干脆把午饭免了，出门带的一瓶水喝完了，就喝不要钱的自来水。

阳光是一柄拂尘，温柔地拂拭人们的脸颊；它又像一个老人，宽慰着行走在其羽翼下的每一个人。黎谷良却没有感受到这份关怀与温暖，每天拖着疲惫不堪的双腿，无心欣赏浸润在阳光下的闪光的楼群。

这天，他行走在深圳大剧院前的人行道上，迎面走来一位满头黄发、脑后束一条马尾的男人。男人穿黄色花格子衬衫，黄色印花中裤，脚上穿一双黑白相间的皮鞋。黎谷良与黄发男人擦身而过，闻到一股香水的味道。黄发男人侧目瞟了黎谷良一眼，目光中满是冷漠和警惕。

黎谷良看了看擦身而过的黄发男人，上下打量了一下自己身上汗涔涔的装束，忽然觉得自己像是这座城市的补丁。

想想自己也是从上海来的，如今走在另一座城市的街头，衣着与眼前的繁华格格不入，他顿时感到自惭形秽。

风起时，一只红色塑料袋随风飘荡。

黎谷良的心也随包装袋起伏旋转，没有方向，任风牵引。

中午，黎谷良无意中来到了上梅林中康路。

中康路两侧分布着商店、餐厅和发廊。

黎谷良走在人行道上，忽然觉得这里与上海闵行区的沪青平公路有几分相似。如果不是路两侧的榕树和樟树与沪青平公路两侧的法国梧桐有区别，他真的误以为自己回到上海了。

黎谷良有几分恍惚，又有几分激动，他看到靠近梅林路的人行道边一溜坐着二十多个男男女女，他们大多是中年人。男人面前摆放着一张硬纸板，上面写着电工、司机、搬运工。女人前面的纸板上写着保姆、钟点工。

路边还停有几辆小型货车，车厢上喷着几行白底红字：修水管、通厕所、楼顶防水补漏。

黎谷良明白，这些人在等待雇主。

望着这群人安静地坐于马路一隅，却还有说有笑地聊着天，黎谷良眼前豁然一亮。这段日子自己主动上门，问招工单位是否要人，几乎跑遍了福田区的工业区，问了几十个老板，却一无所获。何不学学这群人找工作的方法，坐等活干，挣点小钱，以解燃眉之急。黎谷良心思活络了，心情也开朗起来。他回顾以前做过的工作，以及拿得出手又轻车熟路的技术，有样学样地在面前立了一块广告牌。他思来想去，唯一能想到的事，便是自己曾经开过小饭馆，当过厨师，烧过安徽菜。他看遍了周围所有人的牌子，没有谁写厨师。

黎谷良有几分气馁，却又不甘心。

这时，一辆小型货车在路边停下，坐在路边的人群呼啦围了上去。

“老板，要搬家？”

“老板，要几个人？”

“老板，是不是厕所堵塞了，我会通。”

……

二十几个中年男人争先恐后地堵住车门大声询问。

稍显肥胖的雇主艰难地挤出车门，大声说：“我要五个壮劳力通下水管道。”

雇主的话音还没落，一群人便拼命往车上挤，有两个人高马大的中年人，凭着一身力气，拨开人群，迅速钻进了驾驶室后座。

几个年老体弱的挤不进去，干脆爬进货车拖斗，也不管雇主要不要他，一屁股坐下来。

“年纪大的下来，我要人挖下水道，通排洪渠，要年轻力壮的。”雇主直着脖子指着车斗里的老者大声喊。

爬进拖斗的几个老人，谁也不愿下来，坐在里面一动不动。

驾驶室内一位年过六旬的老人，担心雇主把他撵下来，哀求说："老板，我年纪大，可我身体强壮，有力气。"老人边说边伸出右手，握紧拳头举了举，以示强壮。

"老板，他行的，在我们老家，我们搬石头，拉纤，都干过。城里这点活没啥子。"一位没能挤上车的中年男人对雇主说。

雇主看了看车上的老人再看看眼前的男人说："看你俩怎么像爷俩儿？"

车内车外发出一阵哄笑，中年男人和老人也笑了。

"是啊，是父子俩，如今出来找钱不容易哦。"中年男人可怜巴巴地说。

"好，好。你们大伙作证，年纪大的我说了不用的，是你们非要干这活。我有言在先，干活的时候累晕倒了可别来讹诈我。说白了，我也只是个小包工头。"

"放心吧，老板，我们都是厚道人。你找活给我们干，我们感激还来不及呢。"中年男人说。

雇主这种阵势见多了，知道这些人上了车再让他们下车，很困难。多费口水无益，无非就是多付几个人的工钱，最后他不情愿地开车走了。

黎谷良站在路边，静静地观察着雇主与这群人的对话。他想，这些都是卖苦力的，只要雇主给活干，多少还是能赚些钱的。不需要技术，只要能吃苦，肯出力。

黎谷良心动了，他很想知道这样卖一天苦力能赚多少钱。他走近与雇主对话的中年人身边，小声套近乎："听口音你是四川人？”

“是啊，四川古蔺县的，老板要几个人？”

中年男人望着黎谷良，两眼泛光，他的话音还没落，又有几个老人和妇女围拢过来。

“老板要几个人……”

黎谷良被他们包围了。

“我不是雇主，我也是找活干的。”黎谷良见状，有些手足无措，脸也白了，忙不迭地向围住他的老人妇女解释。

众人听了他的话，转身散去，面露失望和几分敌意。

“大哥，当一天搬运工能挣多少钱？”黎谷良讨好地问中年男人。

中年男人没理黎谷良的问话，转身离开，依旧坐回到人行道内侧的水泥花坛边。

黎谷良孤独地站在人行道中间，望着众人转身离去的背影，心中顿感悲凉。

枝叶间一只昆虫懒洋洋地有气无力地嘶鸣着。

黎谷良理解中年男人的冷漠。他们都是出来找活干的，都不容易。自己加入其中，无疑是在抢他们的饭碗。

黎谷良想到这里心生愧疚，默默转身离开了中康路。可是，他走了几步又停下来，回身望着坐在花坛边的人，他们正有说有笑，摆龙门阵。他心想：我也需要找活干，我也要找到出路，为什么要内疚？自己一身力气，何不学他们先卖力赚点钱再说。

想到这里，黎谷良返身坐在马路牙子上，加入其间，等候雇主。

正午时分，路边停下一辆绿色小型货车。

车子没停稳，众人便一窝蜂似的围了上去。

黎谷良学他们的样子快步冲过去，他自己也没明白哪来的一股力气，抢在众人之前抓住了车的门把手。

车停了，一位稍胖的中年男人走下车来。

“老板要人干活吗？”黎谷良抢先问。

“要钟点工，女的，三十到四十岁之间，有吗？”胖男人边说边往上提了提裤带，顺手往后脑勺撸了撸头发。

话音刚落，女人们全围了上来。

黎谷良仍没松开车的门把手。

“你是女人吗？还不松手？”中年男人用力挤着黎谷良说。

黎谷良无奈，只好松开车门把手，悻悻地站在一边。

挤开黎谷良的中年男人推着一名模样周正的妇女说：“老板，这是我媳妇，做得一手好家务，做得一手好川菜。”

“老子不吃川菜，你想辣死我呀！”胖男人生气地说。

“老板，别生气，不吃川菜不要紧，她还会做面食，咸水面、裤带面全会做，包您满意。”中年男人满脸笑容地说。

胖男人的目光在几个女人脸上扫来扫去，又看了看中年男人的媳妇，说道：“你真的会做裤带面？我离开老家好久没吃过裤带面喽。”

“真的会做，保证吃在嘴里筋道。”中年男人的媳妇收起笑容，认真地说。

“就你了，上车吧！”胖男人说着按了一下手中的车钥匙，听到“叽”一声响，他拉开车门坐了上去。

被挑中的妇女绕过车头，走到车子另一侧，打开副驾驶车门，欠身坐了进去。

黎谷良呆呆地望着远去的车子，退回到路边树荫底下席地而坐。

短暂的骚动平静下来，众人仍懒散地坐在路边或花坛边，等候下一个雇主的到来。

黎谷良远离人群，孤身一人。经过短暂观察，他知道雇主大多开车来，于是不停地用眼睛扫视有可能来车的方向，随时做好冲锋的准备。

太阳从头顶正中向西偏移，黎谷良走出树荫，仰起头让阳光直射在脸上，顿时觉得浑身暖暖的，心底有什么东西在融化，流动。他感觉到积压在心底的愁闷松动了，冒着热气，开始蒸腾。

黎谷良睁开眼睛，他看到阳光像盛开的希望之花，灿烂在不远的前方。

仅仅因为找到可以挣钱养活自己的方法，便改变了黎谷良近乎绝望的心情。

此时，黎谷良听见枝叶间昆虫懒洋洋的有气无力的嘶鸣已经变成了一首优美舒缓的抒情歌曲，那么动听，那么深情款款。

操四川口音的中年男人与其他几个男人围坐一圈在斗地主，他们不时低头商量嘀咕，中年男人偷偷摸摸地瞄向黎谷良这边，几个人莫名其妙地齐声哄笑。

黎谷良听到了他们的笑声，睁开眼睛，他的目光与中年男人的目光撞在了一起。

黎谷良感觉中年男人的眼神有些诡异，他觉得有点不对劲，却又没往深处想。

他看出来了，这几个人肯定来自同一个地方，是亲戚乡邻关系。中年男人敢明目张胆地挑衅他，有可能是这群人的小头目。

黎谷良心想，无非就是做份苦力而已。此时他倒是想看看这几个人想干什么，有多大能耐。

黎谷良的好心情被破坏了许多，他坐回到树荫下，耳朵警觉地搜寻着路过的汽车声。

一股汗馊味从腋下飘出来，他知道是自己身上的味道，默默地闭上了眼睛。

说来奇怪，两个雇主拉走几个人之后，再不见有车停下来。围坐打牌的人也散开了，各自拿起准备好的废纸箱垫在身下，在树荫下或躺或坐地闭目养神。

黎谷良有几分不解，难道他们不想抢活干吗?

他想，如果此时能来一个雇主，肯定没有谁能比自己更快抢到第一。

时间一分一秒地流逝，日头向西，太阳将树荫拉至马路牙子边，树底或躺或坐的人爬起来，活动四肢。人们无精打采，像被太阳晒蔫的草叶。

五

正当黎谷良发呆走神之时，路边停下一辆货车，他看到蔫软的众人像被泼了瓢冷水，激醒了，呼啦围了上去。

黎谷良本来神情恍惚，当看到骚动的人群从眼前跑过时，他清醒了，紧跟着一个箭步跃了出去。可是，还是晚了一步，他落在了众人后面。

捷足先登的仍是那个四川中年男人，他第一个抓住了车门把手。

雇主下车，站在车头打量身边的老人和妇女。

“老板，要几个人？”四川男人谄媚地问道。

雇主没有看他，仍在众人中寻找，似乎他有熟人。他的目光落在了人群后面的黎谷良脸上，抬手指着黎谷良问 ：“你新来的？找活吗？”

“是的，老板，我今天第一次来这里找活干。我在深圳半个月了，没找到合适的工作，钱也快用完了。”黎谷良坦诚地说，他不知道这番话对雇主用人是否起作用。

“好！你上车。”雇主说完，冲着仍围住他的人说，“我今天只要一个人。”

黎谷良见老板招了自己，既感意外，又喜不自胜。他忙不迭地往前挤，用力拉开副驾驶室的车门。

黎谷良被拉到八卦岭工业区的一家服装公司，正是他和沈小丛第一次应聘的那家公司。黎谷良还认得站在门口的保安，可保安已经不记得黎谷良了。黎谷良是被请来卸布匹的，一车三吨的货，只找了他一个人卸，他整整用了三个小时，搬完货人也散架了。

雇请黎谷良来的人按事先谈好的价钱给了他三百块钱，外加十块钱盒饭和一瓶矿泉水。黎谷良见雇主如此大方，心中感激不已，连声说谢谢。他哪里知道，这一车的货，公司出价一千块找人来卸，请黎谷良的人是采购部经理，他就是看出黎谷良是新来的，没经验。如果请知道行情的搬运工，最少也得八百块钱。黎谷良拿了三百块钱后对他感激涕零，殊不知，七百块钱落入了不出一分力气的采购部经理的腰包。

搬完货，已经是晚上七点了，黎谷良全身都让汗水给浸透了，他累得筋疲力尽，手指间似乎连一支烟也夹不住。多年不干重体力活，突然搬这么多货，他感觉有些吃不消了。他休息片刻，吃完盒饭，喝完一瓶水后，走到街边供行人休息的靠背椅上躺了下来，不知不觉睡着了。

黎谷良不知自己睡了多长时间，被人叫醒了。他睁开眼，警觉地伸手入怀，在衣袋里掏摸到刚挣的三百块钱后，松了口气，还好没丢，只是被汗水浸软了。

“同志，你不能在这里睡觉，很晚了，回家吧！”

黎谷良看到两个身穿制服的城管人员站在面前，和气地说：“同志，这是公共场所，座椅供游人累了休憩，不能躺睡，大庭广众之下太不雅观。记者看到了，把你拍了登上报纸，不但对你形象有损，对深圳市容也有损，市民还会说城管不作为，工作不到位。请您支持我们的工作。”

两名城管说话时，始终面带微笑。

黎谷良坐起身，揉揉眼睛，愧疚地说：“对不起，我刚才太累了，坐着坐着就睡着了，请问现在几点了？”

“快九点了。”

黎谷良心中“啊”了一声，心想，睡了一个多小时了。

“对不起！给你们添麻烦了。”黎谷良连连道歉。

黎谷良说着站起身，他的腿麻了，于是蹦跳了几下。

“你们是福田区城管吗？有没有一个姓覃的队长？”

“姓覃的队长？”两名城管互相对望一眼，各自摇了摇头说，“没听说过，是不是区里的？我们是街道城管执法队的。”

黎谷良哦了一声，有些失望。他说：“上周，我的一个朋友被两个人合伙打伤了。正在执勤的覃队长看到了，他带着同事送我朋友去医院治疗，还帮我朋友付了医药费，我们一直想找到他当面致谢。”

两名城管听了黎谷良的话，笑了笑，不置可否，走开了。

黎谷良见他俩不理自己，愣了一下，只好一瘸一拐地向公交车站走。

黎谷良体力恢复了不少，思维也活跃起来了。他揣着在深圳挣的第一笔钱，感觉胸口热乎乎的，虽然只有三百块，可这是他人生中挣得最辛苦的钱，也成为他来深圳继续生存下去的一线希望。

黎谷良坐在开往福民路的公交车上，浑身有一种轻飘飘的自在。他想，辛苦几回，多挣点，就可以租房住了，总不能长期住招待所，让朋友付房费。黎谷良按捺不住心中的喜悦，想给沈小丛打电话，告诉他这个好消息。可思忖片刻后，他没掏出手机，毕竟不是稳定的工作，是卖苦力，有什么好炫耀的。他想到沈小丛轻轻松松地就找到了称心如意的工作，开始后悔当初大脑发热，辍学习武，弄成眼下不郎不秀的境地，四十岁了，仍一事无成。

黎谷良又联想到自己失败的婚姻，这勾起了他内心深处的痛苦。

他与陆可俊的事，至今还没告诉父母，他知道，如果父母知道自己在上海的家即将要散了，两个老人肯定伤心。黎谷良选择来深圳，并非仅仅是要逃避与妻子的冲突，他其实不想把家弄散了，而是想在深圳混出点样子，挣一笔钱，回上海让陆可俊回心转意。如果陆可俊铁了心要离婚，自己赚到了钱，也不怕找不到老婆。到时，带上老婆回老家见父母，父母也不会太伤心。

黎谷良想到父母，便咬紧牙关，暗暗地给自己打气，告诉自己再苦再累也要在深圳立住脚，就算人生重头来过，也不能让身边的人再说自己无能，骂自己不是男人。

这晚，黎谷良见到我，告诉我他找到工作了，虽然这份工作不稳定，但起码有了赚钱的途径。我听到后着实为他高兴，当看到他浑身衣服脏得不成样子，面容疲惫不堪时，知道是份苦差事。我佯装跟他一样高兴，心底却默默叹息一声。我想着等忙完手上的工作，就发动身边的朋友，帮他找份轻松点的活。他毕竟有文字功底，办公室文秘工作他还是能胜任的，可是，深圳多数企业招文秘首选女性。

这晚，黎谷良一定要请我吃饭，我想了想，没有拒绝。吃完饭，我提前把单结了。

第二天，黎谷良仍早早地便出了门。他上午继续去工业区、商业街找工作，没找到招工的单位，也没见到招工广告。中午他在街边花五块钱买了一个盒饭，吃完饭，仍去上梅林中康路等雇主。

黎谷良来到中康路，看到有树荫的地方被昨天的那群人占了，他远离人群，寻找一棵小一点的榕树，坐在树底下。黎谷良目测了一下，自己坐的位置离雇主停车的路边更近。他相信，只要有雇主来，他就能冲到最前面，一定能抢到活干，所以，树小一点，阴凉少一点，晒到了也没关系。

等了约半个小时，果然有一辆货车开了过来。黎谷良起身小跑，车停了，他刚好停在车门边。

雇主开车门下车。

“老板，要人吗？”黎谷良抢先问。

与此同时，黎谷良听到杂乱的脚步声也到了身后，他知道是昨天那群人来了，他没回头。

黎谷良望着雇主，等他说话，却看到雇主满脸惊诧，目露惊恐。黎谷良预感到身后有危险，急忙转身，见到一群人挥舞着木棒冲了过来。

冲在最前面的中年男人像条疯狗一样，在离黎谷良丈余远之地，手中高举木棒朝黎谷良的头顶直劈下来，口中大声骂道："龟儿子，敢抢老子饭碗，今天打死你……"

后面的人也在大声叫喊。

黎谷良大惊，眼看木棒要落下来了，急忙运用少年时学的小擒拿，撤步，侧身，避开一棒，再跨前半步，右腿迅速插到中年男人双腿中间，右掌击在他脸上。

中年男人像一捆柴火似的倒在地上。

黎谷良这一串动作一气呵成，连站在车边离他最近的雇主都没看清他是用什么动作把手舞木棒的人放倒的。

没等中年男人有反应，黎谷良向前跨一步，抬脚踏在他肚子上，弯腰捡起木棒。他脚上暗暗用力，中年男人疼得"哎哟哎哟"大叫。

跟在中年男人身后冲过来的众人见状，停住脚步，手中高举木棒，你看我我看你，没敢轻易往下劈。

中年男人的六十多岁的父亲也跑来了，他见到儿子被制服，不顾一切地冲上前拼命。

中年男人的老婆披头散发，哭叫着扑向黎谷良，挥舞双手又抓又挠。

黎谷良抬脚放了中年男人，退后两步，避开了老人和妇女的攻击。他双手高举木棒说："你们仗着人多，背后下黑手，心狠手辣，不是良善之辈。今天暂且放过你，往后敢从我背后下手，废你狗腿！”

中年男人爬起身望着黎谷良，他有些不甘心，好汉难敌双拳，没理由十几个人打不倒他一个人。他左看右看，仍想鼓动众人群起而攻之。可是，众人举在手中的木棒放下了，大眼瞪小眼地望着黎谷良和中年男人。

中年男人心中暗骂他们是怕死鬼。

他的妻子走近中年男人身边，手抚男人的肚子小声问：“伤到没？”

“没事。”中年男人故作轻松地说。

女人替男人掸去衣服上的鞋印。

黎谷良望着这对夫妻，心中既困惑又矛盾，不知为何，怒气消散了许多。但他态度强硬地说：“这次没事，下次你再敢背后下手试试，会不会有事。”

中年男人的父亲也不甘心，如果大家一起动手，这人肯定吃亏。可是，他也知道自己的儿子理亏，也看出对方没对儿子下狠手。

“算了，不要和他争了，他就一个人，让他一份吧！”中年男人的父亲小声劝儿子。

人群里也有人附和说：“是啊，都是卖苦力的，不要打打杀杀了。”

“你别想人多势众占我便宜。你们这些人，哼！就是一群蚂蚁，搬家管用。今天放你一马，再背后下黑手，我让你三个月下不了床。”黎谷良说着将手中的木棒扔在中年男人脚下。

中年男人低头不语，知道自己单打独斗不是对方对手，但他心中并没服输。他没接黎谷良放下的狠话，捡起脚下的木棒，闷声不语，随后带着众人悻悻地走回树荫处，席地而坐。

雇主见打架了，早吓得开车走了，如此一来，谁也没抢到活。

黎谷良仍回到那棵小榕树底下，坐在树荫下，不理会那群人。

半个小时后，一辆白色面包车停在了路边。黎谷良站起身，这回他没有跑，而是慢吞吞地走到车旁。

十几个人大眼瞪小眼地望着中年男人，中年男人没起身，满含怨恨地望着黎谷良。

雇主看了看黎谷良，又看了看树底下坐着不动的众人，觉得有些奇怪：以往，车停下便被这群人围住了，今天怎么都坐着不动？

雇主面向众人大声说："我要十个人搬钢材，每人五十块。"

还是没有人走过来。

黎谷良面向坐着不动的中年男人招招手。中年男人起身，看表情，他有些不情愿。黎谷良看在眼里，没放在心上。

黎谷良等中年男人走近了，对雇主说："老板，搬钢材是重体力活，你看看我们这些人，都这般年纪了，五十块钱太少，每人多加三十块。"

雇主看了看黎谷良和中年男人，又抬眼望了望坐在树底下的男男女女，又看了看手腕上的表，下决心说："好，每人八十。"

黎谷良对中年男人说：“你去选九个年轻力壮的。”他说完自顾拉开副驾驶车门，上车坐好了。

中年男人回身招招手，众人蜂拥而来。

黎谷良摇下玻璃窗大声说：“搬钢材要壮劳力，也危险。年轻人上，年老的靠后。”

老人和妇女，包括中年男人的父亲听了黎谷良的话后，不情愿地站在原地，他们的目光齐刷刷地扫向中年男人。

中年男人冲他们摆摆手，几个人退回去了。

黎谷良看了中年男人一眼，刚好他也望着黎谷良，两人目光相遇，黎谷良看出他的敌意小了许多。

黎谷良这天在建材店搬运钢材，受到那几个四川人的特别照顾，凡大块大条的钢锭都被中年男人带人抢先搬了。黎谷良仅是跟在后面搭把手，弄得他有些不好意思。

老板付钱后，中年男人抽出十块钱，恭敬地送给了黎谷良。其他人纷纷效仿，黎谷良见了，很惊讶，连忙推拒说：“这是你们辛苦劳动赚来的。这样的钱我怎么能拿？再说，我也不是要抢你们饭碗，因为我找了半个月工作都没找着，迫不得已这才当起了搬运工。等找到工作了，我不会跟你们抢饭吃的。”

“是我不对，先动手想要赶走你。我们也是没办法，刚来时被别人欺负，后来我们大家齐心协力才打跑了他们，有了这块谋生的地盘。今天是我先动手，对不起你了，大家都是出来打工谋生的，都不容易。看你的身手，像是学过功夫，我们想让你当我们的头儿，这样以后就没人敢欺负我们了，请你多关照。这十块钱是今天的提成，以后你只要有活让我们干，能保住我们的地盘就可以啰！只要你同意，我们大伙儿都听你的。”

黎谷良听了他的话后，心里很不是滋味，他为自己出手打倒他而自责。黎谷良说：“你们收好钱，出来谋生都不容易，自己挣的钱是自己的。大家以后按顺序接活，谁也不要抢，都能挣到钱。”他说完便走了。

连着几天，黎谷良都是上午找工作，中午来中康路等活干，有时一个下午只能等到一个雇主，赚二三十块钱。他很希望能碰到像八卦岭服装公司那样的雇主，却始终没遇到。

黎谷良与这群农民工再没因为抢活干而发生争执与冲突，而且只要他来了，有雇主，就第一个让他去。

黎谷良将这一切看在眼里，他也自觉，如果雇主不多，他每天下午就只接一次活，做完便不再回原地，即便天色还没晚，还可以去等。

黎谷良心里知道，几个年纪大的更不容易，都年过五十了，还要每天坐着等活干，而且都是重体力活。他相信，但凡谁家生活好过些，都不会心甘情愿吃这份苦。所以，他觉得要让每人每天都能等到雇主，大家都能挣到钱。

事实上也并不是天天都有活干，有时等到天黑也没等到。

黎谷良当了一段时间的搬运工后，发现最好赚钱的不是遇到货多的雇主，而是搬家。

他也看出来了，凡是遇到搬家的活，这群四川人最高兴了，像是过年。

雇主除了给搬运费之外，衣服、书报，以及许多旧物品都不要了。还有淘汰的家用电器，比如电视、洗衣机、空调，都以最低的价格处理给搬运工。废旧物品卖给废旧物资收购站，旧电器卖给二手电器商家，如此一来又能大赚一笔。用搬运工的话说："三月不开张，搬一家吃三月。"

黎谷良也参与搬了一次家，雇主给的搬运费是一口价一千二，他们去了三个人。搬完后，雇主把废旧物品全送给他们了，包括两台旧空调、一台旧电视、一台旧洗衣机。黎谷良等人将这些物品转手卖了两千元，如此一来，三个人每人一上午赚了近千元。

黎谷良经历过这次搬家后，不再小瞧搬运工了。

黎谷良当了一个月搬运工后，就搬出招待所，在福田区沙尾村租了一间民房，租金每月八百块钱。

他搬走的时候是下午，我还在上班，正在编辑一篇稿子。他打电话给我，告诉我租住的地址。我说自己正忙，脱不开身，晚上去沙尾村找他，说完我就挂了电话。

我能理解黎谷良的心情，他没找到合适的工作而甘当搬运工，是想赚点钱租房，不想再麻烦我了。

可是，因为加班，当晚我没能去黎谷良租住的地方找他，之后又去广州出差，再次见他已经是两周后了。

没想到，仅两周时间没见，黎谷良已经发生了变化。他不再去中康路等雇主当搬运工了，而是独自经营一家烧烤档，还请了两名小工做帮手。他的变化让我高兴，不愧在上海打拼过，能吃苦，脑子活。可是，高兴之余，我又有几分担心。

事情还得从头讲起。

黎谷良租住到沙尾村后，每天继续去当搬运工。

这天下午，黎谷良接到了一单搬家的活，是单身汉搬家，家具不多，也没几个大件，从这幢二楼搬到另一幢一楼，跑了十几趟，挣了五十块钱。他干完活，没觉得累，天也没黑，于是他想走路回沙尾村。如今他对福田区已经很熟了，不会走错路。上梅林到沙尾村不算远，坐公交车却要换两次车。他心想走累了再坐车也不迟，这样能将车钱省下来买快餐盒饭，晚饭就有着落了。

虽然没找到工作的阴影仍压在黎谷良心头，但眼下有了挣钱的路子，也暂时缓解了他心头的紧迫和焦虑。

黎谷良从梅林立交桥下穿过北环路，行至新洲路莲花山路段时，天色已暗。

路灯一盏盏点亮，夜色开始唤醒路人心底的寂寞。

晚高峰已过，车辆慢慢减少，路人熙攘，行色匆匆。道路两侧一幢幢楼房的窗户敞开着，万家灯光，归家的人应该在吃晚饭了。

黎谷良似乎从亮灯的窗口中看到了一家人围坐饭桌前的温馨。

想到家，黎谷良想到了陆可俊，他忽然想打电话给她。他离开上海有些日子了，两个人没通过电话。

身在异地的黎谷良想起陆可俊，心底涌起了几许温情，这缕温情冲散了因她背叛带给他的伤心与愤怒，他更多的想起的是两个人曾有过的温馨。

她的背叛是因为自己给不了她想要的，当初如果自己也如现在这般拼命，她还会不会离开自己？黎谷良如此想着，脑海里竟然浮现出与陆可俊刚谈恋爱时她的可爱，以及婚后她对自己点点滴滴的关心。

黎谷良知道，婚后自己的懒散与懈怠，是惹她讨厌自己的开始。

黎谷良想到这里，后悔自己太晚醒悟了，他此时想告诉陆可俊，过去是自己错了，忽略了男人应当有给女人创造一个稳定的家的责任心。

可是，这个时候向她认错，她会听吗？

虽然他们没办理离婚手续，名义上还是夫妻，但早已没了夫妻情分，现在给她打电话，她会不会不接？

离开她的这些日子里，她过得好不好？是不是还能念起过去的夫妻情分？

黎谷良想到这里，内心忽地温热起来，他走到人行道内侧的一棵榕树下，掏出手机，拨通了妻子的手机。

通了，黎谷良张嘴想说“可俊，你好吗”，却听到陆可俊劈头盖脸地说：“你看到桌上的离婚协议了吗？是不是签过字了？我明天回来拿。”

黎谷良愣了愣，堵在嗓子眼的一大堆想说的话一股脑儿地溜了，像破了洞的气球，瞬间瘪了。

“怎么不说话？这么拖着有意义吗？你还是男人吗？”

“我在……我不在……”

陆可俊一番逼问，弄得黎谷良不知该不该告诉她自己不在上海。

“你知道自己的老婆跟别的男人好了，还死赖着不签字，你还是男人吗？你让我更加看不起你了。”陆可俊说。

黎谷良仿佛看到了陆可俊站在面前咬牙切齿地辱骂自己的神态。

“你把离婚协议快递给我，我在深圳，我签字。”黎谷良声音低沉地说。

他说这番话的时候，双眼紧闭，说完后睁开眼，他望着黑沉沉的树冠，觉得脚底很凉，像站在没膝的冷水里。

电话那头沉默了，过了一会儿，他听到陆可俊问 ：“你在深圳？去那边干什么？”

黎谷良松了松压痛耳朵的手机，轻声说 ：“我把地址用短信发给你，协议快递给我，签好了发给你。可俊，对不起，我不能给你想要的。”说完，他按了红色按键。

黎谷良这个时候心情变得轻松了许多，好像他已经在离婚协议上签了名字。

他想该给父母打个电话，告诉他们自己离婚的事。这种消息瞒得了初一瞒不了十五，迟早他们会知道的。即便自己不说，陆可俊回老家后也会说的。

黎谷良似乎看到了陆可俊变身为成功女人后，自己的失败形象成为家乡人议论话题的情形。

他没有犹豫，拨通了家里的电话，接电话的是他母亲。

黎谷良叫了一声妈，眼泪不由自主地流了下来。

他仰望天空，看到月影在树梢晃悠，不远处路灯下的几只飞蛾，在悠闲地嬉闹着。

没有谁看到夜色里路边的花儿会不会笑，黎谷良听到了远方母亲的笑声。

母亲很久没听到黎谷良的声音了。听完儿子的诉说，母亲淡淡地说："离了就离了吧，我一早看出陆可俊是一只养不熟的鸟，她迟早要飞。"

母亲的几句话让黎谷良的心澄澈如水。他望着天空中的月亮，弯弯的，要打磨成一把锋利的镰刀吗？闪亮在夜空的刀刃，能否把烦心事割除干净？

黎谷良仿佛望见家乡房子后面的田野中，麦子熟了，他和父亲拿着弯得像月亮的镰刀去收割。

黎谷良和母亲通完电话，又和父亲简短地说了几句，他叮嘱父亲注意身体，不要累着了。

黎谷良把手机装回上衣口袋里，觉得自己终于变成熟了。

他原本有顾虑，担心给父母带来痛苦，反而是母亲的安慰让他有了勇气。

不远处商场门前的广场上，一群大妈正在跳广场舞。

黎谷良望着跳广场舞的大妈，想起了每天在锅屋忙碌的母亲的身影。

锅屋里堆着半墙高的柴草，母亲坐在自砌的锅灶前，理一理额前白发，低头把火吹旺。

炊烟袅袅，牵住夕阳。

黎谷良想到老家的锅屋，心头一阵阵疼痛。远离故乡这么多年，一直想着把父母接到城里和自己一起住，让他们享几年清福。可是，看看眼前，自己又回到了当初走出家门时的模样，一无所有，年纪大了，再也找不出可炫耀的资本。

黎谷良又想起父亲那张河岸一样苍老的脸，还有破败的家院，心头一度发紧，不禁泪湿双眼。泪眼中，车灯穿透街灯，一团团浊黄的光影快速前行。

黎谷良突然发现自己的失态，忙擦了擦眼泪，故作镇定地沿人行道不紧不慢地往沙尾村走。

路上行人一边走一边打电话，很忙碌的样子，他们是在给恋人或是远方的父母打电话吗？

他每次想起父亲时，会把他与破败的家院联系在一起，弄不清是因为他满脸苍老的皱纹，还是别的。

中康路到沙尾村有十余公里路程，黎谷良原打算走累了坐车的，他看了看公交车站牌，估算了一下，已经走了一半路程，于是他一咬牙，干脆走回去算了。

走到深南路与新洲路的立交桥下，黎谷良闻到一股烤肉的香味，他直咽口水。三块钱的盒饭只能暂时充饥，并不顶饿，走了这么远的路，肚子早饿了。闻到这股诱人的香味，更加增添了他的饥饿感。他停步四处寻找，见到前方烟雾腾腾。

桥洞下的人行道上，一溜排开摆着几张简易的木桌，一对年轻夫妇正在忙碌着。

烤炉边烧烤的男人戴一副黑框眼镜，黎谷良看他像个小学老师。

几个行人围坐在桌边，多为情侣，从他们的衣着打扮能看出他们是外来打工者。

“老板，快一点呀！动作太慢了。”小桌边一名男食客催促老板。

“兄弟，别急，烤熟了才能吃的。”戴黑框眼镜的男人说。

“先来瓶啤酒。”

“好咧，啤酒就到！”女人麻利地从塑料筐里拿出一瓶啤酒，打开瓶盖，送到客人手中。之后她又坐回火炉边，麻利地翻烤鱿鱼、鸡翅、甜玉米和香菇串。戴眼镜的男人边翻烤边涂油、撒胡椒粉和辣椒面，时不时抽空腾出手扶一下眼镜。

此时又有几个客人来点东西，女人起身写单。

黎谷良站在一旁，饶有兴味地看着眼镜男有条不紊地将烤好的一串串食物装进纸碟，又将一串串生的食物并排码放在罩着炭火的网格上，动作娴熟麻利。

女人将烤好装碟的各色肉串端给客人，麻利地收了钱。

黎谷良的目光投向桌边一对情侣，两人一人一杯啤酒，各人手里拿着羊肉串，喝着啤酒，咬着羊肉串，看上去十分惬意。

滴上油的火炭吱吱爆响，胡椒粉和辣椒面撒上去，冒起一团团白烟，噼里啪啦像炒豆子，油烟里混杂着调料的香味，随风飘向夜空。

黎谷良看得入迷，忽然听到女人尖叫：“城管来啦！”

这声尖叫无异于一勺油浇上红彤彤的炭火。

仅骚动了短短几分钟，黎谷良看得眼花缭乱，仿佛下了场暴雨。

城管开车走远了，卖烧烤的夫妇从黑暗里走出来，行人静静地站在路边看他们。

夫妻俩望着城管执法车消失在夜色里，低声商量了几句，变戏法似的从绿化带草丛内拖出一只铁箱子、半筐木炭。没几分钟，铁箱里的木炭又烧红了，烧烤男人捡几块砖垫在屁股下，泰然自若地继续烧烤。女人重新架起两张桌子开始做生意。

左手啤酒、右手羊肉串和鸡翅的一对恋人惊魂未定，正不知如何是好，见此情景，开心地“哈哈”大笑。

“老板，我要加十串羊肉串。”

“好咧！一会就好。”眼镜男愉快地答道。

原本黎谷良也不忍看到两夫妇的惨境，准备离开，可没几分钟看到他们又进入了状态，不由“哈哈”大笑。

黎谷良望着忙碌的夫妇，若有所思，捡起一张小凳子坐在烧烤炉边，对眼镜男说：“老板，我也要十串羊肉串。”

“好咧，请您稍等。”

眼镜男嘴上应着，从泡沫盒里数出十串羊肉，架在炭火的网格上。

“老板当过老师？”黎谷良问。

“民办教师，不能转正，听说深圳找工作容易，就来了。”眼镜男说。

黎谷良听了他的话后，想到了自己网络作家的身份。

“也是没找到工作？”黎谷良问。

“白天上班，晚上干这营生，靠工资何时能在深圳买得起房子？”

眼镜男的话让黎谷良无比震惊，却又装作若无其事。

“能赚钱吗？”

“没办法，靠手快脚快，能赚点就赚点。”

眼镜男的话让黎谷良触动很大，他当晚坐在烧烤档边，喝着啤酒与眼镜男交谈了很久，眼里看着他手上的动作，耳边打听着如何制作和购买烧烤工具，采购原材料。

回到下沙村出租屋，黎谷良开始着手准备。两日后的夜晚，他在中康路架起了烧烤炉，请来两名四川籍小工打下手。

黎谷良上午去采购烧烤所需物品，下午带两名小工去当搬运工，吃了晚饭休息到十点，出来摆档。

黎谷良边烧烤边鼓励自己：要想找回男人的尊严，先得养活自己。

六

我从浦尾村出来，灵魂的翅膀被细密的雨水浇透了，羽毛再不能蓬松华丽，像一把腐烂的稻草粘贴在身上，只剩下一具能行走的躯壳。

浑身湿重，脚步艰难。

失恋让我尝到了人生失败的滋味。如果让我回到当初，我肯定不会让鱼妮独自来深圳，我会陪她一起来。

深圳，你是什么？你是一棵迷惑人的食人树？还是一只巨大的染缸？接近你的人不被吞噬，也将被你改变原来的颜色。

走在清冷的街头，那时候我是孤独的。我想把真实的自己置放进虚幻的梦境，把失败的疼痛一点点播撒在路边，期待黎明来临之前，从梦境中清醒，忘了疼痛。

鱼妮，如何让我找到你，唤醒梦中的我，重新振作，有勇气站起来。

没有人告诉我，没有人解救我。

我不知我该如何继续寻找，不知往哪个方向寻找。

那天，我沿着深南路往西，没有阳光的天边像缺爱的妇人的脸，长期失眠，阴郁暗沉。

这个时候我想到来时的路，我是从南头关过来的。

我想，往北不会错的。

行人匆忙地从身边走过，有穿雨衣的，有打伞的，声音悉索，像惊飞的鸟。

我趺趺撞撞，雨水顺着头发和前额流进衣领。我深一脚浅一脚，路面积水成河，鞋子里灌满了泥水。

我像跌进水里的昆虫，奋力挣扎。

经过身边的行人诧异地望我一眼，以为我是昨夜喝醉酒的醉汉，看一眼后就远远躲开了。

二十世纪九十年代的深圳，雨天仍在街头行走的人，大多是来深圳寻梦的年轻人，他们不为爱情，也是为了寻找更美好的生活。

走过田面村，路边停着一辆辆拉沙石的泥头车，车底积着一摊摊红色泥浆。

远处山坡上，红色的吊车臂膀凝固在半空中，像一条条生锈的枝干，僵硬在灰暗的天幕下。

我知道，天晴的时候那边会尘土飞扬，挖山运石，渣土车往来穿梭，一派繁忙的景象。

这个时候人和车都歇息了，我在奔跑。

什么时候雨停了，我不知道。当我看到太阳从云层里钻出来时，我正在爬一个高坡。

站上坡顶，我看到了香蜜湖度假村，还有那片能让人生出无限联想的香蜜湖。

湖上长长的速滑道，在流淌的细风水雾里纹丝不动。

穿过云层的阳光就这样笼罩着眼前的楼群和纹丝不动的滑道。

这是一幅画，背景是阳光和蓝天，远山雾带悬挂半空。

望着眼前这幅画，我终于有了知觉。

抬眼四望，我看到湖岸右侧连绵成片的棚屋和葱绿的荔枝林，离我最近的是一家名为深茂家具厂的白底红字广告招牌，再往上是一片破旧的木板房。

我站在路边，望着前方，再往前，离南头检查站不远了。如果出关了，接下来该怎么找鱼妮？

太阳晒热了我的衣服，皮肤能感受到潮湿的水汽往外蒸腾。

恢复知觉后，饥饿和疲惫向我袭来，我知道自己再也走不动了。我爬上土坡，坐在“深茂家具”广告牌下的一块石头上，几块石头呈三角形固定住广告牌。

晒热的石头给我冰冷的身体注入一股暖流，我无法抵御饥饿和疲惫带来的困倦，可我无法打瞌睡，神经像绷紧的琴弦，大脑里无比理智地冒出一个念头：你必须找到一份工作，先养活自己，完成来深圳的心愿。

我爬起身，望着深茂家具厂的广告牌，心想，我在这里歇脚，难道是老天告诉我这个厂能留下我？

我顺着坡道再上一个土坡，看到一片木板结构、铁皮盖顶的简易厂房，还没走进厂房，已经听到了里面砂纸打磨的嚓嚓声，显得热闹、嘈杂。

我把眼睛贴近木板缝隙，看到几个人正在打磨家具，他们每个人头戴废旧报纸折叠的帽子，有的脸上戴着口罩。我闻到了油漆和香蕉水的味道，有些刺鼻子。

工人们用手上的砂纸在家具板壁上使劲摩擦，这种活我虽然没干过，但我相信自己能干。

我没去多想，使劲地拍打木门。说是木门，其实仅是木板条钉成的木框，像画家用的画框，从外面能清楚地看到里面的一切。

敲门声让里面的人停下了手上的动作，嘈杂声消失了。

有个年轻人走到门边，拉开门，摘下头上的纸帽子。我看到来人的鼻翼两侧以及眉毛上都满挂着粉尘。

开门的人年龄和我差不多，二十多岁，他问我有什么事，找谁。

我能听出他是北方人，心里立刻有一种亲切感。

“这里招人吗？这活我会干。”

“你懂木工？”

“我懂。”我硬着头皮说。

“武老板，有人找活干。”

开门的人冲里面喊了一声，再对我说：“你哪里人？进来吧！”

“江苏人，你呢？”

“山东。”小伙子说着，冲我咧嘴笑了，露出右边一颗虎牙。

我对这个长着一颗虎牙的山东小伙子产生了好感。

老板来了，是客家人，精瘦，牙齿抽烟熏黑了。老板上下打量着我，问道 :“你学过木工? ”

“学过初级，拉大锯扯大锯、弹木线。”

我硬着头皮说谎话，我没做过，但我见过，多是两个人合作的活。

“老板，留下他吧。”山东小伙子说。

瘦老板瞪了他一眼说 :“你说了算还是我说了算? ”

小伙子冲老板做了个鬼脸，缩到老板身后。

瘦老板又上下打量我片刻，说 :“三百五一个月，干不干? ”

我连连点头说 :“干，我干。”

小伙子见老板收留了我，高兴地说 :“老板，把他分到我们组吧! 我那组人手不够。”

“去吧! 好好干，干不好卷铺盖走人。”瘦老板说完，丢下我转身走了。

这个老板连我的名字也没问，就把我留下了。

山东小伙子说 :“来，跟我来这边。”

我走进光线暗淡的厂房，绕过一件件东倒西歪的半成品家具，小伙子拿起一张崭新的砂纸递给我说 :“你打磨这件。”

我看到一只一人多高的衣柜，接过砂纸，忘了饥饿疲惫，用力打磨起来。

沈小丛入职的公司名叫君世电子元器件公司，工厂在宝安区公明镇，公司总部在华强北电子大厦。公司主营电子元器件以及计算机网络产品。沈小丛到公司总部报到当天，被人事部指定派去公明镇电子厂的流水线工作。

沈小丛不知道公明镇在哪儿，上车前，同去工厂的任小刚发牢骚说，公明镇离福田好远的，早知道不来这破公司应聘了。任小刚与沈小丛是同一天被聘用的，任小刚来深圳时间长，他曾在公明镇打过工，没想到如今又回到了公明镇。沈小丛听任小刚发完牢骚，刚上班的喜悦被冲淡了，情绪被任小刚的沮丧和不满所感染。得知公明镇与福田区有一定的距离后，他也不想干了。

沈小丛不想远离市区的真正原因，是觉得任千雅在市区，有可能就在华强北。在沈小丛看来，离开市区便是远离任千雅。

况且，他在深圳仅有的两个朋友都在福田区，离开福田区让沈小丛心里不踏实。

沈小丛犹豫去还是不去，不去就意味着失去这份工作。他给我打电话，问我该怎么决定。

我听了，也觉得公明镇离福田有点远，再说派去工厂流水线工作对沈小丛来说的确有些不划算。可是转念又一想，沈小丛是一个即将拿到工商管理硕士学位的毕业生，这个公司的老板没理由这么不重视人才，将他放在流水线当计件工人。

想到这层，我对沈小丛说："你刚到公司，要耐得住性子，眼下你对整个公司的性质以及运营模式都不了解，公司不可能对你委以重任。再说你学位证书还没拿到，公司将你当本科生用，让你到基层熟悉公司的主营产品和业务，也合情合理，他们总归要考察你各方面的素质，尤其是看你的能力和人品。重用一个人之前，是要经过一番考察的，你要有这个心理准备。”

沈小丛听了我的话后，沉默半晌没言语。我知道他还没想通，问他：“合同签了多久？薪水有没有谈？”

沈小丛说：“试用期每月两千五，合同没正式签。公司人事说，进工厂工作一段时间后再签。”

我想了想说：“没签合同，这更好办呀。你去工厂看一下，不满意可以随时走人。”

沈小丛终于想通了。

其实沈小丛并非听了我的话才想通了，是我的话启发他另有想法。他认为，总部设在华强北步行街这样的商业旺地，公司应该是具备一定实力的。无论如何，先去工厂了解一下公司的生产规模后再做打算，权当在深圳实习三个月。况且，每月两千五百块够吃饭，有地方睡觉，暂时在深圳有了立足之地。

沈小丛想到这层后，没再犹豫，登上了公司的面包车。

去公明镇的途中，同车的任小刚大发牢骚，开车的司机也听到了。

沈小丛始终没说埋怨的话，反而劝任小刚到工厂看看再做打算。

他俩被送到君世电子厂职工宿舍时，已经接近午饭时间，司机将他俩交给工厂姓顾的主管后，便独自开车回去了。

沈小丛和任小刚各自拿着行李上到三楼宿舍。顾主管交代他俩食堂开饭的时间是十二点，吃完饭整理一下行李，下午一点上班，到时会派人来接他俩去厂里。

沈小丛听到中午只有一个小时的吃饭时间后，心想工人的工作够紧张的。

工人集体宿舍有两栋，男工住 A 栋，女工住 B 栋。

沈小丛看到回到宿舍的女工统一身着红色上衣、蓝裤子，年龄几乎全是二十岁左右，很少看到年纪大的。就在这时，楼道里响起了纷乱杂沓的脚步声，还有相互追逐疯跑的嬉闹声。

沈小丛看了一下手表对任小刚说："咱俩去吃饭吧。"任小刚没理沈小丛，他和衣躺在床铺上，双手垫在脑后无精打采地说没胃口，然后侧身而卧，表明了不愿再说话。

沈小丛没把任小刚拒人千里之外的态度放在心上，估计他情绪仍没转过来，还在后悔来了公明镇。

沈小丛站在三楼窗口，看到回宿舍的女工手上拿着不锈钢餐具又走出了宿舍，往另一幢平房的方向走去，估计食堂设在平房里。他想既来之则安之，先去吃饭，伙食好不好也能看出这个公司的经营状况，老板是否抠门。

沈小丛拿上自备的碗勺，临出门时还不忘问任小刚，要不要帮他打饭回来。任小刚身子没动，没好气地说："不用了。"

沈小丛摇摇头，"呵呵"笑了笑，开门走了出去，他跟在同楼层的男工身后，往食堂走。

如果不是因为男女穿着同样的服装，沈小丛真以为是去大学食堂买饭。他望着一张张年轻的富有朝气的脸，心头的郁闷消散了许多。

走进食堂，沈小丛欣慰地笑了，他闻到空气中饭菜的香味，排队买饭的人站成一排排，往窗口慢腾腾地挪动，他们趁短暂的相聚机会说说笑笑。

他们正年轻，流水线上正襟危坐了一个上午，工作时间不能敞开心扉，随心所欲地说话；这个时候，他们像一群出笼的小鸟，叽叽喳喳，欢声笑语。

排队的女孩子中，有说四川话的，有说广东话的，有说湖南话的，她们旁若无人，无拘无束地聊着天。

为数不多的几对恋人，正在小声窃窃私语，男孩子手里端着两个人的餐具，女孩子亲昵地帮男朋友整理衣领和头发，眼里充满了爱意。流盼的眼神和温柔的动作，让没有谈恋爱的男孩羡慕不已。

沈小丛排在队尾，微笑地看着她们嘻嘻哈哈，欢蹦乱跳，嬉笑声与食堂饭菜的香气搅拌成团，在空气中飘荡，勾起了沈小丛的食欲。

排在沈小丛前面的两个女孩正在交头接耳地嬉闹，其中一个为了躲闪对方挠胳肢窝，正往后退，她的后背撞在了沈小丛的胳膊上，脚踩在了沈小丛的脚背上。

女孩子“哎哟”一声惊呼，回头冲沈小丛充满歉意地吐了吐舌头。沈小丛以为她会道歉，说道：“没关系。”

可踩他的女孩子并没道歉，听到沈小丛说没关系后，就做鬼脸与另一个女孩窃窃私语，相互捂嘴偷笑。

沈小丛闹了个大红脸。

踩他脚的女孩子原本捂嘴笑的，却又回身看了沈小丛一眼，放下捂嘴的手对同伴说：“你看他像不像李敏镐？”

“李敏镐？”

“《爱情餐歌》里演服务员的。”

两个女孩子回头上下打量着沈小丛，踩了他脚的女孩子问：“有人说你像李敏镐吗？”

“没有，不少人说我长得像憨豆。”沈小丛一本正经地说。

“憨豆？谁说的？说你的人眼睛有问题。”另一个女孩说。

“哈哈……”

“你不像憨豆，你像孔乙己吃的茴香豆。”

沈小丛被逗笑了，他没想到俩女孩当着陌生男人的面竟如此活泼。

踩了沈小丛脚的女孩见他笑得开心，问道：“你是新调来的厂长吗？”

“新调来的厂长？”沈小丛反问一句，随即明白对方看到自己没穿同样的工服，误认为自己是管理层的人了。

沈小丛问：“你看我像厂长吗？”

另一个女孩收起调皮，凑过来上下打量沈小丛，说道：“有点像，你看起来挺有文化的，是大学生？”

沈小丛被两个女孩说得有些不好意思，面露羞涩地说：“我和你们一样，也是流水线上的。”

“骗人！你如果骗人就是四条腿的动物。”踩沈小丛脚的女孩鼓着鼻子说。

对话引来边上排队的几个女孩的注意，她们也盯着沈小丛上下打量，异口同声地说：“你骗人”。

“啊！有五条腿的吗？”沈小丛委屈地问。

“有呀，乌龟五条腿。”一个女孩抢着说。

“四条。”沈小丛强调说。

“你从后面看过乌龟走路吗？加上尾巴，五条。”

沈小丛无语，心里嘀咕，一嘴难压众口。

“如果你是新来的厂长，以后要关照我们几个呀！”踩了沈小丛的女孩说，听她说话的口气，像是这群女孩的小头目。

沈小丛问：“为什么说我是新调来的厂长？你们一起骗我。”

“都在传顾厂长要回总公司，换一个新厂长来。”

“不过，你太年轻了，不太像新厂长。”边上一个女孩子说。

几个女孩子不管不顾，七嘴八舌地自顾自叨叨。

沈小丛想到了前面领他去宿舍的顾主管，难道他是厂长？

沈小丛见窗口打饭的人不多了，几个女孩子光顾着说话，他提醒她们说：“中午只有一个小时，你们不怕迟到扣钱吗？”

这群女孩看了看窗口，连忙拿着餐具围了过去。

沈小丛目光扫遍食堂，发现排队打饭的人女多男少，只有自己和食堂工作人员穿便服，难怪她们把自己当新来的厂长了。

沈小丛把餐具伸进窗口，看到踩了自己脚的女孩子并没走，而是站在另一个窗前，他缩回餐盘，让她先打饭。

“你真的不是新来的厂长？”

“我今天刚来报到，但不是厂长。”

女孩子听了，羞赧一笑，说：“我叫梅莉，湖北人，你呢？”

“沈小丛，江苏人，我在武汉读的大学。”沈小丛说。

“你真是大学生？”梅莉说话时面露惊讶，甚至有几分失望和不满。

沈小丛如坠云雾，没明白她为何有如此反应。再看不远处，两个女孩在咬着耳朵小声嘀咕，看梅莉的眼神里夹着鄙夷和不屑。他心中暗自吃惊，明白她俩眼神里的醋意，想不到自己第一天来就引起了几个女孩的注意。沈小丛心中虽说有小小的得意，但更多的是诧异。都说电子厂女多男少，男女比例十比一，严重失调，这回沈小丛亲眼所见，终于信了。

正当沈小丛准备回答梅莉的提问时，看到几个没穿工服的人走进食堂，他们径直往沈小丛这边的窗口走来。沈小丛认出了走在中间的顾主管，梅莉也看到了，她丢下沈小丛，端着餐盘走向了最远的窗口。

沈小丛不知道梅莉为什么见到顾主管就躲开了，也许顾主管平时工作管得太严了。沈小丛无暇他顾，主动上前打招呼："顾主管，你好！"

顾主管身边一位男青年抢先说："是顾厂长。"

沈小丛连忙纠正说："顾厂长，不好意思，我弄错了。"

沈小丛向顾厂长打招呼的同时，与顾厂长身边的每一个人都点头示意。他估计，这几个人应该是君世电子厂的负责人和高层管理，以后就是自己的领导，所以他显得既礼貌又客气。

沈小丛看出来了，顾厂长很有威信，他们到来后，饭堂里的嘈杂声也小了。

"你是名牌大学的研究生，来厂里主要是熟悉公司的产品。下午上班后我会带你们到流水线上看看，熟悉一下公司的情况。咦，任小刚同志没与你一起来吃饭吗？"

沈小丛听了顾厂长的话，有些不敢相信。来的时候人事经理什么也没说，没有向他透露来厂里做什么工种。听到顾厂长问起任小刚，他如实回答：“哦！任小刚说肚子不饿，没下楼。”

“你抓紧时间吃饭吧，我们中午只有一个小时的午餐时间。”顾厂长说完便与几个管理人员走进了一间小包间。

沈小丛知道，小包间是专为管理层人员就餐设置的。想着午餐时间很短，他不敢耽搁，连忙掏钱买了饭菜。

他端着餐盘左看右看，找到人少的角落，走过去坐下来专心吃饭。

在食堂就餐的人不多，大部分员工打完饭后就拿回宿舍吃了，湖南、四川、广西人爱吃辣椒，宿舍里有私藏的辣椒。

沈小丛独坐一隅，漫不经心地吃着饭。刚才与几个女孩子说话的场景让沈小丛想起了与任千雅在大学饭堂相遇时的情景，他闭上眼睛，任千雅说的话从大脑往耳朵外面飘出。

“我虽然是学财经的，但是设计这点小误会，耍这么点小聪明，对我来说没有什么技术含量。”

此时，沈小丛耳边回荡起这段话，不像当初听到的那样，从心里往外甜，无比受用。

刚才踩自己脚的梅莉是不是有意往后退的？

一种说不清的别扭梗阻在他的胸口，他打饭时还有饥饿感，此时饭菜吃在嘴里，无滋无味，形同嚼蜡。

沈小丛放下勺子，掏出纸巾擦嘴，这时他看到四十五度角方向有一个女孩子，她的一双眼睛正火辣辣地望着他。

沈小丛依稀觉得她就是之前踩他脚、名叫梅莉的湖北女孩子。

沈小丛心头一紧，手指一松，纸巾掉进了饭盆。他连忙捡起纸巾，揉成团，装进口袋，躲开梅莉直视过来的目光。

沈小丛掩饰心慌，重新拿起不锈钢调羹，在盆里搅拌几下，铲起满满一勺饭菜，硬往嘴里塞。他连续几勺把嘴塞满了，伸长脖子使劲嚼。他做这些动作时没有抬头，是要发泄或者驱赶堵在心头的不快。

沈小丛心想，为何总在饭堂与女孩子相遇，而且都是湖北人。难道这就是人们常说的命中注定吗？

他右手握着不锈钢调羹，左手撑住脑门，默默提醒自己，第一天进工厂食堂排队买饭，人家只是意外踩了你一脚，和你多说了几句话，别无他意，是你自己想多了。想到这里，沈小丛又有了胃口，他口中用力嚼着饭菜，连同自责一并吞进肚里。他目不斜视，没往梅莉坐的方向看一眼。

原本他要在饭堂门前的水龙头下洗好餐具再回宿舍的，可是担心再次碰上梅莉火辣辣的目光，就低着头匆匆走出了食堂。

回到宿舍门前，沈小丛以为任小刚睡了，担心吵到他，就轻手轻脚地推开门走了进去。可他进屋后却看到任小刚躺在床上，双手仍垫着后脑勺，双眼睁着，望着房顶左转右转。

沈小丛放下餐具，笑着说："以为你睡了。我在食堂碰到了送我们上楼的顾厂长，简单和他聊了几句，他说一点钟派人来接我们去车间。"

任小刚鼻子里哼了一声，不知是应答还是不耐烦。

沈小丛见状，想找一个让任小刚感兴趣的话题，想起了食堂里女孩子比男孩子多，就笑呵呵地说："我看到好多漂亮女孩子在饭堂吃饭，好像都是单身。”

果然，这句话让任小刚翻了个身，他面向沈小丛侧躺，说：“你没在工厂打过工。深圳这样的电子厂、服装厂基本都是女孩比男孩多，真正漂亮的没几个，你说的是假话。”

“真的，我不骗你，我真看到有漂亮的。”沈小丛说，他表情严肃，煞有介事。

“兄弟，别骗我了，我在公明一家服装厂打过半年的工，里面的打工妹没几个漂亮的。”

沈小丛微笑了一下，没有争辩，却想到了踩到自己脚的梅莉，以及她火辣辣的目光。可是，直到此时，沈小丛也没有想起梅莉具体长什么样。留在他记忆里的是一片红色，每个人都穿相同的红色上衣，把面孔也映衬得红彤彤的，除了高矮不同，根本分不出美丑。再说，当时沈小丛也不好意思直愣愣地盯着她的脸仔细看。

沈小丛摇了摇头，觉得也并非如任小刚说的那么不堪。

“你跟顾厂长聊什么了？”任小刚见沈小丛没有回自己前面的话，反问他。

“没啥，随便说了几句话，食堂人多嘈杂，说话费劲，听着也费劲。”沈小丛说。

任小刚点头。

“兄弟，你老家哪儿的？”任小刚问。

“江苏。你呢？”沈小丛问。

“湖南娄底。”任小刚答道。

“哦！我知道曾国藩故居在娄底。”

“对，在湖南娄底市双峰县，我老家离曾国藩的故居不远。”

“湖南出名人。”沈小丛说。

“还出土匪，湘西是有名的土匪窝。”任小刚说。

沈小丛被逗笑了，他见任小刚并非孤僻不善聊天，于是心情轻松了许多。他很想说说在食堂被女孩踩到脚的事，可话到嘴边又止住了。这样的事说出来，只能让任小刚觉得好笑。

沈小丛能看出来，任小刚根本不在乎这份工作。

沈小丛整理了一下床铺，进洗手间简单洗漱了一番，看手表，还有十分钟。他刚想坐在床铺上休息片刻，却听到有人敲门。他起身拉开房门，站在门外的正是顾厂长。

简单客气几句后，顾厂长说：“咱们现在去厂里。”沈小丛说：“没问题，顾厂长，我一直在等您。”

“叫我顾歌。”顾厂长伸出手。

“你好，顾哥！”

沈小丛握住他的手，一脸真诚。

“唱歌的歌，不是哥哥的哥。”

“哦！顾歌，这名字好，谁都叫你哥。”沈小丛说。

沈小丛和顾歌都笑了，两人笑完，同时望着床铺上的任小刚。这时，任小刚才懒洋洋地起身，他没和顾歌打招呼，只是被动地跟在他俩身后往外走。

顾厂长皱了皱眉头，脸上掠过一丝不快，虽然很短暂，一闪即逝，但还是被沈小丛看在了眼里。

沈小丛在心里警觉地敲了自己一下，顾厂长是个有心人，他的喜怒不在脸上，而是藏在心里。

君世电子厂厂区与宿舍虽在同一大院，但中间被一堵墙隔开了。员工上班要穿过一条走廊，门口有两名保安值班。

保安主要检查员工有无佩戴工作证、穿制服，下班时检查员工有没有将公司产品带出厂区。沈小丛和任小刚跟在顾歌身后进入通道，进门时被保安拦下了，顾厂长拿出工作证说明是新来的员工，保安这才放行。

沈小丛觉得保安年纪与黎谷良差不多大，心想，如果自己是厂里的负责人，一定将黎大哥招来当保安。沈小丛忽然想到梅莉问他是不是新来的厂长，还说顾厂长要调回总公司。难道他被派来工厂，与当厂长有关吗？沈小丛想到这里摇了摇头，觉得不可能。他对这个厂一无所知，虽然学的是工商管理，却没有实际的管理经验，不可能进来就当厂长。

沈小丛心里默默否定自己，却又有一股抑制不住的蠢蠢欲动的喜悦往外溢。他望着走在前面的顾歌，看不出要调走的样子，连忙收起了兴奋，脚步放轻，默默提示自己别张狂，要低调。

走进厂区，他们看到一幢两层楼的厂房，每层的面积有千余平方米。

沈小丛跟着顾歌走进流水线车间，只觉得眼前一亮。鼻子里闻到淡淡的松香，像打开崭新的包装盒，味道也是崭新的。

车间里，天花板和窗帘是天蓝色的，一眼望去，开阔明亮，一览无余，整洁舒适。

两排日光灯将拉上窗帘的车间照得通体透亮。

草绿色的地板漆闪着绿油油的光泽。

蓝色天花板和绿色地板与员工的红色上衣搭配，色调和谐又充满活力。

沈小丛看到两条流水线像两条笔直的轨道在缓缓运行，男女员工隔着流水线面对面坐着，按照不同分工，专心致志地在电路板上插着电子元件。没有谁抬头东张西望。

沈小丛看在眼里，感觉有些喜欢君世电子厂了，困扰在心头的远离市区的失落，被眼前尽乎透明的车间，以及蓝绿红构建的色彩暂时冲淡了。

任小刚站在沈小丛左侧，表情无动于衷，他并没感受到沈小丛内心的变化，他的目光在右侧一排女员工的脸上逐个移动。

“我们厂用的是板链式生产线。”顾厂长介绍道。

“哦！流水线有几种？”沈小丛问。

“有滚筒流水线、倍速链装配线、网链线等，所有流水线主要靠一台带式输送机工作。”顾厂长给沈小丛讲解。

“男女按性别分布在两侧，是不是分工不同？”

“女孩子心细手巧，因此给她们分配了更适合她们的工作。”顾厂长说。

沈小丛没有往女员工的方向细望，只是不经意地扫一眼。他担心自己的目光与名叫梅莉的女孩子的目光碰在一起。沈小丛说不清为什么会担心，自己只不过与她说了几句话而已。他担心此时看到她会感到不安，会慌乱，会被顾厂长发觉。沈小丛为了掩饰这种不安，故意没话找话，与他闲扯，还得装出很认真的样子。

“我们厂主要生产哪些产品？”沈小丛问。

顾厂长说：“我们的产品都在陈列室。”

沈小丛在顾厂长的带领下，来到产品陈列室，顾厂长指着陈列柜，一一向沈小丛和任小刚介绍。

“主要产品，IC芯片、集成电路、电容、电阻、二极管、三极管、模块、传感器、光电器件、继电器……”

沈小丛看得眼花缭乱，他想不到规模不大的君世电子厂竟能生产出如此多的产品。

参观完了产品，顾厂长说：“我们的产品近的销往国内各个地区，远的销往北美、南美、欧洲……”

沈小丛听了顾歌的介绍后，觉得君世电子公司很有规模，发展前景可观，与樟木头那家地下小作坊完全不同。他觉得到工厂流水线锻炼一段时间，对公司产品有一个全面了解，对今后个人的发展很重要，也很有必要。

他们从陈列室出来，再次回到流水线车间。顾歌详细地介绍了流水线男女员工正在做的一款IC芯片——SSI(小型集成电路)。员工们神情专注，头也不抬，动作娴熟，分别往塑料基片上安插电阻、电容等元器件，看得沈小丛眼花缭乱。

顾歌还向沈小丛介绍了板链式生产线的运作原理。沈小丛听得仔细认真，他觉得自己学到了很多，从内心喜欢上了君世电子厂。

任小刚站在一旁，对沈小丛和顾歌之间的对话无动于衷，好像他俩说的与他无关。

看完了流水线，沈小丛问顾厂长分配他做什么工作。

顾歌说："总公司送你们来之前，总经理已经打电话交代了，你们的工作由总公司分配，不是我安排的。你分在厂部，不在车间流水线上。"

沈小丛听了有些意外，他问："可是，我在厂部能做什么？我一无专业技术，二无工作经验。"

沈小丛没想到会由总经理亲自来安排自己的工作，虽然自己应聘时最后的面试是由总经理亲自主持的，但当时他仅提了一个问题。沈小丛回忆起面试时的情景。

总经理问："你认为自己在学校属于好学生吗？"

沈小丛不假思索地说："是的，我的成绩很好，从本科到研究生，各科的成绩都很优异，从没挂过科。其实我想说，判断一个学生是不是好学生，成绩不能衡量全部，而是有很多标准，包括思想道德、实践经验、团队精神、沟通能力等也都是很重要的。我在这些方面也做得很好，应该说我是一个全面发展的学生。"

沈小丛其实并不满意自己对这个问题的回答，只能说回答得中规中矩，也许总经理当时就看中了自己是个好学生吧！

当时给总经理留下什么印象，他没在意，只是完全没想到下工厂是由总经理亲自安排的。

沈小丛告诫自己不能马虎，要认真应对分给自己的工作。也许总公司是考验各人的能力，包括思想道德、实践经验、团队精神、沟通能力。

顾歌没有注意到沈小丛的走神，他告诉沈小丛，具体工作等回厂部办公室后再细谈。

之后顾歌转脸望着任小刚说："任工程师，总公司根据你简历上的工作经验以及所学专业，安排你在质检部工作，职务是质检部主任。你的工作岗位在二楼，有三名助手，他们已经上岗了。我这就带你上去，介绍质检部门现有员工给你认识。"

任小刚没参与沈小丛与顾厂长的谈话，他一直在走神，顾厂长与他说话时，他正专注地望着坐成一排的女工，看她们谁美谁丑。任小刚想要找到沈小丛说的在饭堂碰到的漂亮女孩子，或者希望从中找到符合自己审美标准的女孩子。

任小刚意识到顾厂长跟他说话时先愣了一下，等醒过神来的时候，看到顾厂长笑眯眯地望着自己，他的脸唰地红了，嘴上"啊啊"几声，说："好好，我没问题。"

"你真的知道我前面说了什么吗？"顾歌仍笑眯眯地问任小刚。

"我知道，我被分在质检部，地点在二楼。"任小刚说完，又往女员工方向偷偷瞟了一眼。

"好，我们这就上二楼，沈小丛，刘助理先带你去厂部，我们一会儿细聊。"顾歌说着往二楼走，沈小丛由刘助理引领去厂部，也就是厂长办公室。

顾歌表面没有在意任小刚的心不在焉，沈小丛心里知道，顾厂长是一个有心的人，任小刚绝对没有给他留下好印象。这对任小刚今后在公司的发展会产生影响，也许任小刚就没想过要在君世电子公司长久做下去，他是故意这么吊儿郎当的。

沈小丛心想，任小刚真的能一心二用呀，明明走神了还能说出顾厂长说话的大意，这家伙脑子很灵活。

沈小丛又想，有没有必要提醒一下任小刚，让他以后注意点，毕竟两人是坐一辆车来的，又住同一间宿舍。

沈小丛跟着刘助理来到厂部，厂部有两个套间，门上分别挂着厂长和副厂长的牌子。

外间共有三张办公桌，沈小丛看到一张办公桌空着，上面放着沈小丛的工作牌。他没想到自己的办公桌已经提前布置好了，虽然排在对门第一张，但他心里已经很满足了，完全超出了他的预期。

刘助理的办公桌在厂长办公室门口，另外一张桌子这会儿没人坐，上面写着两个字：梅莉。

沈小丛愣了一下，梅莉也在厂长办公室？她是管理人员，不是流水线上的女工？不知为什么，沈小丛觉得有一种压迫感。

难怪她在一群女孩面前说话的口气像个小头目。

此时，梅莉不在办公室，那一定是在车间。刚才她看到自己了吗？还是她在二楼？

沈小丛安静地坐在办公桌前，回忆在食堂与梅莉说话的每个细节，他想从一片移动的红色里，分离出梅莉的脸来，哪怕一个细小的特征也好，可是，他什么也没找到，只记起了她说话的声音以及火辣辣的目光。

沈小丛觉得梅莉的目光也是红色的，像烧红的炭条，他担心自己的目光碰上后会被烧得直冒白烟。

这时，刘助理拿来公司内部印发的册子，放在沈小丛面前。

沈小丛的心情稍稍得到了平复，他翻看了一下，有规章制度、员工手册、宿舍管理制度。刘助理说这是顾厂长交代的，先熟悉一下公司的制度。

沈小丛连忙说“谢谢刘助理”。

大约过去了二十分钟，顾厂长回来了。沈小丛放下手中的资料，起身迎了上去。

“小沈，来我办公室。”顾厂长客气地对他说。

沈小丛知道顾厂长要具体分配工作任务了。

七

对于进入管理层，沈小丛一点思想准备都没有。此时他想起了梅莉在食堂见到自己时以为他是新来的厂长。难道公司高层派自己到工厂锻炼，是准备提拔当厂长的？还是另有其人？这个人是谁？任小刚？沈小丛想来想去，觉得不会是任小刚，不然在来时的路上他不可能发那么多牢骚。

沈小丛忽然想到，难道公司高层是要根据工作表现，从二人中间选一个接任厂长？

想到这里，沈小丛一下子激动了起来，浑身也跟着颤抖。这个信息即便仅属不经意的传言，或者是虚无缥缈的肥皂泡影，也已经激起了沈小丛好强的性格。

可是，梅莉怎么会提前知道这个消息？

顾歌叫沈小丛进办公室后的谈话，没有别人在场，谈话内容围绕完善工厂制度建设、培养员工爱厂如家的主人翁精神展开，他要沈小丛从激发员工的凝聚力方面想办法，出对策。

沈小丛觉得顾厂长与自己谈话的内容触及了工厂的管理核心，而这样的谈话没有任小刚在场，是不是顾厂长对自己的信任度更高？不过，任小刚负责厂里产品的质检，这也是核心工作，但是，工厂想要培养质检这样的技术人才并不难，管理人才相比较而言更难培养。沈小丛感觉自己比任小刚更得顾歌信任。这个时候不表现更待何时？沈小丛相信，做任何事，只要用心付出努力，就会有回报。他在工作日记的扉页写下了这样一段话：

你别把自己当管理人员，你就是一名基层流水线上的工人。

流水线是一种重复的体力劳动，做的事情不难，但是每天要坚持那么长时间的重复动作，这个时候就看你是不是吃得了苦，耐得住重复中的寂寞。

别人能行，你就能行。端正心态，努力工作。

沈小丛对自己的要求，的确是从头开始的。

第一天上班，他与流水线工人同时起床。他没有走进办公室，而是走进车间，坐在流水线最后一个位置上，跟着流水线工人学习插件。他像刚入伍的新兵，扎扎实实地从基本步法练起。

他跟顾厂长说，他要从头学起。

中午吃饭，沈小丛没走进小食堂享受特殊待遇，而是与普通员工一起在食堂排队打饭。

没几天，沈小丛的身边聚集了一群年轻人，女孩子居多，他们有说有笑，俨然成了好朋友。大家都知道他在厂办办公，却没有厂办人员的架子。

可是，有一个女孩没有围在沈小丛身边，她远离人群，目光却始终落在沈小丛身上，她就是梅莉。

事实上沈小丛也看到了，他佯作不知，也不进办公室，有意避开她。

沈小丛心里清楚避开她的原因，他明白梅莉火辣辣的目光背后的含义，又问自己该不该躲避她。有一点他内心很清楚，在没有找到任千雅之前，他绝不会爱上别人，更不想在电子厂工作期间发生情感上的暧昧。再说，他新来乍到，根基未稳，要注意自身形象。

可是，沈小丛没能躲开梅莉，之后发生的事让他大吃一惊，甚至让他怀疑自己在深圳能不能继续待下去。同时也让沈小丛明白了一个道理，一个人在外打拼，拼的不仅是个人能力，还得拼关系、拼智慧。

事情是这样的。

这天，沈小丛吃完晚饭先回宿舍洗澡，然后洗换下来的衣服。在他给衣服清水的时候，听到有人敲门。他没有急着从洗手间出来，因为任小刚在房里。

可是，沈小丛听到敲门声越敲越重，这才拉开洗手间的门，没见到任小刚。他以为任小刚出门忘带钥匙了。

沈小丛没穿拖鞋，光着脚跑过去开门。他拧开锁拉开门说：“又忘带钥匙了。这都几次了？还不长记性。”

门外没人说话，沈小丛有些纳闷，抬眼一看，他愣住了。

门外站着的是梅莉。

“哟，怎么是你？”沈小丛惊讶地问。

“怎么不能是我？是不是约了哪位漂亮妹妹，我坏你好事了？”梅莉说着话，故意做出一副避嫌离开的架势，脸上却是揶揄的坏笑。

梅莉认定沈小丛听了这几句话，会开门向她证明宿舍里没有别人。

“不是，约什么漂亮妹妹，我以为任小刚忘带钥匙了。”沈小丛说着话，仍站在门旁，右手握着门把手。他低头看自己湿湿的光脚，身后几个湿脚印，表情虽显狼狈，却没有请梅莉进门的意思。

梅莉见沈小丛仍堵着门，说道：“怎么，把住门不让我进去呀，里面真有女孩子？那我不打扰了。”

她说话时眉眼带笑，摆着手，转身佯装离开。

沈小丛不情愿地松开把门的手，退开一步。

“你不怕猪窝臭，就请进来吧。”沈小丛说着话，将门完全敞开。

梅莉走进房内，她经过沈小丛身边时，有意甩了甩湿湿的头发。

沈小丛闻到洗发水和香水混合的味道，有些浓烈，鼻子痒痒的，差点没忍住打喷嚏。

梅莉不管不顾，径直往里走。

沈小丛一直没仔细观察过梅莉长什么样，此时正从后面偷偷地看她，首先看到的是长及腰的头发，像一块黑色布帘披在后背。头发没干，显得湿重。

梅莉今天穿了一身新衣服，上衣是紫红色短袖，深灰色七分裤下露一双细白的小腿，脚上穿着白色无后跟凉鞋。

梅莉站在屋子中间，没转身，问："我这身打扮从后面看好看吗？"

梅莉说着话没转头，沈小丛刚好在看她脚上的鞋子，听了她的话，暗自吃惊，嘴上"啊啊"几声，不好意思地说："好看，你这身衣服很漂亮。"

沈小丛感到狼狈，冲梅莉的后脑勺吐舌头做鬼脸。

"我衣服漂亮，人不漂亮吗？"梅莉说着，转身望着沈小丛。她双脚站成丁字步，右手捏兰花指绞着一缕头发。

沈小丛正在做鬼脸，猝不及防地被梅莉突然转身逮个正着。

"我就知道你在背后使坏。"

沈小丛收起鬼脸，一副臊眉耷眼的样子。可是，他大脑没闲着，想起小时候在爷爷家的堂屋里见过侧面墙上的《红灯记》李铁梅的剧照，此时梅莉与李铁梅的区别是少了铁梅同志肩头的灰色补丁。

"像，真像。"沈小丛掩饰做鬼脸被逮着的窘迫，装模作样地摆出一副崇敬肃穆的表情。

"什么真像，像什么？"梅莉见沈小丛表情奇怪，以为身上的衣服出了问题。

"铁梅。"

"铁梅？什么铁梅？还蜡梅呢！"

沈小丛龇牙"呵呵"一乐，心里说："腊肉。"

梅莉不知道沈小丛心里想什么，偏着脖子追问："究竟是我漂亮，还是衣服漂亮？"

"你漂亮，衣服也漂亮……"

"真话吗？不许敷衍我。"

梅莉说话的同时，冲沈小丛嫣然一笑。

"真话。"沈小丛又用崇拜的眼神望着梅莉。

"我就知道你口是心非说假话，你们男人都一样，脸上一个人，肚里一个人。"

沈小丛没敢接话。

梅莉不理沈小丛心里想什么，望着分布左右的两张床，指着左边的床问："这张床是你的吧！"

梅莉说对了，沈小丛心中有些惊讶，分别看了看两张床。床上没什么区别，也没有明显的私人物品标志，有些乱，床头都挂着毛巾和红色工作服上衣。

"你怎么知道的？一眼就看出来了？"沈小丛惊讶地问。

梅莉吸了吸鼻子，故弄玄虚地说："我有特异功能。"

"望闻问切？闻味道？"沈小丛睁大眼问。

梅莉不理沈小丛的调侃，走到沈小丛的床边，大方地坐在床沿上。她双手往后撩起头发，放下来，又整理了两下，伸出右手整理沈小丛床上的枕头、枕巾。梅莉做这一切时显得很自然、熟练，像在整理自己的床铺。

沈小丛想上前阻止，又不好走近她身旁。

“梅莉，别动我枕头……”

他的话还没说完，梅莉已经从枕下拎出一条内裤，她捂嘴笑着说：“男人怎么都喜欢把内裤放在枕头底下。”

沈小丛的脸唰地红了，结结巴巴地说：“干净的，又不是没洗过。”

梅莉小声说：“我又没嫌你脏啰。哎，你在洗衣服吗？去洗呀，我不会偷你东西的，放心。”

沈小丛搓了搓双手，他巴不得找个地方躲开她，又不能张口撵她走，听到梅莉如此说，他歉意地点了点头，走进洗手间，关上门。

他拧开水龙头，手拨弄着水，假装洗衣服。

沈小丛静静地站在水龙头前，望着哗哗的水流，心情既紧张又不安。

他双手合拢搓了几下，掬几捧水泼在脸上。清凉的水顿时让他冷静下来，思来想去，觉得躲在厕所不出去不是办法。

沈小丛希望任小刚这个时候回来，有他应付梅莉，再好不过了。而且有两个人在场，他也不会感到心慌不安。

沈小丛一边慢慢地清洗衣服，一边静听外面动静，他想等到任小刚回来再出去。可是，他把要洗的衣服清洗了几遍，仍没听到任小刚进门的声音。

正在沈小丛不知如何是好的时候，听到梅莉站在厕所门口说话：“沈小丛，你是不是故意躲着不出来？不想见我吗？那我走了，你可别后悔哦！”

沈小丛听到梅莉说话的语气带着不满，也觉自己这样做没礼貌。他往脸上甩几把水，打开厕所门，脸上堆满了歉意的笑。他右手杵在腰间，装作抻到腰了，累得不行，他说："不好意思，让你久等了。一周没洗，都变味了。"

"你骗人，明显是躲我，你不喜欢我到你宿舍来，我以后就再也不来了。"

梅莉说这番话时，面带怒气，眼睛直直地盯着沈小丛，观察他表情的细微变化，同时又在逼他回答。

沈小丛知道此时躲不过，便装出真诚的样子说："不是，我很欢迎你来玩的。你看，我不是忙着吗？怠慢了你，抱歉。"

"衣服拿来，我帮你晾。"梅莉忽然转变了态度，语气温柔地说。

她说话时收起刚才挂在脸上的不满与怒气，眉眼低垂，体态温顺，一下子变成了另一个人。

沈小丛连忙摆手说："哪敢劳你动手，我自己晾，很快就好。"

他说着端起脸盆要去阳台，梅莉上前抢过脸盆说："你歇会儿，这活是女孩子做的，男人该干男人的事。"

沈小丛听了梅莉说的话，心头咯噔一下。他想坚持自己晾，想不到梅莉手上的劲特别大，一下子就夺了过去。

沈小丛直到这时才认真看了看梅莉的脸。

沈小丛觉得梅莉的眼睛挺大，眉毛浓密，看不出有没有画过，还是原本就这么密。他还看出她的额头显宽，脸不胖，属长脸，下巴有些尖。

沈小丛不知道如何定性梅莉的长相，如果说她长得漂亮，又不是吸引人多看几眼的那一类，但如果说她不漂亮，她又不让人生厌。沈小丛这个时候找不到一个准确的词来描述梅莉的长相。

沈小丛在心里暗骂自己："你浑蛋，漂亮不漂亮跟你有什么关系！"

梅莉端着脸盆走上阳台，麻利地拿起衣服，用力甩几下，再拿起衣架、晾衣竿，三下两下就把衣服晾好了。

沈小丛扯下挂在床头的洗脸毛巾递给梅莉："擦擦手，劳你帮我晾衣服，诚惶诚恐。"

"这些事女孩子比男人做起来更熟练，以后洗衣服之类的事就交给我吧，你做你该做的事。"

梅莉说这番话的时候面露羞赧，脸上满是红晕。

沈小丛听在耳朵里，心头却隐隐发凉，仿佛有一块石头往胸口压来，无法调匀气息。

他大脑一转，没有接她暗示的话题，而是说："有一个问题，我没弄清楚，你刚才进门，怎么一下子就看出了靠左边的是我的床？"

梅莉望着沈小丛说："真想知道？我告诉你真话吧！"

沈小丛洗耳恭听。

"占床位能反映一个人的性格，你这个人平时工作和生活中的表现都比较低调、不张扬，所以我断定右边的主要床位你不会抢，除非别人主动让给你。"

"既然这样，为什么不是我主动谦让？如果大家都能主动谦让，人与人之间怎么会发生争抢呢？"

“当今社会，人与人之间相互谦让的美德变得越来越珍贵。如果大家都在抢，你不抢吗？”梅莉问。

梅莉的话让沈小丛愣住了，心头一阵发紧。

任千雅是不是被别的男人抢走了？

这个念头仅在沈小丛大脑里驻留了一瞬间，就立刻被他驱除了。

这时，任小刚回来了。

沈小丛暗暗松了口气。

“来，我给你俩介绍一下，我的室友，任……”

“我认识他，质检总管……任小刚。”梅莉截住沈小丛的话抢先说。

任小刚望着梅莉，又望着沈小丛，眼神在询问：“你俩什么关系？”而他的心里是另一个问题：你来宿舍是找我，还是找他？既然沈小丛先做介绍，说明是来找他的。任小刚想到这里，心里平添几分醋意，似笑非笑地说：“我们见过，但不知你名字，也不知你与沈小丛……”

梅莉望着沈小丛，嘴角含笑，垂下眼眉，又羞涩地低下头，没回应。

沈小丛听出了任小刚话里有话，也看出梅莉的羞涩是让他做出澄清。沈小丛连忙解释说：“我和梅莉才认识不久，就在我俩刚进厂那天，我们在食堂遇到的，当时她不小心踩了我的脚，说了几句话，就这么简单。”

沈小丛说这番话的时候，表情略显着急，生怕撇不清他和梅莉的关系。

任小刚小声说：“你看你，着什么急呀，我也没怀疑你们什么。你叫梅莉？这名字真好听。”

梅莉礼貌地朝任小刚点点头说：“谢谢，你比他会说话。”

她又面向沈小丛柔声说：“衣服晾干了别忘了收。”

沈小丛“啊”了一声，望着梅莉往外走的身影，不知如何应答。

任小刚殷勤地送梅莉到门口，沈小丛这才发现梅莉身材高挑，几乎和任小刚一样高。

任小刚送梅莉出门，望着她走了后，才回身关上门，似笑非笑地盯着沈小丛说：“看不出来，你动作挺快，全厂就她长得有模有样，让你小子先得手了。”

沈小丛面红耳赤，连连摆手说：“我们真的没什么，没那个意思，真的。”

“少来，她都主动进屋帮你洗衣服了，傻子也能看出来，她看上你了。”任小刚不依不饶。

沈小丛听了，更急了，举起右手握拳发誓说：“真的没那回事，谁说谎谁是驴，是蛤蟆。”

任小刚听了哈哈大笑，上前拍着沈小丛的肩头说：“我逗你玩，我知道你看不上她。”沈小丛情绪平静下来，望着任小刚真诚地说：“我刚开始工作，没有能力也没有心情谈恋爱。”

任小刚亲昵地搂着沈小丛的肩，说：“我俩同时进厂，是兄弟，你的心思我看不出来吗？你一个硕士生，人长得又帅，怎么会看上一个工厂妹，对吧？我说对了吧！”

沈小丛低下头，皱起眉头，他想对任小刚说不是看不起梅莉，却又说不出来，他想起了任千雅，小声说：“我有女朋友的。”

任小刚听到沈小丛说的话了，却又装作没听见，他鬼鬼地干笑几声，走上阳台，望着晾晒的衣服，没说话。随后他回身躺在床上，双手枕在脑后，眼望天花板，若有所思。

梅莉去沈小丛宿舍帮他洗衣服的事，没几天全厂人都知道了，只有沈小丛被蒙在鼓里。他与往常一样，与一线工人一起上班、下班、加班。直到有一天，一位名叫杨淇的女孩子问沈小丛：“梅莉是不是去你宿舍帮你洗衣服了？”沈小丛愣住了，他问杨淇是怎么知道的。杨淇说：“不是我怎么知道的，是厂里人都知道了。”

沈小丛傻掉了，这件事只有三个人知道，自己没说，那是谁说出去的？梅莉自己？还是任小刚？

“她是你女朋友吧？”杨淇问。

“谁是我女朋友？哪来的女朋友呀！她去我宿舍，我正在洗衣服，她只是帮我晾了下衣服，什么时候帮我洗衣服了。”沈小丛气不打一处来。

这件事对沈小丛刺激很大，他骨子里好面子，这下好了，全厂男女都以为梅莉是自己女朋友了，怎么办？思来想去，清者自清，浊者自浊，只要自己与她保持距离，谣言终究会不攻自破。

为此，沈小丛开始故意避开梅莉。他不管白天还是晚上，尽量跟流水线员工在一起，不让自己有单独的时间。

有一次沈小丛站在厂门口，身边有好几个工友，梅莉见到他后朝他走来，沈小丛立即躲进男厕所，引得众人哈哈大笑。

任小刚见沈小丛早出晚归，常加班，休息日也不去镇上玩，于是笑骂沈小丛说：“你这个傻瓜，加班又没加班费，弄得自己像个副厂长。”

沈小丛没有回应，“呵呵”笑着说：“我缺乏工作经验，想多学点东西。”

任小刚说：“你别装了，厂里谁不知道你在故意躲避梅莉。”

沈小丛惊讶地问：“厂里人怎么说的？”

任小刚诡秘地说：“最近女工里不少人说你看不上梅莉，是梅莉自作多情，送上门倒贴的。”

沈小丛愣了片刻说：“哪能这么说话，我和梅莉与大家一样，是同事关系，又没向对方表白，哪能这么埋汰人！”

沈小丛虽然嘴上这么说，心里却好受些了，他相信这种传言时间久了自然就淡了。这种谣言只是暂时的，梅莉会明白的。

沈小丛为了更好地消除大家的误会，让梅莉看到自己把主要精力都放在工作上，他几乎不单独回宿舍。

他还经常加班，甚至加到深夜十二点以后。平时只要任小刚没回宿舍，他一般不会单独或提前回宿舍。

到了休息日，沈小丛要么回市区找我或找黎谷良小聚，要么一个人躲进图书馆。他在君世电子厂工作期间，几次回市区与我和黎谷良碰头，却没当我们的面提起他与梅莉之间发生的事，直到他离开君世电子厂，我才知道了事情的来龙去脉。

沈小丛虽百般躲避梅莉，却没有因此影响工作。他与流水线工人共同工作，从中掌握员工的出勤状况和工作状态。他根据员工的坐姿分析员工的性格或者当天的身体状况和精神面貌。

原本沈小丛对流水线工作原理一无所知，经过一段时间的细心观察和虚心请教，他弄懂了生产线上的物料供给顺序以及人员配合顺序。

有一天早班，他观察到两名带病上班的员工，便及时告知厂长，建议予以调休。

沈小丛给顾厂长提了一条建议，根据员工性格和身体健康状况，给员工安排适合的岗位。比如有两名男工是同乡，工作时间坐在一起，经常聊天，注意力不集中，手上容易出错，他俩生产出来的产品合格率较低。于是，沈小丛建议将这两个人调开，一个上料，一个封箱，这个建议得到了顾厂长的采纳。

沈小丛会随身带着笔记本，经常在车间的工作台上写写画画。在很短的时间内，补充了“岗位说明制度”，还对“培训制度”进行了修改，着重强调员工爱厂如家的意识，树立我为公司、公司为我的企业文化理念。他在培训制度中，就管理层员工的跳槽行为制定了具体制约条款。他在给公司高层的建议中写道：一个公司的成败，关键在于留住人才和合理分配人才。

沈小丛认真的工作态度和饱满的工作热情，顾厂长看在眼里。沈小丛与梅莉的传言顾厂长也听到了，经过仔细观察，顾厂长认定传言是假的，是梅莉故意散播传言，想把子虚乌有的事情弄假成真。

顾厂长将沈小丛修改后的两份制度报到公司总部，还在结尾写了评语："沈小丛个人作风过硬，工作能力强。"

总经理董正松看了培训制度的修改部分，尤其对管理层员工跳槽行为的制约条款极为赏识。公司培养一名管理人才不容易，但经常被对手高薪挖走。对此，他一直头疼不已。把中高层管理人员的跳槽行为写进制度，从招人进公司开始，就予以教育和制度制约，能起到抑制和预防管理人员跳槽的双重作用。

总经理欣赏沈小丛，他记得自己面试过他，觉得这样的人才应该予以提拔。他把自己的想法告诉了人事总监，要求对沈小丛考察一个月。

厂里没人知道人事经理温岭友是梅莉的表哥，梅莉也是从表哥那里听到公司要派两名新招的人才去工厂锻炼，作为将来工厂领导的接班人。温岭友考察沈小丛时，第一个打电话给梅莉，问她认不认识沈小丛。

梅莉说认识，她问表哥为什么要打听沈小丛。温岭友告诉梅莉，公司计划提拔沈小丛当副厂长。

梅莉说："这个人拽得像骚公猪的屁股，提拔他当副厂长，好多人会死的。"

温岭友听了梅莉的话后，心底发出冷笑，他了解表妹的德行。温岭友嘲笑她说："是不是上杆子追人家，人家不理你呀？"

梅莉呸了温岭友一口说："你讨厌，星期天不去看你了。"

温岭友心想，难怪有日子没回市里了，原来心有所属了。

“是总经理要提拔他，我也挡不住。”温岭友说。

梅莉说：“说人坏话，你张口就来，这个时候要我教你呀？我认为厂里的任小刚适合当副厂长。”

温岭友听到梅莉说任小刚，想起他与沈小丛一同被派往电子厂，个子瘦小一些，长得没沈小丛帅，原本这两个人都是作为公司培养的储备干部。

“你是不是又看上任小刚了？”温岭友不满地问。

“没有，我就是觉得他人品正，你如果不帮我，我就告诉嫂子你在公司跟许多女孩子眉来眼去的。”梅莉撒娇说。

温岭友听了梅莉的话，连忙说：“好好，我帮你，周末你回来，我告诉你怎么做。”

梅莉听了，转怒为笑，挂了电话。

沈小丛并不知道顾厂长将他修改后的两份制度报送到了公司总部，也不知道发生在自己身后的事。

梅莉知道沈小丛故意躲着自己，尤其那天他当着许多工友的面躲进男厕所，被当众嘲笑，她从那时开始因爱生恨。但是她仍往沈小丛宿舍跑，每次都碰到任小刚，因此她灵机一动，想到了报复沈小丛的计划。

沈小丛不知道自己正面临危机，之后他又做了一份报告，题为“工厂管理十要素”。

沈小丛起草的工厂管理十要素，每一条都列举一个典型事例加以说明，有理有据，很有说服力。

当他准备将报告报送给顾厂长的时候，总公司人事部收到一封检举信。检举信揭发沈小丛欺骗女工感情，在厂里造成很坏的影响。信写得有声有色，有时间、地点，有人物。

检举信的署名是任小刚。

温岭友将检举信的内容向总经理进行了汇报，总经理听了虽感到纳闷，却并没多加思考，当即打消了提拔沈小丛的念头。

温岭友乘机说："与沈小丛一同派去厂里的任小刚，厂里的工人对他评价良好。他写了一份报告，题为'工厂管理十要素'，虽然还须修改，但整体看来，有理有据，切合实际，他更适合当副厂长，顾厂长对任小刚的评价也很高。"

总经理听了，没加思索地说："那就先提拔任小刚当副厂长，对沈小丛再考察一段时间。"

温岭友当天便以总公司的名义，打印好提拔任小刚当君世电子厂副厂长的文件，随后自己开车送到电子厂，他要亲自在广播里宣布任命书。

温岭友宣布任命书的时候正好临近中午下班，工人陆陆续续地从工作台边站起身，准备去吃午饭，沈小丛则趴在工作台上修改"工厂管理十要素"。

这时候他听到广播里开始播放的音乐，一首曲子播到一半时停住了，换成了顾厂长的讲话。

顾厂长讲话很简短，说总公司人事总监温岭友先生前来宣读总公司的任命书，请大家认真听。

沈小丛停下手中的笔，竖起耳朵，眼睛望着装进天花板的音箱。

温岭友对着话筒，用不标准的普通话念道：

总经办 2005 年字 007 号。

为适应新形势下君世电子经营战略发展的需要，经公司总办会议决议，决定对以下同志进行新的人事任命，现予以公布，具体任命如下：任命任小刚同志为君世电子厂副厂长，协助顾歌同志负责对电子厂日常管理的全面工作，并兼任研发部部长一职，主持该部门的日常工作。以上任命自发布之日起开始执行，职务调整后，薪资相应调整。特此通告。

沈小丛愣住了，他以为自己听错了，于是仔细回忆短短的任命书的内容，最终确认是听到了任小刚的名字。

温岭友宣布完任命书后，又简单表扬了任小刚的工作成绩。他说："同志们，任小刚进厂虽然不到一个月，却取得了不俗的成绩。群众反映他平时工作兢兢业业，勤勤恳恳，任劳任怨，加班加点，广受好评。他写的'工厂管理十要素'，受到总公司领导的赞赏……"

沈小丛听到任小刚写了"工厂管理十要素"，困惑地翻看手上尚在修改的报告，一时没明白怎么回事。稍加思索后，他明白了，自己写的这份报告被任小刚剽窃去了。

一股怒火蹿上沈小丛的脑门子，他霍地站起身，冲出车间，他要去广播室告诉人事总监，任小刚写的报告是剽窃自己的。

当沈小丛走出车间时，恰好看到任小刚和梅莉肩并肩手牵手地往厂办走，他愣住了。

这时，梅莉转身看到沈小丛正在看她，她拉了一把任小刚。

任小刚停住脚步回头看，他的目光与沈小丛的目光撞在了一起。

沈小丛平静地望着梅莉和任小刚，他的大脑里古怪地“吱吱”作响，像干燥季节里木地板的收缩声。

任小刚与沈小丛对视片刻后低下了头，望着脚尖。

梅莉见状，挽起任小刚的胳膊，用力搡了他一把，她自己则高傲地昂起头。任小刚抬起头，但始终没勇气直视沈小丛的眼睛。

沈小丛举起手中的笔记本，双手用力，“咔嚓”从中间扯成两瓣，狠狠地摔在地上。

几个走出车间的工人看到了这一幕，静静地望着三个人的对视，似乎明白了三个人之间是怎么回事。

杨淇也在其中，她走上前，弯腰将撕坏的笔记本捡起来。她对沈小丛说：“真的假不了，我们都听见广播了，公司人事总监是梅莉的表哥，你没输。”

沈小丛感激地望着杨淇，他这才想起自己第一天在食堂时，也与杨淇说过话。

梅莉见有人看热闹，有些心虚，挽着任小刚转身快步走了。

沈小丛望着杨淇手中的笔记本，没有把笔记里写的报告展示给大家看。

很多人以为是三角恋，表面看是梅莉被任小刚抢去了，沈小丛是输家，大家于是对沈小丛生出了几分同情。

沈小丛感激地对杨淇说：“谢谢你，我没事。”

八

深茂家具厂的老板名叫刘明达，老家广东河源，客家人。第一个月干完了，我领到二十元，另外三百三十元交了办理暂住证的费用。

我的心被锁在那个冰冷的清晨，我要找到一把钥匙，打开我即将被锈死的心。可是，我需要时间，这个时间决定我在这个陌生之地的存留，决定我未来能否找到生命的方向。

为了能在深圳留下来，我很虚心、耐心地学习木工手艺，还不能明着请教师傅，担心被老板看出自己不懂木工。

我干了一个月之后发现，深茂家具厂是一间旧家具翻新作坊。聪明的老板早就知道我根本不懂木工活，但是老板清楚，懂不懂木工不要紧，旧家具翻新有许多活不需要技术，比如对收来的旧家具进行清洗。

进厂一个月以来，我有半个月时间做清洗旧家具的活。这种工作与洗车差不多，唯一区别是旧家具不能浸泡。回收的旧家具全是三合板材料制成的，因为实木家具不易破损，即便旧了，主人也不舍得卖。

刘明达一点也不担心翻新家具卖不出去，那时候全国各地的年轻人络绎不绝地往深圳涌，成家的、没成家的都得住下来，即便是租来的房子，也得购几件家具，比如饭桌、衣柜、床、床头柜等。所以，翻新的家具供不应求。

深茂家具厂收购旧家具的车在广东省到处跑，拉回一车车的旧家具，经过半个月或二十天的改头换面，看起来就像是全新的家具。

我每天站在水池边，手里拿一块污黑的抹布，为一件件蓬头垢面的旧家具“洗脸洁面”。干这些活没有技术，只要不怕脏，手脚麻利就成。我望着眼前成堆的旧家具，像拍死的蟑螂，横七竖八地躺在地上，又像路障，需要我亲手一件件搬开，疏通前进的路。

那段日子，我没有悲伤，也没有急躁。我平心静气地清洗旧家具，大脑却游荡在另一个世界。我把一个人独处的时间用来构思小说。在我离开家具厂之后，连续写了十几篇短篇小说，陆续在《特区文学》和《大鹏湾》上发表，比如《风景线》《月亮的背面》《最后一个情人》。这些小说故事就是在洗旧家具的日子里构思出来的。

长小虎牙的山东小伙子名叫谭小天，原以为他年龄比我小，两人互报出生年月后，我才知道他比我大几岁。深茂家具厂里的工人除了我俩是外省人之外，其余全是广东人。于是，我俩自动升级为兄弟，我叫他大哥。当时我特别喜欢看一部香港电影，名叫《英雄本色》，由周润发、张国荣主演，电影里的兄弟情义在深圳这个外来人会聚的江湖悄悄流行。谭小天身材虽不算高大，但具备山东人的豪爽性格。平时他像大哥一样关照我，他知道我没有木工技术，就常利用休息时间带我做简单容易上手的活，比如漆前打磨，上头道漆之后用细砂纸再打磨。他不厌其烦地教我木工基础知识，教我熟悉斧刨锯凿的用法。我有时会做他下手，协助他完成一些技术含量高一点的活。

后来多亏谭小天在刘明达面前说情，把我从洗家具的水池边调进了厂房。

虽然厂房破旧，四面透风，却比在露天的水池边清洗家具要好得多。

之后的日子里，我在深茂家具厂学得最快的手艺是如何给旧家具翻新。从什么都不懂，到熟练掌握加楔、上坭、打磨，上头道清漆等细腻的技术活。

深圳的家具款式多是从香港市面模仿来的。比如酒柜，去年流行贴金线做装饰，圆脚包边。由于贴线、包边全靠胶水黏合，再好的胶水受潮也会脱胶，不到两年，金线褪色，面皮脱胶卷边，主人只好淘汰这些家具。家具款式以及流行的贴饰，像当季的服饰，新鲜一阵便匆忙下架了。

而这类废旧家具被低价收回来，重新打磨上漆，没几天就焕然一新，重新走进市场。

刘明达很精明，旧家具收购进来，前期的翻新过程不允许外人参观。到了上第一道漆的时候，所有旧家具已经搬进宽敞明亮的厂房，直到刷最后一道漆的时候，这才允许订家具的客户现场参观。这个时候，摆在客户面前的家具，不是行家根本看不出是翻新的。

刘明达为了防止工人在客户面前泄露秘密，平时在生活上对工人颇为照顾，不拖欠工资，加班费也给得高，所以没有人往外曝料。

我能看出谭小天有心开一间家具厂，自己当老板，苦于没有启动资金。他也只是靠打工赚钱生活，没有原始积累，即便天大的商机摆在面前，也只能干瞪眼。

我没有谭小天那么大的理想，当时只是把深茂家具厂暂作栖身之所，旅途中短暂休息的车站。翻新家具肯定不是我长久的职业目标，想到谭小天帮过我很多，明知他有目标，却帮不了他，我内心感到十分苦恼。

因为我要利用休息日寻找鱼妮，所以与谭小天的休息时间不经常安排在同一天。他并不知道我休息时间只做一事——去浦尾村寻找鱼妮。

我跟老板说好了，每周五调休。我在深茂家具厂做工的一年多时间里，每到周五都会去浦尾村，风雨无阻，从没间断。

但那扇门始终关着，铁链和门锁的锈迹一天天积厚，我的心也一天天变得沉重。

我没有告诉谭小天隐藏在我内心深处的秘密，每次触碰，心口都会传来阵阵刺痛。我很小心地紧紧包裹着这块伤口，不敢拆开，不敢示人。

终于，在一个冬日的夜晚，我看到挂在门上的铁链不见了，那一刻，我简直不敢相信自己的眼睛，怀疑自己是不是看错了。我抬头望向院内，见到窗口亮着灯光。

我听见锈死的心悄悄喘息，苏醒过来，层层包裹的铁锈纷纷散落。

我闭上眼睛，将浑身的气力聚集于右手，抓起门鼻圆环用力叩击。

“当当当……”空巷回荡着铁环的撞击声。

我看到亮灯的窗口撩起窗帘，有人往外张望，我看不清是男是女，再用力敲击了几下。不多时，门开了，我听到有人走到门边，隔着门警惕地问 ：“哪位？你找谁？”

是女人的说话声，说的是广东话，我的心凉了半截。

“我找鱼妮，请问鱼妮在吗？”

院内沉默，没做应答。

“请问鱼妮住在这里吗？”我问完了竖起耳朵听里面的动静。

“鱼妮？谁叫鱼妮？你找错地方了。”

里面的女人回答了我的问话，并没有开门。她说完话转身回屋，我听到她脚上拖鞋的窸窣声，有些急促。她进屋了，在她关门的时候，我隐隐约约听到了男人的说话声。隔着院门，我没听清问话内容，然后传来了关门声。

我呆呆地站在院门外，心跟随身体一点点往下沉，似乎要沉入水底了。

弯月挂在冬日的夜空里，颜色清淡，依附在一朵云旁，清风徐徐，带来丝丝牵绊。

我不死心，再抓起门鼻铁环。

这时，我听到远处屋顶一只猫的“喵呜”声，在暗夜里显得孤独凄清。

我犹豫片刻，没往下敲，轻轻放下手中的铁环，拔出深陷的双脚，望着小巷那头，那是我来时的路。

我别无选择，仍要顺着来路，回到深茂家具厂。

黎谷良收到陆可俊寄来的离婚协议书后，没有犹豫，立刻签上了名字。

他望着离婚协议上的名字，哭了。他没哭出声，只是眼泪哗哗地往下流。他说不清为什么要流眼泪，并不是舍不得陆可俊，也不是舍不得这段婚姻，就是感觉胸闷难过，无法说清的滋味。

他泪眼蒙眬地望着租住的房子，近乎家徒四壁，没有一件像样的家具，连台电视机也没有。唯一值钱的是墙角一台柜式二手冰箱，花五百块钱从旧货店淘来的，里面装满了早起去菜场采购回来的烧烤用品。说是冰箱，却能发出电风扇一样的声音。

黎谷良回忆与陆可俊婚后的这些年，确实觉得自己没出息，没赚到钱，没给陆可俊创造想要的生活。可是，自己赚的钱每月也如数交给她了，只留五百块的零花钱。黎谷良忽然觉得自打结婚以来，一直过着紧巴巴的日子，在朋友面前像个三孙子，抽烟喝酒抠抠搜搜的，不敢大大方方地站出来请朋友吃顿饭。黎谷良不知道这些年陆可俊究竟有没有存下钱，她在离婚协议中只字未提钱的事。思来想去，不提就不提吧，没房子没车没孩子，还有什么不能分割的。即便有点存款，也留给她带去新家用吧。

黎谷良在心里说，今后有没有钱就看你的本事了，任何幻想都是空的，要靠自己的双手去创造。

新洲立交桥桥洞下卖烧烤的夫妻，白天工作，晚上卖烧烤，凭自己的本事挣钱。他们能做到，自己为什么不能?

黎谷良想到这里，收了眼泪，紧了紧裤腰上的皮带，像给自己上了上发条。他拿过毛巾，洗了把脸，心里默默说：是该改变自己了。你离开上海，来到深圳，再不能一事无成。

不知为什么，他有一种重新塑造自己然后站在陆可俊面前展示的欲望。他想看到她惊讶地张大嘴的表情，然后看到她垂下头，眼眶涨满羞愧的泪水。

黎谷良满足地笑了，之后他嘲笑自己像个小男人，心胸狭窄，斤斤计较。

这天，黎谷良没有去守候雇主，而是在家整理烧烤用具——炉子、木炭、铁钎，腌制鸡翅鸭腿，发泡鱿鱼。

吃了中午饭，他坐公交车来到中康路，等候雇主。他给自己定下目标，每天不管接什么活，只要接到两单，能解决一天的房租和开销就够了，晚上卖烧烤是净赚的。

黎谷良觉得自己在深圳的生活有了盼头，虽然苦点累点，却能看到前方有一颗火红的太阳，照耀在前进的路上。

这天下午，黎谷良接了两单活，一单给家具店搬运家具，一单是给建材店卸水泥，总共赚了一百三十块钱。

傍晚时分，天色有些阴沉，不知道会不会下雨。这个季节深圳雨水多，动不动就来一场雨，不过，深圳的雨天不会拖泥带水，来得快去得也快，似乎与这个城市的节奏有关。黎谷良不担心别的，只担心晚上下雨影响出摊。

他看了看天，不管有没有雨，按事先计划准备。他带着小唐和小武回到出租屋，一起动手做晚饭，吃完了，小睡一觉。八点半闹钟准时响了。三个人起来简单洗漱一番，将烧烤准备的工具和货物装上两辆人力三轮车，小唐和小武各骑一辆，黎谷良坐在后面一辆的车架上，照应着车上的物品。

选择中康路作为烧烤点，算得上明智之举。中康路附近有医院，路两侧是商铺、餐厅，几幢单身公寓宿舍楼与中康路仅隔一个住宅小区的距离。中康路周边居住的人员较为复杂，大多为外地打工者。无论是否地处闹市，只要人口稠密，不愁没有生意。

夜色下的中康路与白天有些区别，九点后，行人少了，白天在马路边等活干的人早已收工回家。

只有黎谷良带着小唐和小武又回来了。

之前这边下过一阵小雨，细雨在夜色渐浓时悄悄收敛。小雨淋湿了街道两侧的草坪，绿草细嫩，叶尖挂满了水珠，淡黄色的街灯将一串串水珠点亮。

黎谷良他们的三轮车在路边停下来，雨后的空气更加清凉湿润。茉莉、夜来香微吐幽香，沁人心脾。道路两侧的窗户尽数敞开，如人们敞开的心扉。

黎谷良与小武和小唐从三轮车上卸下简易桌凳、烧烤木炭、炊具和食物，摆放在路边。

远处几辆手推平板车的妇女，迟疑不敢上前。平板车上整齐排列着红色塑料盆，里面盛着各色凉菜，有十几个品种。平板车与黎谷良的烧烤档有一段距离。她们自觉远离黎谷良的烧烤档，静静等食客在烧烤档点完单，过来买几个凉菜辅佐下酒。

黎谷良没有卸尽三轮车上的货物，将车推进绿化隔离带的花坛隐藏好了

不一会儿，人行道上按顺序摆了五六张小方桌，两只约一米长的铁盒子并排摆放。黎谷良熟练地给铁盒内装满木炭并点燃，火苗蹿起来，木炭噼啪轻微爆响，渐渐地，火苗收缩，一颗颗木炭红彤彤的。

小桌边陆续有人坐下来，熊熊燃烧的炭炉子上架上了铁网罩。黎谷良与小唐坐在炭炉边，将羊肉串摊在网罩上，空气中飘浮着浓浓的烤肉味。他们每人手上一只毛刷子，沾上油，麻利地给羊肉串刷油、撒调料，油滴在炭火上，“嗞嗞”直响，一阵阵白色油烟随风飘向夜空。

食客三三两两地围坐在小桌边喝酒吃烧烤，小武忙碌起来，左手拿着点单簿，右手拎着啤酒瓶，瘦小的身影在几张方桌间穿梭。他记录客人要的各种串和数量，打开啤酒瓶，麻利地给客人面前的一次性塑料杯里倒满酒。

两只炉子同时烧烤时，一阵阵油烟滚成一条烟龙，弥漫了整条马路，淹没了两侧的楼房，住户纷纷关上窗子。

虽然黎谷良这个烧烤档只有三个人，却分工有序。黎谷良

和小唐专职烤食物，小武像足球场上的自由人，招呼客人、上啤酒，点单、结账，忙完这些，还要赶着洗生蚝、剖生蚝。三个人有条不紊，忙而不乱。

送走第一批食客后，黎谷良从炉子边站起身，去食物筐前给铁钎穿羊肉、鸡翅、茄子、辣椒、韭菜、玉米棒、菇菌，他闷头干活，一声不吭，满脸油汗顾不上擦，双手在铁钎上使劲。如今他做这些活已经很熟练了，手指玩铁钎细活麻利如绣花。

夜里十一点之后，又一批食客光临，猜拳行令之声不绝于耳。黎谷良满脸油汗，在路灯的映照下闪闪发光，如涂油的茄子。

忽然，躲在树荫下卖凉菜的几个妇女推着平板车往小区内躲避，小小的骚动引起了黎谷良的警觉，正准备拎起材料和工具往周边草丛餐馆小卖部内躲藏。他看到有两辆人力三轮车驶了过来，停稳后下来四个身材彪壮的男人。有一个膀大腰圆，穿着黑绸上衣，夜风吹过，似乎浑身的肉都在乱抖。

四个人闷声不语地从三轮车上抬下两个烧烤炉，架好了，比黎谷良的烤炉要大得多。

四个人架好炉子，上好炭，并不点火，开始摆桌凳。

一个尖脸的瘦男人，操着东北口音走到小唐面前，对正在烤羊肉串的小唐粗暴地说："快走快走，谁让你在这摆的？咋这么没眼力见儿！不知道这地盘是我们哥几个的吗？"

黎谷良明白了，这四个人是来抢地盘的。他心生怒气，又有几分惧怕，他放下手上的东西走到瘦男人面前。

“兄弟，我在这里烤了一个多月了，这地方是我先来的。”黎谷良说。

黎谷良说话时，声音微微发颤，暴露了内心的胆怯。

这些都被瘦男人看在眼里，他挺着单薄的胸脯，用咄咄逼人的态势瞪着黎谷良，说：“打从现在开始，中康路是我们哥几个的了。你赶快收拾这堆破烂有多远滚多远，不然的话，我把你连同这堆破烂扔到臭水沟里喂蟑螂。”

瘦男人说着抬脚踢小唐脚边的塑料筐和烧烤炉，差点踢翻了炉子。几块烧红的炭火滚落在路面上，烟尘夹着火星子乱窜。

小桌边喝酒的两对食客见此情景，胆怯地起身躲得远远的。

另外三名彪形大汉一句话都不说，走过去把黎谷良摆的几张桌凳用脚踢到一边，把他们的桌凳端端正正地摆好了。

小唐和小武不敢吭气，他俩知道黎谷良练过，能打架，可是他们也看出了黎谷良的胆怯。毕竟一对四，而且对手个个人高马大的。于是，他俩像犯了错误的小学生，呆站一边，目光躲躲闪闪，不知如何是好。

黎谷良知道今天遇着麻烦了，心里生出几分悲苦，刚刚找到一份赚钱的路子，怎么就遇上了这帮人？他望着眼前这四个欺行霸市的恶徒，仗着人多欺负人，顿时悲苦化成一股怒火，像烤炉里燃烧的木炭。

这时候，黎谷良忽然发现他们虽然在摆炉子、桌子，可是并没点火，也没有用来烧烤的食物。

黎谷良明白了，他们不是要占地盘，而是来敲诈勒索的，黎谷良心里有数了。一阵凉风吹在脑门上，黎谷良的大脑清醒了。他冷静地想了想，自己初到深圳，对深圳的黑帮手段不是很了解，万事以和为贵，不要惹事。对方毕竟四个人，又不知对方底细，如果里面有高手，动起手来自己要吃大亏。出门在外赚点小钱，以武力解决问题，只能结下更多的仇人。黎谷良想到这里，决定息事宁人，掏点钱，了结今晚这场风波。

“你们要多少钱？”黎谷良问瘦男人。

“三百块。”瘦男人轻巧地说。

黎谷良和气地说：“我们三兄弟辛辛苦苦忙活到现在，连口水也顾不上喝，总共没赚到几块钱，你张口就要三百块，我们连西北风也喝不上了。”

“你喝不喝西北风，我们不管，我们弟兄们不喝西北风就行。”瘦男人说。

“这样行吗？一百块，给你一百块，咱们和气生财，我也不报警了。”

“你他妈的当我们四兄弟是叫花子？一百块钱就想打发我们。我告诉你，从今天开始，只要你在这儿摆摊，每晚三百块钱，一分不能少，一天不能落。”瘦男人说着脚下用力踢翻了炉子。多亏小唐走开了，要不然，炭火非得溅他一身不可。

“每晚三百块？”黎谷良惊讶地问。

小武忍无可忍，从树底下走出来，对这几个人说：“这个地盘明明是我们先来的，你们怎么这么欺负人，每晚收三百块，分明是抢钱啊！”

另外三名彪壮男人没想到瘦小的小武敢站出来，他们先是愣了一下，瞅了一眼黎谷良，见他哈腰与瘦男人面对面站着，知道他不是威胁，便上前围住小武。

“哟嗬！小屁孩，刚脱了开裆裤吧？敢与你大爷们叫板，是不是活腻了？”

三个彪形大汉将小武围在当间，手指他鼻子破口大骂。穿黑色府绸上衣的大胖子，抬手扇了小武一巴掌，又踢了小武一脚。

“孙子，你惹大爷生气了，快说几句好听的，逗大爷笑了，大爷气就消了，要不然，你今晚就摊上事儿了。”

胖子说着又举起手朝小武的脸上扇去，小武见状，侧身往黎谷良站立的方向躲了一步，同时躲开胖子扇过来的手掌。

黎谷良眼见小武挨了揍，见胖子又要打他，连忙插在他俩中间，顺手将小武拉在身后。

“你怎么随便动手打人？你一个大男人，欺负一个小孩，要不要脸？”

黎谷良一着急，嘴里冒出了上海口音。

“哟，上海人也上街做烧烤呀，不在家喝喝咖啡，吃吃老酒，跑这儿来做什么？”

胖子的话引得同伴哈哈大笑。

瘦男人凑过来，嘲讽黎谷良说：“想当年，大爷在上海滩混的时候，没少受苦，今天你落到爷们手上，算你倒霉！”

瘦男人似乎想在几个大汉面前表现自己的勇猛，他上前伸手抓住了黎谷良的衣领子。

黎谷良伸手挡住瘦男人的手，往后退了一步，说：“我不想和你打架，再说你们四个人，如果一起动手，我肯定不是你们的对手。这样吧，今晚我把赚的钱都给你们，请你们以后别再来骚扰我了。”

黎谷良说着话掏出身上所有的钱，拿在手上。其实他话中有话，意思是你们四个人一起动手，我不是你们的对手，要打就单挑。

四个男人显然不理会他的话，平头壮男毫不客气，跨前一步，伸手把黎谷良手上的钱抢了过去。

瘦男人先动手是想表现自己，却让黎谷良不客气地挡开了，他的脸上有些挂不住，听了黎谷良的话，更生气了，他伸出手指抵在黎谷良鼻尖上说：“你要是还想在这地盘继续混下去，每晚必须交三百块保护费，如果不交，明晚就不是赶你走，而是砸摊子了。”

黎谷良望着平头男人手上数着钱，仰天叹息，知道这样躲不是办法，一味忍，以后每晚交三百块钱给他们，自己赔了买卖连吆喝也赚不上，怎么实现自己的计划？

黎谷良想到这里，伸左手扒拉掉瘦男人顶在鼻尖上的手指，右手攥拳，用食指关节在他腰眼肋骨位置用力杵下去。

瘦男人像脚踩了弹簧，或被狗咬了脚后跟，蹦起老高，嘴里“哎哟”一声惊呼。

黎谷良无心伤到瘦男人，只是想试探一下对方的身手。他心里没底，不知道对手的实力。在他看来，敢出来收保护费的人，一定身手不凡。试探之后，知道他是菜鸟，便没把他放在眼里。

“打你个龟儿子，敢跟老子动手……”

瘦男人站稳脚，知道黎谷良在自己腰间杵了一下，没太疼痛，便觉得对方手上没力气，不可怕。

穿府绸褂子的胖子，看到黎谷良手上有动作，于是大喊一声：“打！”

四个人同时扑向黎谷良。

耳听“砰砰”的拳击和脚踢声，还有人轻呼“哎哟”声。

远远围观的人估计卖烧烤的要吃大亏。可是，四个人同时扑向他时，眼前一闪，黎谷良已经从他们的乱拳之中钻了出来，只剩四个恶人相互殴打。

黎谷良抱臂站在他们身后，没等他们醒过神来，抬脚照准尖脸瘦男人的屁股用力踹去。瘦男人往前冲了几步，“妈呀”一声惨呼，平趴在地上。其余三人明白过来，知道遇上对手了，连忙抄凳子拿剪刀。

围观众人见此情景，躲得更远了。

黎谷良顺手从脚边抄起一把凳子，与他们对峙。

一个比黎谷良高出一头的壮男，平端着剪刀冲过来。

众人看在眼里，男人发出惊呼，女人捂上眼睛。

黎谷良从容地撤身退步，偏头避开锋利的剪刀。他横起右肘，顺势狠狠击在扑近身前的壮男的小腹上。壮男闷哼一声，结结实实地趴在了地上。黎谷良没有手下留情，肘上用足十成的力气。高个男吃不住小腹上的突然撞击，双手抱着肚子倒在地上，像条虫子般无声翻滚。

穿府绸衫的胖子，手上拿着火钳子，他与另一名同伴面面相觑，对视片刻，胖子扔下手中的火钳子，对黎谷良抱起双拳，连连拱手说：“不跟你打了，我们不是你的对手，我们走。”

“如果是英雄好汉，留下姓名，日后领教。”瘦男人爬起身恬不知耻地说。

瘦男人说这番话是想找回点脸面。

平头男人掏出黎谷良给他的钱，几个人自觉地掏出各自口袋里的钱双手捧给黎谷良。

小武见状，也不客气，上前收了黎谷良给他们的钱，连同几个人掏出来的钱也一并收了，小武说：“你们的钱就当是对你们的罚款了。”

“行行，我们走。”

四个人收拾好桌凳炉子，装上三轮车准备离开，尖脸瘦男人忽然走近黎谷良身边，从裤兜里掏出一张名片递给他说：“兄弟，如果有缘，欢迎加入我们东北四人转，咱们一起赚钱。”

黎谷良没驳瘦男人的面子，当着他面将名片装进了上衣口袋。

九

鱼妮是我的初恋，我的初恋发生在同心胡同。

没有一点征兆,一切都是无意间发生的，简单得像胡同里盛开的米兰花。

这天是春天里平常的日子，我念大二，无意中走进这条同心胡同，忽然见到两壁米兰星星点点地盛开在胭脂般的黄昏中。我愣住了。望着胡同深处，整条胡同干净、宁静，没有一丝喧闹。我只觉得胡同的名字像陈列在玻璃柜里的老物件，吸引我想走进去。

偶有一两团柳絮迎面软软地飘来，拂面无声。天空一半澄蓝，一半橙黄。澄蓝深远，橙黄黏稠。

我信步来到一间专营油纸伞的店前，店里飘出古朴的滴蜡香。

这时，我看到一位身着湖蓝色旗袍的女孩，女孩脸上挂着浅浅的笑意，身后一把湖蓝色油纸伞映衬着她湖蓝色的旗袍。

我愣愣地望着她，脚步被她的无声笑容牵引，不由自主地走向她。

是女孩的微笑给我心中注入了温暖，这种温暖消除了我对同心胡同的陌生，给了我结识陌生女孩的自信。

我走进店内，假装浏览各色纸伞，之后停在她的面前，欣赏她身后那柄油纸伞。

我忽然觉得微笑的女孩有些面熟，曾在哪儿邂逅过？低头想了片刻，理不出头绪，我甚至想到男人见到漂亮女孩常用的搭讪借口：梦里见过。我哑然失笑之余，终究没想出在哪儿见过她。

我重新抬头，仍假装欣赏女孩身后的油纸伞。

湖蓝色的伞底，虬枝上的梅花点点悄然绽放。我想到人面桃花，脱口而出："人面梅花双映红。"

"桃花！"女孩说。

"你像梅花一样清奇、脱尘。"我说。

"你奉承过多少女孩子？"女孩说话时并没抬头。

"很多，数不胜数。可惜没有谁能让我奉承得那么准确，唯有你。"

我做出如痴如醉状的表情。

女孩被逗笑了，掩饰的笑声柔和如飘浮在巷子里的柳絮。

这时，女孩的笑容与我的脑海里似曾相识的面容重叠在一起，眼前浮现出一个场景。

那是一个雪天，雪下得很大，我在校外办完事，匆忙往公交车站赶。公交车站在一段两百余米长的斜坡上面，斜坡呈四十五度，我没带伞，雪又大，脚下匆忙，一路小跑。

我跑到一半已经气喘吁吁了，停下脚步，站在斜坡当间想歇息片刻，再做最后的冲刺。就在这时，坡顶下来几名学生，调皮的学生手拉手欢叫着顺坡滑雪。他们下坡速度快，收不住脚，站在坡道上的我躲闪不及，脚后跟被碰了一下，我跌坐在雪坡上，顺着坡道往下滑，吓得魂飞魄散。

正在这时，一位弯腰专心推自行车上坡的女孩被我铲倒了。

女孩一声惨叫，拉着自行车把往下滑。

我见了，连忙对女孩说："快松手，小心受伤。"

女孩慌乱地松开自行车。

我和女孩滑到坡底，几名学生回头望着狼狈的我和女孩，嬉闹着跑远了。

我起身扶起女孩，内疚地说："对不起，没伤着吧？"

女孩由于受到惊吓，脸色苍白，过了一会儿才回过神，拍打身上的雪，活动了几下手脚，见无大碍，脸色才渐渐恢复正常。

"现在的学生真调皮，家长和老师是怎么教育的！"我望着跑远的学生埋怨道。

"算了，我没事。"女孩小声说着走去扶自行车。

我抢先上前扶起车子说："坡地滑，我帮你推上去。"

我推起自行车，上到坡顶，还给女孩。

"确定没摔着？"我问。

"我又不是纸糊的。"

“现在的学生真调皮。”我又说。

“还只是孩子，谁还不是从孩子长大的？”

女孩说着摘下头上的米色线帽，拍打落雪，脸上露出淡淡的微笑，推上自行车，走了。

我望着漫天飞雪中女孩的背影，神情呆呆的，我心想：“她怎么没有一句抱怨，没有一句指责？”想到自己埋怨学生撞倒自己，连带撞倒她，明显是告诉她不是自己的责任。想到女孩恬淡的宽容，再想想自己，我有些难为情。

陌生女孩的背影，在我的心里生出一丝温暖。

此时，我认出了眼前的女孩，正是那天雪坡上被自己撞倒的那个女孩。我满心惊讶，但更多的是惊喜。

难道是天意？我如此想着，心随之怦怦乱跳。

我看出女孩没认出自己，故意没点透，仍装作不认识，想捉弄她一下。

“想知道我刚才心里想什么吗？”我问。

“不想知道。”

“不知道你会后悔的，知道后你会想知道更多。”

“有话快说，不说算了。”女孩的表情满是嘲讽。

“你太厉害了，能把我所有伪装撕得一干二净，无所遁形。”我说着话，面露尴尬。

我假装灰溜溜地败下阵来。

这时，有顾客进来，女孩丢下我上前招呼。

我偷偷地静看女孩侧面，一幅静态剪影像把铁钳子，钳住了我的心。我掏出纸笔悄悄勾画，心里暗喜学过素描，终于派上用场了。

门外的暮色在她白嫩的脸上涂了一层毛茸茸的暖色，我被她此时的美所震慑住了。

不一会儿，简单的素描画好了，我还写了几句诗，压在木质算盘下，走出伞店，继续往胡同深处走。

青石铺陈的路面被世代不经意的脚步打磨出青乌乌的光泽，两侧的青砖墙壁被萧瑟的古风抚摸，斑驳、苍老、枯瘦。

这一刻，我爱上了这条有年轮的胡同和那间老字号油纸伞店。

这晚，我失眠了。

那张素描和即兴的几句诗，能不能引起她的注意？

天刚亮，我迫不及待地跑去伞店。

来得太早，店门未开，我坐在对面等。终于等到开门了，但不是那个女孩，是一位白发老人。我谨慎地走进店内，木质算盘还在原处，素描不见了。

我的心里涌出喜悦。

我连着三天去找她，都没见到她。

这天，老人开门时又见到我站在胡同口，觉得奇怪，问："小伙子，天天见你，是不是丢了东西？"

我面红耳赤，支吾着说："我喜欢看太阳升起时染透胡同的颜色。"

"是吗？是什么颜色？给我说说。"老人说。

"我也说不准确，像米兰花睡醒在露珠里的容颜，果冻一样透明。"

老人抬头望向胡同深处，似在寻找我说的透明的果冻。

我乘机跑了，心虚老人再追问下去。

之后由于学业紧张，我长时间未曾走出校园一步。即便这样，我也没忘了想她，时常默念写给她的诗句。

我带你月下行走
花美丽了
湿润了果实
成熟地吹起动听的口哨

我在素描的背面写了另一行字：还记得吗？冬天那场雪，是我撞倒了你，从此你在我心里成了一块疼痛的印记。

我再次走进同心胡同时，已经到了夏至，人们的衣着换成了短袖。

我站在店门口，隔着不宽的巷道，对女孩挥手，她看到了，脸上露出了迷人的笑容。

我的心灿烂明亮，眼底紫燕穿柳。

“你的笑容，像是幸福包围了我，这种幸福是我人生全新的境界。”我走进店里说。

“是你没忘了我。”女孩说。

“是呀。见了你就忘不了了，你没看出我瘦了吗？说了你也不信，想你想瘦了。”

她笑出了声。

我的心是甜的，如蜜在喉。

两人目光相遇，滴蜡的古朴香味凝固了我们。

卖麦芽糖的小铜锣声叮叮当当地从胡同深处飘出来，放了学的小学生跟着卖糖老妪的挑担，给夏日胡同绘上一笔喧闹。

“真没想到那人是你。”

“我走进店里后认出是你，心都要从这里跳出来了。”我捂着胸口说。

女孩不言语，打量着我。

“晚上请你吃饭可以吗？”我小声问道，失去了之前的大胆和幽默，担心她拒绝我。

“你还是学生。”她说。

“倾我所有，尽我心意，毕业后工作了再重新补回这顿定情餐。”

“什么定情餐？”女孩佯作不知。

“就是和你的第一顿饭啊。”

我看到她目光里闪过一道光波，顿时心中暗喜。

这晚，我俩在胡同里的一间面店吃了定情餐，其实仅是每人一碗青菜面，但我俩很开心，她不时会心莞尔一笑。

吃完面，两人走出胡同，走到城外。

出了城，女孩变得欢愉起来，欢蹦乱跳，我被她的情绪感染了。

夜色帷幕一样拉起时，我俩驻足在运河边。

我们坐上巨石，听河水轻舔岸石。她靠在我的肩上，微风拂起她的发，撩在我的脸上，我调皮地噘起嘴欲将飘起的发吹拢，似乎惊动了她。

“爸爸说每天早上都有一个年轻人在店门口欣赏太阳升起时胡同的颜色。”

“这是我找的借口。”

“我知道，我爸也知道。”她羞涩微笑。

对岸停靠的渔船拉长了灯影，偶有木桨的拨水声远远传来，灯和水构筑成一道宁静的风景。我再也无法控制，轻轻揽她入怀，嘴唇覆在她的唇上，两人在笨拙、战栗中完成了初吻。

她浑身都在抖动，彼此相互凝视时，眼睛里有了对方，再次拥吻，似乎心都要被这流淌的柔软所融化。

“你叫什么名字？”

“鱼妮。你呢？”

“李非柳。”

“鱼妮，你像胡同里盛开的米兰。”

“它们是我爸妈婚前种的，几十年过去了，如今开满了整条胡同。”

这晚我们吻了很多次，只要目光相触就会吻在一起。

我说：“我请你的定情餐只能吃菜面，你不后悔吗？”

她微笑不语。

“我这辈子再也吃不厌菜面了。”鱼妮说。

我听了她的话，心里又流过初见到她微笑时留下的温暖，揽紧她的肩。

我与鱼妮恋爱是我大学最幸福的时光。下课了，我去伞店帮忙。店里没有客人时，两人目光绞在一起，相视一笑，或匆匆拥在一起，鸡啄米似的互啄对方嘴唇。

入秋后，我俩常去运河边放风筝，看往来船只，千帆只影。冬天，我们会坐在店门口，望着冬阳下寂寥幽远的胡同深处，有一种粗线条的空寂。我们一起等待第一场雪，淹没青石路面所有的伤痕。

饿了时，我俩最常去的是巷口的菜面店。

这天，我坐在店里，望着门外的阳光，心里默默念一首诗。

你是王给我的传说
你来自遥远的唐朝
来自王的家族
一根红线，把我和你系在温润的歌声里
我听从王的号令
今夜佩戴你
从此再不让你流浪民间
我带你月下行走
花美丽了
湿润了果实，成熟地吹起动听的口哨

鱼妮看出我在走神，走过来问我："在想谁？老实交代。"

我说："想你。"

鱼妮说："不信，我在你面前还说想我，骗人。"

我附在她耳边轻轻交代。

鱼妮将手交给我，依偎在我怀里。

"你毕业后，我就嫁给你。"

“我想今天就毕业。”

“那我今天就嫁给你。”

我眼睛湿润了。

鱼妮陪着我走过这座城市的无数条胡同，胡同里充满了我们的欢声笑语、甜言蜜语。

同心胡同里的人家，早已熟悉了我俩的身影，如同熟悉了春天盛开的吐香的米兰。

大四最后一学期，鱼妮在学校附近租了一间房，听说我要写一部小说，她要给我创造安静的写作环境。

可是，我的小说还没写完，鱼妮却要与她两个要好的同学结伴去深圳工作。我极力反对，她的父母也不同意。她说，如果不出去看看世界，等将来结婚生子，就再也没机会了，她要我尊重她青春时代的决定。尽管我内心有一万个不同意，最终，我们都没能说服她的执拗。我想我离毕业不过半年时间，无奈中只好同意她先去，等毕业了再与她在深圳会合。

鱼妮，我毕业了，来深圳了，你在哪里？

夜深人静时，我时常会抱怨，我的人生方向是被鱼妮弄乱的，乱得一塌糊涂。在寻找她的日子里，我像个病人，时常觉得浑身四面透风，无法聚拢热气。

没有人知道自从与她失去联系，我的心就空了。

究竟是为什么，一夜间失去音信？

那晚，鱼妮租住的房子里的那束灯光变成一道暖流，瞬间注入我体内，充盈我寒冷的躯壳。

可是，站在院内说话的人不是鱼妮。她是谁？房子的主人吗？如果是房子的主人，她应该知道曾经在这里住过的鱼妮去哪儿了。

那晚，我回到家具厂，觉得要改变寻找方法。陌生人在夜晚敲人家的门，会让人警惕，拒绝回答我的打听很正常，还是等白天去寻找比较好。不管现在房子里住的人是谁，只要有人住，就让我看到了一线希望。

家具厂要赶一批学校的课桌订单，一连几周没放假，等到赶完活，已经过去了一个多月。终于等到休息日，我记得那天是晴天，我起早走的。坐在公交车上，我看到太阳从东方升起，阳光亮得透明，像一块擦干净的玻璃。

心情能影响一个人看世界的色彩，以及对生活的渴望与美丑的判断。

虽然心中几个答案踌躇挣扎，但始终有个声音坚定地暗示我：今天你会知道鱼妮去哪儿的答案。

此时，应该算是我来深圳最开心的时刻。

一个小时之后，我来到浦尾村那扇门前。院门开着，我走了进去。

院里有一张躺椅，躺椅上躺着一个中年男人。躺椅边一张红木茶几，茶几上放着一把合拢的扇子和一只敞口茶杯。

中年男人微眯眼，他看到我走进院子，似乎并不惊讶，身子不情愿地动了动，仍半躺着。他用询问的目光望着我，嘴没张开。

“先生你好，我来找鱼妮，她半年前租住在这里，之后不知去哪儿了。”

“鱼妮走了，出国了。”

中年男人用并不标准的普通话告诉我，他是广东人。

“出国了？”我惊问。

这个答案是我想过所有答案里从没出现过的，同时也在我心里生出疑问。如果鱼妮仅是出国，为何她父母不知道，她的母亲在我临行前还嘱咐我把鱼妮带回家。

中年男人见我不信，从躺椅上欠起上身问：“你姓李？”

“是的。”我报上了我的名字。

中年男人点点头，进屋拿出一只信封说：“鱼妮走前留下这个，她知道你会来找她，让我交给你。”

我拿起信封看了看，手指触感告诉我，里面是照片，或者是什么卡片之类的。我没有立即打开。不知为何，我在这个时候变得镇定了。

“她去了哪个国家？没有什么话留给我吗？”

我与中年男人对话的时候，目光往房内张望，里面似乎没有人，之后我望着昨晚亮灯的窗户。

我想看到昨晚在院里和我对话的女人。

“没有留话，只留下这个。”中年男人说完，伸手拿起茶几上的扇子，展开，盖在脸上，身子彻底躺进躺椅里。

我知道他拒绝再和我说话了，也是在下逐客令。我没有恼怒，也没有气愤，说了声谢谢后，转身离开了。

“把门关上。”中年男人说话时没有把盖着脸的扇子拿开。

我停住脚步，转身问：“你知道我会来？”

中年男人没理我，我无奈地走出了院子。

在回去的公交车上，我打开信封，里面装着的不是照片，而是一张明信片。

沈小丛打电话给我，告诉了我在君世电子厂发生的事情，我能感受到他内心的沮丧与失落。我本来准备六点钟下班后去公明镇与沈小丛聊聊，但下班前临时要赶一份材料，于是又加了一个小时的班。

我想沈小丛这个时候一定很苦闷，正是需要朋友的时候。我能看出他是个要强的人，他肯定没想到在深圳也能遇上梅莉和任小刚这样的人。

我原本打算拉上黎谷良同去的，想到他晚上要出摊做生意，就没去影响他。我相信，如果黎谷良知道我去看沈小丛，定会放下生意跟我一起去的。

我们三个人已经成为好朋友，见面以兄弟相称，虽然黎谷良年长些，但在异地他乡，我是他俩的主心骨，不过，我却丝毫帮不上什么忙。

我想，等到他俩了解和熟悉深圳，有了自己的生活圈子，我会从他俩的心中淡去的。

我开着车驶出福田区委大院，驶上新洲路，两侧路灯已经点亮。远近楼群耸立，淡淡烟尘如纱，笼罩着城市的繁华。

我望着还没完全被夜色吞没的城市夜景，觉得沈小丛与黎谷良比我幸运。我来的时候，深圳的城市基础建设没现在完善，往公明镇去的路也不好走，很多还是山路。

我从梅林关去公明镇，车子过了深南大道，夜色降临，路灯全亮了。

原以为晚下班一个小时能错开下班高峰，可是，车子过了彩田立交桥后，我看到通往梅林关的路上排满了大巴和货柜车。

我这才想到今天是周五，是每周梅林关出关最堵的一天。

我看到私人承包的中巴小巴，拼命地超车，像蟑螂一样到处乱窜。车上卖票的小伙子，因长期阳光的日晒，脸色像在高原上生活的人，T 恤被汗渍和灰尘浸染而失去了原来的颜色。他们面向路边行人，高声叫喊：“上车三块，龙华、观澜、樟木头……”

卖票的小伙子们互拼嗓门，司机比车技，看谁抢到客人。

我专心开车，不敢走神，更不敢跟在中巴小巴后面，而是耐心地顺着车流以蜗牛的速度缓缓前行。车子走走停停，过了立交桥半个小时，我还没望见梅林关的影子。如果顺畅的话，一般仅需十分钟便可以通过梅林关。

上了慢坡，前面的车子又停住了，车尾的红灯像一双双害了红眼病的眼睛一样。

我踩住刹车，放在车座上的手机响了，是沈小丛打来的，我告诉他我在路上，还没出梅林关。沈小丛宽慰我说别急，开车急不得，出了关就好了。是呀，出了关就好了，在深圳的人谁都知道梅林是个关。

夜色如潮汐般涌来，吞噬着挂在远方意欲制造浪漫的月光。行驶中的车灯，像一条条寻觅的鱼，把烦躁和不安播种在入夏后的暖湿气流中。

我、沈小丛和黎谷良是三条游在深圳的鱼，黑夜中依岸前行。我虽比他们早几年游进这片水域，却依然在浅水里扑腾。

我又想起了鱼妮，想到沈小丛为了任千雅只身来到深圳，留下闯荡，黎谷良虽与我们有区别，但也是因为女人才来的深圳。决定男人去留的，先是女人，然后是事业吗？

终于，车子驶出了梅林关，上了通往机场方向的高速路。此时路面车辆没那么多了，我的心情也放松了下来，松了松攥紧方向盘的手，手心都出汗了。

我打开车内音响，听起了音乐。

我能理解沈小丛的沮丧与失落，从他的讲述中，我能猜到那个叫梅莉的女孩子这么对他，多半是因爱生恨的报复。俗话说："宁得罪君子，莫得罪小人。"后来，不知谁引申了一下："宁得罪小人，莫得罪女子。"而沈小丛，连小人带女子一块儿得罪了。

沈小丛的室友任小刚，他来深圳多年，借助女人与剽窃，顺利得到了他原本得不到的副厂长位子，沈小丛为此事备受打击。不知情的人不知道其中原委，仅知道沈小丛得罪了有表哥撑腰的梅莉，众人眼里的胜者是任小刚，沈小丛是失败者。虽然任小刚胜得没那么光彩，可是，在只看结果不看过程的当下，谁有心情和耐心听你述说过程，谁在乎你奋斗过程的艰辛？

俗话说：人在江湖漂，谁人不挨刀。

我于晚上八点半来到沈小丛的电子厂，他早在路边等我了。沈小丛上车后说带我去牛肉店吃牛肉丸，潮州人开的，他一个劲地说这家牛肉丸有多好吃。沈小丛说的我相信，潮州牛肉丸在省内也是有名的。沈小丛似乎入乡随俗了，我替他高兴，同时也意识到，他被梅莉、任小刚算计的事没有对他产生太大影响，我的担心是多余的。

沈小丛带路，我们来到了牛肉丸店。

停好车，我看到牛肉丸店门前的人行道上摆了十几张餐桌，餐桌边坐满了吃夜宵的食客，许多男人光着上身，谈天说地，热闹非凡。灯光下，一张张喝红了的脸在火锅的氤氲水汽中左摇右晃，油光满面。无风的夜色中，沉浮在腾腾水汽中的醉脸更显湿热。

在南方，即便是冬天，也有人喜欢在露天吃火锅。我估计店内有座，就走进店内，果然看到许多空桌子，我俩远离热闹，坐了下来。

我对牛肉火锅不陌生，点了牛眼肉、牛腱肉，当然少不了这家餐厅主打的牛肉丸。

点好菜，火锅上来了，插上电，等待锅里的水煮开。

我与沈小丛有一个多月没见了，此时看他，显得比刚来的时候消瘦一些，我知道他有心事。

“喝酒吗？我明天不上班，今晚我陪你喝。”我说。

“谢谢你的心意，大老远跑来看我。我知道你很忙，每天要看稿子，还要写作，给你打完电话我就后悔了。”沈小丛说。

“你没把我当朋友。”

“我在遇到难题的时候，第一时间就想到你了。”沈小丛说这番话的时候，声音有些发颤。

我俩对视而笑。

“不要让任小刚和梅莉影响你的生活态度。大家生活在相同的环境里，每天解决温饱的面包，不是排着队便能领到，而是要靠自己的双手去挣、去争，甚至去抢。手伸迟了，慢了，有可能面包就没了。我们都希望大家能排好队，按顺序领，可是，人与人不同。”

沈小丛点头。

“我刚走出校门，有许多东西需要适应。”

“鞋子脏了，擦干净就好了，而不是鞋子脏了就扔掉鞋子。”

“我明白。”沈小丛展开眉头说。

我相信沈小丛不需要开导，这件事不会影响他太深。

过了片刻，我岔开话题问：“有任千雅的消息吗？”

“没有，这个电子厂我没心思干下去了，不是因为没当上副厂长。我一直觉得千雅不会远离市区工作，我在这里不可能找到她。”

我同意沈小丛的推测。

沈小丛接着说：“既然来了电子厂，我就想着干好这份工作。有机会当上副厂长的时候，我一心想着把黎大哥招来厂里当保卫，现在情况变了。经过这段时间，我看出来了，这个厂不适合我。”

我心生愧疚，拍了拍他的肩膀。

说实话，我对黎谷良和沈小丛的关心远远不够，他俩最困难的时候，我没能很好地出力帮助。

“原本我想打电话叫黎谷良一块儿来的，可是他晚上要出摊做生意。自打他做了烧烤生意，我也没怎么见过他。咱俩暂时不喝酒，吃完饭我带你去找他。”

沈小丛听了我的话，脸上的表情舒展开来。

“太好了，自从和黎大哥分开找工作以来，我就没见过他。没想到他开始自己做生意了，好生敬佩。”

服务员开始上菜。因为想到要去见黎谷良，我和沈小丛便专心吃饭，再没深聊伤感的话题。不到一个小时，我们便吃完了火锅。

为了给黎谷良一个惊喜，我和沈小丛没有打电话给他。

回市区的路很顺畅，下了广深高速，转北环路，全程仅用了四十几分钟，便来到了中康路。

我听黎谷良说过他在中康路摆档，却不知在哪一路段，我开着车从南往北慢慢寻找。

直觉告诉我，黎谷良的烧烤生意应该不错。上下梅林两个自然村，村里租住的外来人员比较多，路边烧烤又是平民消费，年轻人下班后，喜欢三五成群地在路边树荫下围桌而坐，吃着烤串，喝着冰啤酒，天南海北地侃聊。

我从梅华路找到梅林路，再一直到三鸟批发市场都没找到烧烤档。我心中纳闷，黎谷良说了就在中康路，再说这条路不长，难道他换地方了？我心存疑问，掉转车头再往回走。这回我把车窗打开，扩大寻找范围。

车子走到梅林医院的时候，车窗外飘来一股烤肉的香味。

“闻到味道了吗？有可能就是黎大哥的烧烤档。”我问沈小丛。

“闻到了，我没看见在哪儿。”沈小丛说。

我停下车，沿着梅林医院旁边的一条小路望进去，看到昏黄的路灯下，一阵阵烟雾顺风飘来。

“在里面，你看。”我指着小路说。

沈小丛也看到那片烟雾了，自言自语说：“烧烤油烟污染太严重了。”

我把车停在路边，与沈小丛下车慢慢往前走。

离烧烤档一箭之地，我和沈小丛同时看到了黎谷良，我俩停下了脚步。

此时，黎谷良正手拿一把大蒲扇对着炭炉子使劲扇，炭火燃得越来越亮，整个炉子红彤彤的，照在黎谷良油汪汪的脸上。

一张折叠条案上，按顺序整齐码放着羊肉串、鱿鱼串、鸡翅、火腿肠、茄子、辣椒、玉米、海带、土豆片等各种食物，琳琅满目，应有尽有。旁边码放着几箱啤酒和一堆空啤酒瓶。

我站着不动，对沈小丛挤挤眼。

沈小丛心领神会，悄悄绕到黎谷良身后，粗声粗气地说：“老板，我要羊肉串、啤酒。”

黎谷良没转身，说了声“好嘞”似乎又觉不妥，他回头补问：“要几串……”他的话还没说完，就认出了沈小丛，惊愕地张大嘴，继而兴奋地张开手臂要拥抱沈小丛，但想到自己手上身上满是油污，便往后退了一步。

“沈小丛，你这小子，你怎么来了？”

沈小丛没有犹豫，走上前一把抱住了黎谷良。

“哎！我身上脏呀！”黎谷良说着话，似乎明白过来，四处寻找，看到我时，手指点了点。

“你俩跟我搞突然袭击。”黎谷良说。

“黎老板，好大阵势呀。”我握住黎谷良油腻腻的手说。

“讲啥哦，还老板，打工没人要，不如自己支炉灶。”黎谷良幽默地说。

我能听懂黎谷良上海话夹普通话的说话习惯，沈小丛也能听懂。

“来这儿坐，小武拿几瓶啤酒过来，小唐烤几串下酒，有贵客到。”

黎谷良的话把我和沈小丛逗得“哈哈”大笑，我看出沈小丛一扫心中阴霾，脸上表情显得很开心。

人生中有几个互不设防、掏心窝子的朋友，是一笔财富。

黎谷良把我和沈小丛带到一张小方桌前，小武已经拿来三瓶啤酒。我说 :“开一瓶吧，我开车，沈小丛一个人喝，你先做生意。”

黎谷良不高兴地说 :“什么生意？你骂我是吧！临街卖个烧烤混口饭吃。今晚我请你俩喝，不醉不归。”

小武打开啤酒，给我们倒满杯。黎谷良交代小武和小唐，客人少了，让他们一起过来喝酒。

我们仨端起杯子，碰了一下，还没等把酒杯送到嘴边，看到两辆人货车“呼”地冲过来，“嘎吱”紧急刹车，停在小唐的炭炉前。

刹车声划破寂静，车轮卷起烟尘，迷得众人睁不开眼。

我看到是城管执法车，立刻明白了是怎么回事。

执法车停稳后，城管协管从车上跳下来，一共五个人。带队的负责人从副驾驶室下车，腋下夹着黑色公文包。

黎谷良紧张地望着城管执法人员，脸涨得通红，尴尬地望着我和沈小丛。

“谁是这里的老板？”带队的城管问。

“我是。”黎谷良搓着双手，点头哈腰地朝他走过去。

这时，沈小丛站起身，表情激动地朝着夹公文包的负责人走去。

“覃队长，是你吗？”

沈小丛不管对方是否愿意与他握手，上前就抓住他的双手。

“你是谁？你认识我？”

“你忘了？你曾把我送进医院，还替我掏了医药费。”

“是你，我记得，你的伤养好了？”覃队长也对在这里遇到沈小丛感到意外。

“好了，都好了，一直想着去找你，还钱给你的。由于我找的工作在公明镇，还没来得及去向您道谢。”沈小丛真诚地说。

“不用谢，小事一桩。”覃队长说着又转向黎谷良，表情马上变得严肃起来。

我看到黎谷良脸上的笑容很僵，一副被抓现行的窘态，我估计他还没被城管处罚过。想到这里，我往前站了一步。覃队长看到我了，没想到他认识我。他说：“作家来食人间烟火了？”

他的话让我有些不好意思，真正的好作家要食人间烟火的。

覃队长说：“烧烤很不卫生，油烟污染很严重，群众意见很大，投诉不断。”

“是是，我们改，这就走。”黎谷良说。

“这次不处罚你了，下不为例。小莫，开一张整改通知书给档主。”覃队长对一名队员说。

城管队员写整改通知书的时候，我与覃队长客气地聊了起来。

“我两个朋友。”我指着沈小丛和黎谷良说。

覃队长点点头没说话。

“上回多亏你送他去医院，他刚来深圳第二天就被人打了，如果不是遇到你，不知会出什么事。”我说。

“我也是碰巧巡查经过，看到他倒在草坪上。”覃队长望着沈小丛说。

“我一定要上门表示感谢的。”沈小丛说。

覃队长连忙摆手说：“千万别，一件很小的事，弄得沸沸扬扬反而不好。”

说话间，整改通知书写好了，交到黎谷良手上。黎谷良拿在手里，像拿着一块热炭，差点掉了。

“看你是初犯，书面警告一次，你看看，弄得地上到处是垃圾，下次再让我们遇上，是要罚款的。”覃队长说。

“您放心，我这就把这段路清扫干净。”黎谷良说。

覃队长带人上车走了，留下一阵烟尘。

黎谷良望着远去的城管执法车，仿佛做了场梦。车已经隐进夜色看不到了，他仍在怔忡中发呆。

黎谷良一直心神不宁，闷闷不乐，情绪没那么高涨。我估计是城管不让他摆档造成的影响。覃队长发给他的整改通知书，虽说没罚款，也让他思考是否该继续摆档。

沈小丛没看出黎谷良的不安情绪，拿着酒瓶子忙着倒酒，谁喝了一口，他就给加满。我带他来找黎谷良，就是想让他散散心。

一个人在生活中遇到坎坷，只有自己迈过去了，才能真正看到前方属于自己的一马平川。

我没有说破黎谷良的心事，没有安慰他。

直到黎谷良喝了两瓶啤酒，脸色变红，情绪才有所好转。

这晚我们喝了不少酒，最后散场，我打车回家，沈小丛随黎谷良去下沙村住。

十

黎谷良陪我和沈小丛喝酒时，口袋里装着城管开的整改通知书，因此有些心不在焉，心神不宁，他当时的确在思考是否继续做下去。第二天，黎谷良送沈小丛回公明镇之后打电话给我，说了他做烧烤档以来遇到的事，我这才知道他在中康路与东北“四人转”团伙打架的事。

他之前已经被城管撵过几次了，这才搬到远离主干道的梅林二街，一是要避开“四人转”的再次挑衅，二是远离主干道，不容易被城管发现。可是，油烟污染大，影响居民生活，终究会被投诉的。

黎谷良问我怎么办。

我一时不知如何回答，如果支持他继续摆摊，则违反城市管理的有关规定，说服他罢手不做了，他又没了生计。

我知道黎谷良希望我帮他拉关系说情，可是我也没办法。我挂断电话，心里很不安，之后好长时间都不好意思与黎谷良联系。

黎谷良心急如焚，不知如何是好。

他清楚烧烤油烟污染带来的烦恼和危害，周边居民肯定有意见。他明白为了个人利益，不顾他人身体健康是自私的，可是，烧烤的利润带给他的诱惑让他无法割舍。

权衡利弊之后，黎谷良最终没有放弃烧烤。他没有本钱放弃，在深圳再难找到比这更赚钱的生计了。

黎谷良认为这是自己人生关键时刻的一次创业，烧烤档是他创造未来生活的希望之柱。一个小小的烧烤档，能让他重振生活信心。

凭两只简易的炭炉子，第一个月净赚了一万三千块钱，这完全出乎黎谷良的意料，这笔钱是他在毫无经验、毫无思想准备的情况下赚来的。

黎谷良算了一下，如果不是因为原材料采购的浪费，以及食物保存不当的浪费，还能多赚一些。

眼看烧烤档能赚钱，黎谷良的心像鼓满风的帆，他默默地在心里给自己立下了航行目标。

他记得与沈小丛在工业区转来转去找工作的经历，自己都觉得好笑。凭自己的学历，找什么工作月薪能过万？这种好事想也别想。

每当黎谷良心情愉快的时候，很容易想起新洲立交桥洞下那对夫妻。夫妻俩不屈不挠，夫唱妇随，让黎谷良打心底里佩服。黎谷良觉得，这对夫妻无论经历何种艰难困苦，身处多么恶劣的环境，都能相互扶持，快乐生活下去。

黎谷良羡慕那个戴眼镜的小学教育员有这么好的妻子陪在身边吃苦，他想到了陆可俊，同样是从农村出来的，在上海生活了几年，怎么变成那样了？上海女人生活的精致、细腻、勤奋没学到，只学会了占便宜、好逸恶劳。

黎谷良想，如果允许他安心做几年烧烤，他也有信心、有能力在深圳买房，或者回上海买房。如果有这么一天，一定要昂头从陆可俊面前走过，看也不看她一眼，让她嫉妒得眼里冒火，那种快感一定很爽。

黎谷良独自臆想，每每想到这种场景，都能让他兴奋得笑出声来。

人生在世，不如意之事十之八九，孙悟空去西天取经，有菩萨保佑还历经九九八十一难，关键是如何从低谷中走出来。

烧烤档是他走出低谷的梯子。

黎谷良尝到了路边摆烧烤档的甜头，不会就这么轻易放弃了。但他在思考，如何能占住现在的路段继续做烧烤。

他心里清楚，城管执法与东北“四人转”收保护费不同。对“四人转”你可以动武，打跑他们；对城管却不能对着干，更不能硬来。俗话说“和气生财”，做生意赌气，肯定赚不了钱。可是，被撵来撵去，提心吊胆，整日如惊弓之鸟的滋味不好受，长此以往也不是办法，这直接影响做生意的心情和信心。

这晚，黎谷良一边忙烧烤，一边思考如何解决这个问题。

要想一劳永逸，稳稳当当做生意，唯有将烧烤炉搬进店内。

这时候，他看到烧烤档斜对面的沙县小吃店，开店的中年夫妻坐在昏暗的灯下看电视。

黎谷良想，如果把小吃店改为烧烤店，位置极佳。

小吃店门面只有二十几平方，如果租下来装修成烧烤店，白天进店做生意，晚上九点之后摆在路边，就可以长期占据这条做烧烤极佳的路段。梅林二街十几幢单身公寓，里面住着上千人，大部分是收入不高的外来人员，与烧烤档仅一条马路之隔，这些人是路边摊最适合的消费群体。

黎谷良想到这个办法，很兴奋。可是，店主目前生意做得好好的，虽说不是很红火，但还能经营，暂时不会转租给自己的。

再说，即便他们愿意转租，自己手上资金也不足。

从租金到装修，再到购置烧烤设备，全部算下来，前期的投入不是一笔小数，眼下自己还没这个实力。再者，烧烤入店经营与路边摆摊天壤之别，过去他虽做过一段时间的餐饮生意，但是做烧烤店，他一点经验也没有。况且，并不是开店就能确保赚钱。

黎谷良思来想去，暂且选择与城管打游击。

为了躲避城管的巡查，黎谷良又招了一名小工，专门在十字路口蹲守，上班时间从晚上九点到十二点，工资每月一千块。发现城管执法车来了，立即打电话通知黎谷良。

有一段时间，黎谷良的烧烤档做得很顺，也越来越有经验，除了下雨天不出摊，每晚都来。

可是，躲得了初一，躲不了十五。黎谷良的烧烤档影响了周边住宅区居民的生活，他们不断投诉，从电话投诉到书信投诉，让福田区城管局负责人很恼火。而且，每次前去清理整治，执法人员还没到现场，小贩已经跑了，只看到满地垃圾和污水，知道有人给小贩通风报信，却不知道是谁。

终于，城管执法大队想到一个有效的办法，与辖区派出所联合执法，于夜间全体人员身着便装，徒步穿过住宅区，悄悄包围黎谷良的烧烤档。

当时黎谷良和小唐还蒙在鼓里，黎谷良心里嘀咕：怎么突然来了这么多人？他正想打招呼说“请坐，想吃什么”，忽然看到覃队长站在人群里。黎谷良愣了一下，想着打招呼，见有人走到摆烧烤食材的条案前，拿走剪刀和铁钎，心里明白是怎么回事了。

黎谷良被眼前黑压压的人围着，没明白他们是从哪儿冒出来的。他掏出手机看了看，没有未接电话，说明望风的人也没发现他们。

再看城管人员没穿制服，胸前挂着工作证，黎谷良心里清楚，今晚这群人是专门冲自己来的。

有人拎来一桶水浇在燃烧的炭火上，“轰——”，一阵白烟蹿上天。

黎谷良、小唐、小武呆呆地站在原地，看着炭炉子浸泡在黑水里，水蒸气缕缕飘散。

一名城管将开好的罚单交给黎谷良说：“别再摆摊了，去找点别的活干吧，路边烧烤污染严重，是违法的。”

黎谷良没做辩解，只能认栽，灰头土脸地带着小武和小唐回到了下沙村。

这一次黎谷良损失惨重，炉子、两辆三轮车，以及没卖出去的烧烤食品全被没收了。

烧烤档虽被连锅端了，对黎谷良的信心却没造成很大的打击。

经此一事，反而让黎谷良下定决心，一定要租门店开烧烤店。他又想到了沙县小吃店，对小唐和小武说出了自己的想法。小武当即说这个想法好，这事也好办；小唐说肯定能把店转租下来。

黎谷良不信，他说："如果你俩能说动那对夫妻，我们三人就合作开烧烤店，投资入股经营，你俩以后也是老板。小唐和小武想到入股经营，自己当老板，顿时兴奋不已。

烧烤档被城管连锅端了之后，黎谷良想休息几天，没急着重整旗鼓。他想着来深圳有些日子了，还没好好看看深圳的城市环境，于是想歇几天四处走走看看。他叫小武、小唐一块儿出去玩，小武、小唐说有事去不了。黎谷良只好独自去了世界窗、民俗文化村、仙湖植物园等地，还去了小梅沙海边浴场游泳。

黎谷良独自玩了几天，深圳著名景点都去过了，他又回到出租屋，闲着没事干，感觉无聊，重操旧业的念头又复苏了。

说干就干，他立即着手置办烧烤用具，买了两辆二手三轮车，又去五金店做了几只铁皮烤炉。没两天，工具就置办齐了，继续出摊摆卖。

黎谷良仍采用老办法，路口有人望风。

这晚，时间刚过八点，黎谷良、小武、小唐三人两车就从出租屋出发了。上次请来替他望风的人不干了，小武在老乡中又找了一个，名叫小强。黎谷良没见过小强，他吩咐小武让小强提前去梅林二街碰头，交代他望风的时间地点和注意事项。

几天没摆挡，黎谷良心里痒痒的。他坐在三轮车后架上，心情却显得平静，没第一次出摊时那么新奇、激动。

小武、小唐骑车，一前一后用力踩着三轮车。他俩年轻，用四川话改编周杰伦的《双节棍》，一路大声唱着。

黎谷良坐在后座，没听懂他俩唱的是什么，却被逗得哈哈大笑。

经过新洲立交桥桥洞时，黎谷良发现桥洞下的烧烤档不是原先那对夫妻了，而是东北“四人转”。

黎谷良感到纳闷，“四人转”专收保护费的，怎么也改摆档了。黎谷良明白了，那对夫妻被这几个人赶跑了。看到眼前这一幕，黎谷良心头有火，但他没发作，也不想看到这几个人的嘴脸，便叫小武、小唐骑快点。

小唐、小武也认出了摆档的几个人，他俩停止唱《双节棍》，脚下用力蹬了起来。

“四人转”忙着摆摊，只有瘦男人看见黎谷良坐在三轮后架上，装作没看见。四个人打不过一个，这是“四人转”的耻辱，那又能怎样？瘦男人眼角余光扫一眼黎谷良，黎谷良也用余光扫见瘦男人，两人一扫而过，瘦男人眼神先躲闪了。

黎谷良鼻子里哼了一声。

三轮车从桥洞穿过。

小唐忍不住说：“这个地盘让他们占了。”言下之意，早知如此，还不如我们来占。

小武立刻明白了小唐的意思，他说：“老大，咱们把这几个龟孙子打跑吧，这个地点不比梅林二街差。”

黎谷良说：“少啰唆，快点走，你们以为这是旧社会呀，拉山头占地盘。这是法制社会，和气生财。”

小武、小唐立即不说话了。

黎谷良无奈地笑了笑，没再说话。他回头望着桥洞下“四人转”的身影，心里想，那对夫妻去了哪里，是否还在摆摊。

这时，小武的手机响了，他刹停三轮车，掏出手机，煞有介事地大声喂喂地叫喊，引得路人回头观望。

“小强，啥子事，你讲噻。”

黎谷良听到是小强打来的电话，就望着小武。

“你讲啥？地盘给人占喽？哪个浑蛋吃了豹子胆喽。”小武收起手机，对黎谷良说：“老大，咱们的地盘也给别人占了。”

黎谷良听了，竖起眉毛，嗓音低沉地说：“快走，去看看。”

小武、小唐本想接着唱《双节棍》，看出黎谷良动气了，硬给咽回去了。他俩屁股离开车座，躬起身子，屁股左右扭动着双脚交错用力。

二十分钟后，两辆三轮车停在梅林二街路边。小武手握水管率先冲下车，黎谷良紧随其后。

黎谷良看到人群围于一处，他抢在小武身前，冲进了围观人群。

“强仔呢？”黎谷良大声问。

他看到一个年轻人蹲在地上，双手抱头，四五个人将他们围在中间。

“我在。”小强回应道。

“好，不用怕，有我在。”黎谷良说。

“谁是头？是一起上还是单挑？”黎谷良问。

他高举铁棍，小武、小唐站在他身后。

小武小声对强仔说他就是黎老大。

头戴红箍手握大刀片的中年男人见黎谷良只带了两个年轻人，心里有底了。他与身后手握水管的几个人对视一眼，上前将黎谷良他们围了起来。

黎谷良不知道他们的底细，不敢大意。他叉开腿，错开拳头，拉开架势，朝手握大刀的中年人招招手说：“看你打扮得像敢死勇士，你先上，我先试试你是不是扯虎皮拉大旗的松包。”

拿刀的中年人见黎谷良点名单挑自己，左看右看，犹豫不决。

黎谷良收了架势，知道面对的是几个草包，没将他们放在心上。

此时围观群众不下百人，见拿刀男人一副吓破胆的样子，有人发出哄笑。

拿刀男人听到笑声，脸上挂不住了，他眼一闭，双手举刀，嘴里虚张声势地“哇呀呀”乱叫往前冲。

黎谷良见他举刀闭眼往前冲，没有惊慌，等他刀劈下来的时候再避让。可是这人闭着眼往前冲，并不理黎谷良有没有避让，手上的刀也没有往下劈。他冲了几步，大脑闪过武侠小说里描述的一招叫拦腰斜砍，转动刀片改直刺为斜砍。

这一招变化把黎谷良吓了一跳，闪步跃退来不及了，而且他身后站满了人，往后退不动。

黎谷良急中生智，伸出手中水管去挡。

中年男人举刀是从左往右砍，黎谷良是右手握水管，挡起来不顺手，又担心刀口顺着铁管滑上手指，他只好连挡带撩。

“当——”清脆的金属相撞声，有火星从刀口上溅出来。

人群中有人“噫”一声惊呼，胆小的纷纷避让。

刀与水管相撞，震得中年男人握刀的手虎口发麻，他也吓了一跳，连忙睁开眼看砍哪了。还没看清前面的人影，黎谷良的脚已经踢到面门，脚尖狠狠地踢在了中年男人的下巴上。

黎谷良本想吓唬他一下，想不到这人真下狠手，所以，腿上贯注力量输向脚尖。

耳听“哎哟”一声惨叫，中年男人后仰倒地，刀片脱手落地。

“不要打了，大水冲倒龙王庙，自家人打自家人噻。”

黎谷良听声音觉得耳熟，抬头看，认出是在中康路当搬运工的四川男人。

“咋是你！真是好笑，无巧不成书哦！”小武问。

四川男人扶起躺在地上的中年男人，他的下巴被踢脱臼了，疼得直掉眼泪，嘴里光“唔唔”说不出话。

“不好意思，打了你兄弟。”黎谷良假惺惺地说。

四川男人面色羞惭，没说话。

“对不起！我也不会接脱臼。”黎谷良说。

中年男人扯掉头上的红箍说：“咱们两个是冤家哦！咋老是碰到你噻？”

“老兄，这地盘是我们的，是你不对在先。”黎谷良说。

大家平时在中康路接活很熟，四川男人知道黎谷良在这里摆档，他从小武、小唐嘴里听到黎谷良的档口被城管端了，又知道这里做烧烤生意赚钱，他便找几个人占了这个地盘。

“对不起，黎老弟，我给你赔不是了。你们被城管没收了工具，我以为你不做了的，所以，我就找了几个人来这里做。”四川男人说着向黎谷良连连作揖。

“算了，大家都是熟人，我不跟你计较。”黎谷良说。

四川男人扶起下巴脱臼的中年人，带着其余人灰溜溜地跑了，他们边跑边扯下头上的红箍，用力摔在地上。

“他们打你了？”小武问小强。

“没，他们只是让我不要给你报信。”小强说。

黎谷良明白了，抢地盘的人完全是四川的中年男人操控的，他也是看中这个赚钱的地盘了。如果今晚被这个拿大刀片装神弄鬼的家伙吓跑了，这个地盘就是他们的了。

黎谷良想明白了其中奥妙，心里既生气又好笑，表面做出冷笑的样子，自言自语地说：“早知道你是个见利忘义的家伙。”

黎谷良虽嘴上这么说，心里却没去怪那个四川男人。他想，大家都是背井离乡，出来赚点小钱。

小武和小唐望着老乡远去的背影，再看看冷笑的黎谷良。

“没事了，咱们开工。”黎谷良说。

“强仔，你去中康路和梅林路交叉的十字路口望风。”黎谷良对小强说。

“我知道了，小武哥都交代我了。”小强说完兴致勃勃地走了。

小小的骚乱平息了。

小武摆桌子搬啤酒，黎谷良和小唐则架炉子添木炭。不一会儿，炭火烧起来了。住在附近的几个常客坐在小桌边说：“还以为换老板了。”

“他们在这里做几天了？”黎谷良问。

“城管查了你们后，第二天他们就来了，他们烤的东西不行，没你们做的味道正。”

黎谷良说了声谢谢。

这晚，黎谷良的烧烤档一直做到凌晨二点多，客人散尽，他准备收拾工具物品回出租屋。

此时，他一抬头，看到沙县小吃店忽然起火了，火是从里面烧起来的。关闭的卷闸门四周透着火光，黑烟从门楣上方往外冒。

黎谷良正在整理剩下的木炭和啤酒，准备往三轮车上装，原本这些活是小武和小唐做的，可是，他俩一转眼不见了，估计是去厕所了。

平时沙县小吃店十二点前关门歇业，怎么会在这时候起火呢？黎谷良感到很纳闷。

当他听到卷闸门噼啪作响时，他没有犹豫，拎着塑料桶往小吃店跑。他边跑边喊：“着火了，着火了，快来人救火！”

小吃店上下隔成两层，开店的夫妻睡在二楼。这晚，他们为了省电没开空调，二楼窗户开着，黑烟和火势往二楼的窗口蔓延。

小强跟在黎谷良的身后往着火点跑，他扯着喉咙边跑边喊：“来人呀，着火了……”

小强过了夜里十一点回到烧烤档，这个时候用不着望风了。

附近还没关门的餐厅小卖部早没生意了，店主正忙着往回搬摆在门外的桌椅板凳，收拾完了准备睡觉。听到黎谷良和小强的喊叫声，他们连忙跑出门，站在街心，往黎谷良这边的街口张望。

看到小吃店的卷闸门边缝往外冒火光和浓烟，那些人顾不上多想，回身端脸盆拎水桶往这边跑。

沙县小吃店隔壁日杂店的小老板是广东人，他首先被浓烟呛醒了，他们一家人也睡在二楼。小老板从二楼的窗户钻出来，看到楼下的熊熊大火，吓得缩头关紧窗子。

不多时，一家人衣衫不整地开门逃了出来。

黎谷良已经冲到门前，他拎的水桶里只有半桶水，泼在卷闸门上，根本不起作用。

小老板醒过神来，收起自家卷闸门说：“去我家接水。”

黎谷良冲进店里，拧开水龙头，心想这么接水，怎么能灭火？没等桶里的水接满，他跑出来问小老板：“有消防用的灭火器吗？”

小老板脸色苍白，结结巴巴地说：“有有，在柜台下面。”

“你快去找给我。”

小老板嘴上哦哦地说着，又钻进自家店里，此时，小店里已经灌满浓烟，只是火势还没蔓延进去。

日杂店老板娘抱着自家两个孩子，吓得躲得远远的，她大声说：“他们家也睡在二楼……他们出不来，怎么办？”

赶来的人围在门外，桶里盆里的水浇在卷闸门上，丝毫不起作用。

不知道谁说了一句："大家离远点，小心煤气罐爆炸。"

围在门外的人纷纷往后退。

黎谷良听到了，并没有后退，他在等待日杂店的老板把灭火器找出来。

正在危急关头，黎谷良听到有人在后窗砸玻璃，他心想：对呀，前面进不去，从后窗进去呀！

黎谷良正准备跑去后窗，小老板把灭火器找出来了，塞进黎谷良怀里立即跑开了。

黎谷良心里骂了一句："怕死鬼。"

他一边骂，一边撕掉灭火器口的铅封，拔出保险销，提起灭火器，另一手握住喷嘴，对准卷闸门喷去。可是，灭火器的喷嘴没有喷出东西，他知道是过期失效了，气得他将灭火器摔向卷闸门。

这时，黎谷良听到二楼传来微弱的呼救声。

黎谷良急了，他忘了刚才有人说煤气罐在门边，冲上去奋力用脚踹卷闸门。

"危险，小心煤气罐爆炸……"

又有人喊叫，黎谷良没有理会。

一脚，两脚，三脚……

"哐哐哐……"

浓烟和火苗从门的缝隙钻出来。

黎谷良踹门前要先退后几步，再冲上前，将全身力气都用在脚上。

终于，卷闸门被踹坏了，一团火苗“呼”地冲出来，人无法钻进去。

这时，黎谷良听到店内有人叫喊：“老大，后窗接人。”

黎谷良听出是小武的声音，他心中惊喜，绕到房后，钻进巷子。

小吃店的后窗被砸开了，黎谷良看到小武和小唐在房内，两个人肩上分别扛着店主，夫妻俩已经昏迷了。

“快点出来，煤气罐要爆炸了。”黎谷良说。

“煤气已经关了，不是放在门口，而是放在洗手间，离火远。”小武说。

黎谷良分别接过夫妻二人，将他俩平放在地上，双手分别掐二人的人中。

“他俩可能被烟呛到了，晕倒在了楼梯间。”小唐说。

赶来的人围在黎谷良身后。

“快打 120 电话。”黎谷良说。

日杂店小老板惊魂未定地说：“已经报了 120 和 119。”

众人合力将小吃店夫妻抬到路灯下，有人拿来一瓶冰冻过的矿泉水，分别往两人嘴里喂水，又用凉水浇洗他们的额头，不多时，两人醒了。

大家见他们醒来了，悬着的心终于落了下来。

这时，消防车和 120 急救车分别赶到了，火势很快被扑灭。

护士将被救醒的夫妻二人抬上救护车，戴上氧气罩拉走了。

黎谷良、小武和小唐自顾自地收拾烧烤工具，似乎忘了刚才发生的事，他们没理会众人的议论，骑上三轮车走了。

围观人群这才想起是摆烧烤档的几个人救了沙县小吃店的夫妻。

黎谷良坐在三轮车上问："你俩怎么知道从后窗进去救人的？"

小武、小唐不好意思地笑了笑说："我俩憋不住，跑到店后的小巷里撒尿，谁想到会碰上店里起火了。"

小唐说："好在地上有断砖。"

黎谷良笑了笑说："沙县小吃店夫妻俩命大。"

黎谷良说到这里忽然想起了什么，他说："停下。"

小武和小唐不知怎么了，刹住车子。

"怎么了老大，丢了什么东西？"小唐问。

黎谷良铁青着脸问："你俩跟我老实说，是不是你俩在捣鬼？"

小武、小唐茫然地问："我俩捣什么鬼了？"

"是不是你们放的火？你俩老实说，我不报警。"

"老大你想哪儿去了，我俩怎么会做这种事？如果不信你现在就报警。"小武举手发誓说。

小唐说："这是伤天害理的事，做这种事生孩子没屁眼的。"

黎谷良见他俩信誓旦旦的样子，相信不是他俩做的，脸上露出了笑容。

黎谷良说："我跟你们说过想租这间店，但是前提是要他们不开店了，心甘情愿地转租给我们。"

"知道了，黎大哥。"小武说。

黎谷良救人的事被住在小区里的一名报社记者知道了，他觉得黎谷良的事迹很值得报道。他第二天晚上来到黎谷良的烧烤摊，拿出证件，进行了实地采访。

黎谷良听对方说是记者，连忙摆手说："救人的事小，你毁我饭碗是大事。"

记者没听明白，报道他的救人事迹，怎么成毁他饭碗了？

黎谷良说："几天前，城管来把我的摊子没收了，现在他们还不知道我又回来摆摊了。你这么报道出去，不是砸了我饭碗吗？"

记者听了，也觉得有道理，他灵机一动说："如果你接受采访，我保证能让城管不来处罚你。但是，如果你不接受我采访，我会打电话向城管投诉。"

黎谷良问："你怎么保证？"

记者说："标题这样写，'夜间烧烤小贩，勇救夫妻性命'。"

黎谷良心想，这篇报道刊登出去，烧烤档只能被取缔，城管怎么可能看在自己舍身救人的分上，不来处罚？一条报道算什么？

他想到这里，知道躲是躲不过去了，报道了城管会看到，不报道城管迟早也会知道。再说，这个记者好不容易抓一条好新闻，不会罢手的。

黎谷良无可奈何地说："没办法，我最怕记者了，我接受采访。"

黎谷良一五一十将自己与小武、小唐、小强救人的经历讲述给记者听。他忽略自己，多是讲小武、小唐如何急中生智，打破后窗跳进火海救人。之后，记者又采访了当晚参与救人的现场群众。日杂店老板把黎谷良忽略的内容补充了进去，很快，记者写出了一篇有声有色的报道。

这篇报道引起了不小的反响，所在街道办事处和居委会奖励了黎谷良、小武、小唐、小强五千块钱。小吃店的夫妻几天以后出院了，得知是烧烤小贩救了他们的性命，感激不已，又是请客，又是给钱，都被黎谷良拒绝了。

我看到报道后，打电话向黎谷良道喜，他说："英雄当得纯属偶然。"

黎谷良他们四人成了新闻人物。黎谷良心想，都上报纸了，哪还能干违规的事，他拉不下脸来再去摆摊，因此他又失业了，小武、小唐继续去中康路当搬运工。

半个月后，无所事事的黎谷良接到小武的电话，他告诉黎谷良说，沙县小吃店的老板说不开店了，要转租，他问黎谷良还想不想租下来开烧烤店。

黎谷良说："他们真的不开了吗？"

小武说："转租的告示贴出来了，我看到的。因为发生过火灾，墙都熏黑了，都觉不吉利，没人肯租。"

黎谷良一听，高兴得蹦了起来，连声说："租，快去租下来。"

小武又说："店老板听说你愿意租，租金还愿意往下降。"

黎谷良纳闷地说："他怎么知道我想租？"

小武说："我刚才与老板通了电话的。"

黎谷良忍不住内心的喜悦，"嘿嘿"笑出了声，他说："把老板的电话给我，我自己跟他谈。"

黎谷良用优惠价盘下了早就看好的店面，当天交了租金，着手准备装修。

黎谷良暗自庆幸，这么顺利，是不是就是人们说的心想事成？看上的店，想租还就租下来了。

看来很多事还得多想，多琢磨，琢磨多了准能成。

十一

沈小丛要离开君世电子厂了，厂长顾歌对沈小丛说：“这件事发生后，我就知道你会离开。今后不知你是不是继续做管理，我有些话想与你分享。管理是一门大的学问，认真留意，认真学习，有好多细节还等着你去发现。做管理切记尽量不要什么都亲力亲为，管理就是管和理，要你去分配去安排。员工的自身素质与管理分不开，你经历了人与人之间越多的丑恶，就越能发现更多美的事物。”

沈小丛觉得自己与顾歌纯粹是工作上的接触，时间很短，还没有多少个人感情，沈小丛在自己决定离开前听到顾歌说出这番话，从心底里感激他。

沈小丛原本想再等两个月离开君世电子厂，待人们忘记自己和梅莉、任小刚之间的事情之后辞职，那时候工友们也已经忘了他因何失败。

可是，沈小丛一天也不想在厂里待了，每天看到梅莉和任小刚像两只得意的鸭子，在他面前晃来晃去，就让他恶心。他实在忍无可忍，就去顾歌办公室交了辞职信。

沈小丛想通了，为什么要在乎别人怎么看？在乎别人的看法，终究会被累死。他离开的时候选择下午下班后，是我开车去接他的，我将车停在他宿舍楼下。他回宿舍与任小刚道别，我跟他上楼。我站在门口，沈小丛在收拾行李，屋内还有一对男女。

我估计这个女孩就是沈小丛说的梅莉。

我没有进门，梅莉背对着门，我心想，难怪她得不到沈小丛的爱情还能俘虏任小刚。从背后看她，身材高挑，长发披肩，绝对能迷倒许多男人。

沈小丛招呼我进去坐一会儿，我说不用了。梅莉听到门口还有人，转头望着我。

我看到梅莉的脸后，心里咯噔一下往下沉。

她的长相与背影反差很大，如果按比例分的话，前后比是3:7。可是，我一下子也说不出哪儿不对劲，总体感觉就两个字：不妥。打个比方，像炒了一盘菜，端出来看表面没什么不好，闻着味道也没什么不对，可是，吃到嘴里，就会让你觉得差了火候，少了盐。

我没有继续在门外站着等沈小丛，而是下楼上车等他。

坐在车上，我仔细想，最终得出结论，梅莉的鼻子整过。她的鼻梁垫高了，看起来挺了，可是，鼻梁与人中不在一条线上，也就是说鼻子是歪的。

沈小丛收拾好行李上车后，我说梅莉整过容，她的鼻子整歪了。沈小丛听了，歪头想了一会儿，最后点头说："我也觉得她的脸上哪儿不对劲，原以为她的鼻子太高了，显得嘴瘪进去了。"

沈小丛告诉我，与任小刚和梅莉告别时，他俩显得很惊讶。

我说："挺好的，是该大大方方与他们道别。任小刚该为你的离开而开心，你应该祝任小刚'大展宏图'。"

沈小丛迷茫地反问："宠图？"

"难道不是吗？"

沈小丛笑了，他听明白了我说的意思。

我把沈小丛送到黎谷良租住的房子里。黎谷良在等我俩，他刚盘下店面，手上拿了一叠小广告，四处打电话找人装修。

我看到他右手叉腰，左手握手机，很像一名指挥员。

我没问黎谷良前期装修加房租共花了多少钱，估计他一定需要钱。但是他一直没开口借钱，我知道他不好意思张口。我对黎谷良说："我和沈小丛出资三万，每人一万五，算入股投资。"沈小丛说没这么多钱入股，我说："先帮你垫了，有钱再还。"

我这么做，是想表达自己的一点心意，他俩来深圳这么长时间，我没能真正帮过他俩，关键时刻也没能伸出援手，愧对"朋友"二字。

沈小丛明白我在帮黎谷良。

黎谷良想说感激的话，我举手制止了他。

"我先说，这钱不是借给你的，是投资。投资是要拿到分红的，所以，你不能让我和沈小丛看不到红利。”

黎谷良听了我的话，有些动情了，他眼圈红红的，连连点头说：“如果这件事我干不好，我就不是你俩的兄弟。”

我说：“干好干不好都是兄弟。”

我看好黎谷良的能力，认为他一定能开好烧烤店。

我相信，他在上海十余年的生活经验成为他来深圳打拼的基础，他耳濡目染学会了上海人精明的经营能力。

黎谷良说：“小丛兄弟先来帮我忙，你是硕士毕业，硕士学历在我们店里打工，我这个小老板身价就上去了。好比我在身上穿件西装，走出去看着就是白领。”

黎谷良是望着我说的，他想让我开口劝沈小丛在没找到工作之前去烧烤店帮忙。他是觉得由我说出来，既能说服沈小丛，又不会伤他自尊。

我清楚沈小丛不会去的，而且我也知道沈小丛不可能找不到工作。各自的经历算是他俩对深圳熟悉的过程，只要对深圳没有陌生感了，工作自然就找到了。

沈小丛敢辞去工作，我便知道他心中有底。

黎谷良期待地望着我。

我假装没懂黎谷良的暗示，没按他的想法说服沈小丛，我也没去看他，而是对沈小丛说：“我俩是股东，不是员工，请工人是你的事，我们不参与。”

其实沈小丛明白黎谷良的心意，也明白我的心意，他说：“谢谢黎老板看重我，我先住在你这里打扰几天，就不去你店里添乱了，过几天我还得回学校拿毕业证。”

黎谷良连连摆手说："咱仨是兄弟，你俩再称我为老板，我要生气了。"

"称你老板是在众人面前给你面子，我俩是幕后老板。"我拍着沈小丛的肩膀说。

我的话把沈小丛和黎谷良逗笑了。

我看到黎谷良手上抓着一把小广告，都是路边发的，修厕所、房顶做防水、装修等。

我说："这些小广告哪能信呀，我帮你找正规的装修公司。"

我说这话时，想起了谭小天，我俩已经好久不联系了。我离开深茂家具厂与谭小天有关，谭小天向工商局举报老板以旧翻新欺诈顾客，深茂家具厂被工商局查封了。我离开深茂家具厂不久，谭小天实现了开家具厂的愿望，转租了深茂家具厂，他换掉招牌，仍干以旧翻新的勾当。但是他仅干了两年，挖到第一桶金后，见好就收。见深圳装修业兴隆，他组了一个装修工程队。没多久，他注册成立了一家装潢工程公司，干得风生水起。

第二天，黎谷良退了下沙租住的房子，在上梅林租了一套三室一厅的房子，离烧烤店近，不用每天乘车。他和沈小丛各住一间，小唐、小武、小强住一间。

烧烤店装修好了，起名为"香港小木屋"。

开业这天，我和沈小丛各带了一只花篮祝贺。

我望着烧烤店的牌子，感觉店名很有味道，就像给小说起名，书名起不好，直接影响销量。我觉得黎谷良把写小说的想象力用在生意上了，这是他的成功之处。

按照黎谷良、小武、小唐最初的约定，只要租到店面开烧烤店，小唐、小武就入股为烧烤店股东。但由于小唐、小武拿不出前期入股资金，就暂不做股东了。黎谷良仍继续请他俩当店员，食宿全免，工资比别的餐厅给得高。

黎谷良对他俩说：“今后攒了钱，随时入股。”小唐、小武听了很高兴，也很有信心。两人为了多挣钱，上午去中康路当搬运工，下午在烧烤店上班。

黎谷良为了吸引更多客人，推出优惠卡，专门对周边居民家庭实施优惠，凡持优惠卡在香港小木屋用餐，一律七折。

三个月后，香港小木屋上了晚报的美食栏目。

沈小丛回学校拿到学位证书后，没有耽搁，很快便回到了深圳。有了行政管理硕士学位证书，他顺利应聘进了一家港资粮油进口贸易公司，名为邱氏贸易公司，属家族企业。

沈小丛应聘的时候，不知道这是个家族企业，更不知道这家企业内部充满了矛盾。各部门负责人都是邱姓族人，相互之间不团结，我行我素，目的只有一个：想着法子从公司捞钱。

沈小丛进公司半年后被提升为总经理，坐在这个位子，他真真切切地看到了兄弟间为了利益不顾亲情，明争暗斗，他也身不由己地卷入了这场家族利益纷争的旋涡。

干了一个多月，沈小丛有过离开的想法，可是公司董事长邱文泽对他很信任，给了他重要职位，让他不忍离开。当沈小丛了解到公司的成长经历后，他对邱文泽产生了敬佩之心，有心协助邱文泽解决公司内部存在的问题，促成公司走上良性轨道。

邱氏家族在新中国成立前做古董字画发迹，因战乱，邱文泽的祖辈从苏州移居香港。改革开放后，邱文泽在一九八三年来到深圳经济特区注册成立了邱氏贸易公司。

邱氏贸易公司坐落在罗湖区老街，这里是深圳的老城区。

邱文泽初来深圳考察时，一眼就看中了老街这片商业旺地，街两侧浓绿的大叶榕遮天蔽日、绿意盎然。

初时公司租用一栋二层民房。当时深圳市政府对投资办厂的香港人一路开绿灯，邱氏贸易公司从申请注册到发放营业执照仅用了一周时间。邱文泽看到深圳办事效率这么高，非常惊讶。

深圳经济特区作为沿海最早对外开放的城市，外来务工人口急骤上升。建筑行业，三来一补的加工厂、玩具厂、制衣厂等外资企业如雨后春笋般冒出来，短短几个月时间，罗湖区老街犹如北方赶集的农贸市场一样，一下子人头涌动起来。他们全是二十岁左右的青年男女，南腔北调，热闹非凡，沉寂的老街一时间焕发出一派新的生机。

邱氏贸易公司主营古董字画，总店在香港。当邱文泽看着深圳老街熙熙攘攘、南来北往的人群，不由得心生一念。他想，人口骤增的城市，最重要的是解决人口吃饭的问题，这就需要大量的粮油。他意识到这是一个很大的商机。因为他看到了深圳市政府对城市发展的决心，也就是说随着深圳城市发展速度的加快，人口将不断增长，粮油供需市场不可预测。这一巨大商机的出现令邱文泽的心“突突”狂跳。他想到自己没经营过粮油买卖，没有任何经营理念和管理经验可循；同时意识到当下深圳刚刚对外开放，形成的人群还达不到购买古董字画的能力，因此经营古董字画还为时过早。他知道突现眼前的商机十分诱人却又稍纵即逝，不容错过。于是，他未经父亲同意，将营业执照拿到工商部门重新登记注册，更改了经营范围。

邱文泽的判断是正确的，深圳市人口成倍增长，粮食成了市政府粮食部门需要集中解决的问题。当时的政策是放开粮食市场，取消国家原有的粮食供应格局。邱文泽是政府放开粮油市场政策下最早注册经营粮油食品的贸易公司之一，所以他申请更改经营范围时也没遇到什么阻力。

邱文泽知道机会来了，他写下借条，将最初带来的三百万家族资金作为个人投资。他对族人说：“经营转型难以预料前景，所有投资都是我个人行为。”他当时说出这样的话，大部分人也没意识到什么，认为邱文泽是为大家着想，不想连累族人担风险。

邱氏贸易公司初始为小规模经营，一楼门市，二楼休息兼办公。

邱文泽从人才市场上招聘了几个大中专毕业生跑业务，他也与业务员一样，不是在天空中飞来飞去，就是辗转于铁路线，从东北、华北等地调运粮油。

前两年调来的货物没有压仓，基本上货到了便被销售一空。资金周转非常快，第一年赢利过百万。生意的成功带动了邱氏家族成员纷纷投资入股，到深圳来参与生意。如此一来，资本迅速扩张，生意越做越大。

邱氏贸易公司从起步到形成规模，邱文泽倾注了大量心血。第三年，他在笋岗路以二十元钱一平方米的价格买下了三千平方米的地皮，建起了一座十二层高的写字楼，以及一座可储藏两万吨粮食的仓库。

邱文泽是在买下这块土地之后才算得上真正发家，沈小丛进公司时，这块地皮按市价总值已经过亿。

邱氏族人醒悟过来了，他们意识到当初邱文泽选择资金独立运作是早就看好了深圳的市场。这时候，家族里有人悄悄说，邱文泽发家依靠的是集体资金。

邱文泽听到这种议论后，想拿出当初的借条归还借公司的三百万家族资金。可是，他的哥哥邱文舟首先站出来不同意。

邱文舟坚持说早年投资的三百万应算共有资金，家族人人有股份，要按股分红。

邱文舟的话没有引起族人的反对。

邱文泽心寒了，虽然他坚决不同意，可是，香港总公司财务部却找不到他当初写下的借条，反而变成他挪用公司资金的记录。如此一来，邱氏贸易公司将变成股份公司。

这件事对邱文泽的打击非常大，也极大地挫败了他的自信心，但他没有放弃，继续寻找证据，证明公司是独立经营的。

公司走下坡路是从去年上半年开始的。

第一因素是粮油公司越来越多，泰国米和香港叨唛花生油占领了深圳粮油市场的一部分份额。第二因素是公司人浮于事，家族成员在公司做事不出力。这些人养尊处优，有能力的员工看不惯这种行为，辞职而去，剩下的多是学识或能力不足，跟着混日子的人。第三是机构臃肿，人员过剩，开支大。再加上市场份额不断缩小，导致公司不但没有获利，反而开始亏损。

邱文泽心急如焚，他经历了十余年的辉煌，如今却开始走下坡路。虽然如此，他的面上仍不露声色。尽管公司现在处于亏损状态，但还没到伤筋动骨的地步。他知道，只要自己动摇了，公司就有可能卖地卖楼破产清算。以邱文舟为首的族人，正等着分钱解散。

沈小丛看到邱文泽顶着巨大压力孤军奋战，艰难地独自支撑着公司的运作，有心报答他，打算全力支持他。沈小丛对家族股东尤其是邱文舟的不要脸的行为深感厌恶，这激起了他好打抱不平的性格。

今天，是沈小丛被提升为总经理后的第一天，他坐在办公桌前，望着窗外明媚的阳光如过滤后的啤酒泡沫，不停地往外溢，同时往外溢的是难以抑制的激动和新鲜感。

公司规定九点上班，他七点就到了。

办公室很安静，沈小丛喜欢这种静谧，静谧中缓缓流动的空气透着安闲，静得能听见光束里灰尘曼舞的脚步声。

昨天，沈小丛和邱文舟做了一些手续上的交接，交接过程非常尴尬却又无可回避。邱文舟面无表情，脸如生了锈的铁片，沈小丛感觉邱文舟像在清点遗物。

邱文舟没留下有用的文件，连一份客户资料也没有。沈小从却能自始至终赔着笑脸，他脸上的笑透着可爱和天真，谦虚谨慎、小心翼翼，甚至有几分谦卑，令邱文舟无法找茬。

沈小丛从心底里瞧不起邱文舟，但他想到在交接之前没必要得罪这种小人。

事实上，沈小丛没想过这么快就被提升为总经理。

此时，公司整栋大楼仍沉静在静谧之中，能听到阳光在榕树叶上游走的声音。

前天，沈小丛听到任命自己为总经理的消息时，几乎不相信自己的耳朵，表情如所有与会人员一样愕然地僵在半空，当完全明白确有其事后，忽然发觉自己的两腿竟在发抖。

沈小丛想起邱文泽与自己的一番谈话："曾听说过你办事尽职尽力，如今升你为总经理，这个职位让家族里多少人都望眼欲穿。经过这些年的观察，不成器的居多，实在不敢将辛苦创办的公司让这些人给败了，正所谓十年经营功亏一篑。创业容易守业难，家族企业难就难在守业，富家子弟不思创业的同时又不会守业，就是败的先兆。提拔你是寄希望于你，也给你增加了重负，希望你不要辜负了我的一番心思。"

听完这番话，沈小丛感动不已，无法用语言来表达，唯有一心做好这份工作来报答邱文泽。

沈小丛把自己在公司看到的情况与自己的想法，直接向邱文泽做了汇报。

"据我调查，一九九五年以前总公司包括驻省办事处职员达一百二十余人。高级管理人员占总人数的三分之一，机构臃肿、人浮于事的现象突出，各部门职能不清、效率不高的现象相继出现。每年支付员工工资、补贴等总额达四百五十万元，其中高级管理人员的工资占支出总额的一半还要多。要改变现状，走出困境，首先要从精简办事机构和精简员工入手。一是驻省办事机构合并以减小开支，比如设立东北办事处可取代现有的哈尔滨、大连、沈阳三个办事处，设立中原办事处可取代现有的郑州、南京、济南、合肥四个办事处，机构的合并同时可以取得人员精简的作用；二是从高层管理人员的精简入手，尤其是参照香港工资福利的高层管理人员，有一部分人不做事，却享受丰厚的待遇，这也是给公司造成负担的原因之一。股东享受年终分红，却又将子女安排在公司再享有一份薪水，这一做法对公司发展非常不利。其实大家都知道，国内粮油利润较前几年已有大幅下降，而我们公司又没有进口海外粮油许可证。随着深圳市民生活水平的不断提高，国外粮油进入了寻常百姓家的餐桌，而国内粮油在深圳市民中的消费被限制在一定的层面，因此公司如果再不施行有效的改革措施，未来前景将不容乐观，有坐吃山空的那一日。”

邱文泽听了他的话，沉默地点了点头。

沈小丛知道董事长听懂了他的意思。

沈小丛离开董事长的办公室后，又想到了做这件事的难处与阻力。他清楚自己在公司里原本是被排除在外的，而被排除在外的人里面，并非唯独自己聪明，是大家不愿站出来挑头而已。谁都知道枪打出头鸟，在家族企业生存，人云亦云，混日子拿工资才是聪明之举。

可是，沈小丛不想平庸地活着。

沈小丛决定先对公司的人事制度进行改革，对臃肿的机构进行精简，对无所事事、人云亦云的人进行裁减。

时间走到八点半的时候，沈小丛听到走廊上传来了脚步声，声音很轻，不像是男人的脚步。他竖起耳朵分辨了一下，似乎不像是公司员工。当洗手间传来倾倒垃圾的声音时，沈小丛知道是打扫卫生的清洁工上班了。平时清洁工上班最早，她们要在公司员工进入楼道前将洗手间和开水间的卫生清洁干净。

沈小丛重新将思绪拉回来，望着大班台右上角一盆塔状富贵竹盆景。

塔形的富贵竹的一根根青色枝杆鼓出一颗颗小虎牙般的芽苞，这种盆景名为步步高升。

他从座位边起身，走向窗户，拉开茶色玻璃窗。海风从海面吹来，窗帘被掀起拂动。沈小丛深吸了一口气，往远处眺望，再往更远处隔海的香港九龙岛眺望，他坚定了自己的想法。

他想，如果对公司各部门负责人进行竞争上岗，实行能者上庸者下的办法，再招聘一些新人任职，补充新鲜血液，就能打破主要部门被邱姓人占着却又不做事的局面。

沈小丛想来想去，觉得还是先起草一份报告，送给董事长，由他决定要裁撤的人员。

于是，他打开电脑，键盘在手指下发出清脆的响声。电脑屏幕上显示出一行字："精简机构，分流员工……"

何叶葳此时站在沈小丛的办公室门前，轻轻敲了几下门。

沈小丛听到敲门声，下意识地抬起头来，恰好有一束阳光从走廊的玻璃幕墙斜斜地照在何叶葳身上，她的身影被映在办公桌前的瓷砖地面上。

何叶葳没说话，面带微笑地走近沈小丛办公桌前，将一个早餐盒轻轻放在他的办公桌上，转身走了出去。

何叶葳的微笑从站在门前到转身离开，始终保持同一尺度。

沈小丛闻到早餐盒里飘出来的香味，还有弥留在空气中的香水味，他觉得这两种香味混合在一起，闻起来很舒服，饥饿感大增。他向走到办公室门口的何叶葳说了声谢谢。

何叶葳是财务部的出纳，沈小丛不知道何叶葳正在悄悄喜欢自己。

沈小丛打开装早餐的塑料袋，看到餐盒上一只粉红色的纸鹤。他的手指颤抖了一下，心头跟着微微颤动，脸上有些发热。

纸鹤很小，却非常精美。他认出是用公司的留言纸折叠出来的，自己的办公桌上也有一盒这种粉红色的留言纸。

沈小丛拿着纸鹤仔细端详了一阵，太精致了，精致得像是机器模具做出来的。

他拉开抽屉，将纸鹤放进了文具盒。

此时，沈小丛有些紧张，他以为何叶葳给自己送早餐仅是同事间的关心，可是，送千纸鹤是喜欢一个人的表达方式。

他想起大学同宿舍的一个男同学收到女同学九只千纸鹤时欣喜若狂的高兴劲。

每只千纸鹤承载一点祝愿，最终成为一个愿望，九只千纸鹤是希望能和他天长地久，表明她永远爱他。

沈小丛面对一只纸鹤没有欣喜，只有紧张和慌乱。

他更想知道何叶葳送一只纸鹤是什么意思，如果仅是同事间的祝福，倒也没什么大不了的。

他还不知道何叶葳在纸鹤上面写了一段话。

在君世电子厂遇到梅莉，弄得他狼狈不堪，到了邱氏贸易公司遇到何叶葳，沈小丛不知道这次是福是祸。

他的饥饿感被紧张和慌乱抵消了。

他的心头仿佛悬着一团浓雾，时间久了浓雾凝聚成水滴，水滴越来越多，汇聚成形，淹没了沈小丛自我垒筑的美好心境。

说来奇怪，整个上午沈小丛所在的楼层都非常安静，几乎没有人走动，连平常小小的串门也没有，董事长也没来过电话。

几次打开抽屉看那只纸鹤，沈小丛的心情都忐忑不安。

沈小丛心里的不安，不仅是何叶葳送千纸鹤引起的，还由于他觉得自己当上总经理之后的这种安静，有几分反常，似乎平静的外表之下正在酝酿无法躲避的动荡。

十一点多的时候，沈小丛去洗手间，走廊上很安静，没遇到谁。当他从洗手间出来时，迎面碰到了何叶葳。

真是应了那句话，怕什么来什么。他硬着头皮迎着她走去，极力保持镇定。

何叶葳轻盈地走到沈小丛面前，与他擦肩而过时，小声说：“我写给你的字看到了吗？”

沈小丛愣住了，停下脚步，如实地说：“没有。”

何叶葳说话时，脚步没停，与沈小丛擦身而过。

沈小丛停下脚步，回身望着何叶葳，他这才看清何叶葳身着一套紫色长裙，由腰顺流而下两条弧线，裙口如微微张开的喇叭口。她走路姿势端庄，脚步细碎，抬起的脚跟与迈出的脚尖笔直一线。

他看到她提膝时裙摆下露出丝袜内白白净净的脚后跟和紫色凉皮鞋的鞋跟。

何叶葳知道自己的一举一动都在他的注视中，不敢稍有错乱，其实内心也是慌张的。

当女人爱上一个男人后先表白，会慌张，因为她太在意留给对方的印象。然而何叶葳坚信一条，任何男人都经不住女人的关心、关怀、体贴，那种细微入里、入丝入扣的关怀。她相信沈小丛也经受不住，因为单身男人更需要女人的温柔和呵护。

“何叶葳。”沈小丛失口叫她。

“嗯。”她转过身来看他。

“没事了。”沈小丛为自己的失态而懊恼。

沈小丛想说，“不要给我写信，我有女朋友”，但他没说出口，担心在走廊上随时碰到人。同时，他似乎看出何叶葳并无恶意，不像梅莉那种人。

他回到办公室，打开抽屉，从文具盒里拿出千纸鹤，小心解开，几行隽秀的字迹映入眼帘：

每次看到你办公室门开着，心便踏实了。

从你门前走过，一颗心会不由自主地狂跳，身体如行驶于海面的一艘小渔船，颠簸、颤抖，心似开裂般疼痛。

这种感觉想不起是从什么时候开始的。

早餐一定要吃，别让胃空着。

我告诉你，我来了……

沈小丛读完后，头仰靠在椅背上，深深地叹了口气。

寥寥数语，简短平实，可每个字都如重锤敲打着他的心。每读一个字就是一锤，震耳欲聋。

沈小丛想起了任千雅，爱上她的时候，也是如此牵挂她，担心她饿了，担心她冷了。一天见不到她，心就不踏实，像裂开般的疼痛。

沈小丛没想到，何叶葳的心情与自己爱上任千雅时竟然这么相像。他能理解何叶葳爱上一个人的感受，不知该如何拒绝她，又不忍拒绝她。

他闭上眼睛，在想如何拒绝何叶葳，又不伤害到她。

午餐时间，沈小丛没出办公室，他听着门外同事下楼用餐时的高谈阔论，何叶葳的脚步声也夹杂其间。经过他门前时，他听到何叶葳和游小媛说话，说话声抬高了许多，同时听到两人掩饰的笑声。

游小媛是财务经理，邱文泽的小姨子。

何叶葳说话大声是想故意让沈小丛听到，她知道沈小丛没有下楼，她留神听他办公室关门后，再没听到他出门的脚步声。

何叶葳之所以采取写字条的方法是想试探一下他的态度。如今他是自己的上司，所以她要试一下他。

何叶葳担心沈小丛轻视自己，更担心他看了字条后随手丢进垃圾桶。

时间在忐忑不安中流逝，没任何动静，似乎相安无事。

整个上午都很平静，这种平静让何叶葳放心。在她看来，沈小丛的沉默不语，说明他没有轻视自己。而且这种时候能保持沉默是成熟男人具有的沉稳特质，这让何叶葳更加喜欢了。

稳重的男人让女人放心。

下午，何叶葳终究抵不过内心想见到他的煎熬，借游小媛上洗手间之机，拿着自己平时吃的零食——盒装的丹麦曲奇饼干来到沈小丛办公室。

她看到沈小丛目不转睛地盯着电脑，不时敲打着键盘，她自觉地放下曲奇饼干对他说："别饿着肚子。"说完转身离开了。

何叶葳有满肚子话想说，却不知从哪一句说起，哪一句更能打动他。

沈小丛望着她的背影没说话，也没拒绝她送来的饼干。

沈小丛拿定主意，打算冷处理何叶葳的这份感情。

十二

几天后，沈小丛手里拿着打印好的《邱氏贸易公司机构调整方案》做最后的校对。

做方案期间他有过多次犹豫，甚至也问自己是否要这样公开得罪人。经过反复思考、反复推敲，他觉得不能不做，作为公司总经理，这是他应该承担的职责。董事长看上的就是自己能为公司前途着想的大胆设想，说而不做，岂不是放空炮？

看完方案，他有些犹豫，方案中合并机构和裁减人员的名单是不是应该留给董事长定夺？况且，自己并不清楚要裁减的人员与董事长的关系，于是他打开电脑决定对裁减人员名单做空缺处理。

可是，没等沈小丛把这份报告交付到邱文泽手上，却发生了一件令他始料不及的事。

这件事与这份方案有关，沈小丛下班后仍将方案放在办公台上，并锁上了门。

沈小丛以为只有自己有办公室的钥匙，他亲眼看着邱文舟从随身钥匙包里将钥匙一枚一枚地解下来，并亲手交到自己手上。

沈小丛不知道，邱文舟交钥匙前将钥匙配了一把给邱得成。沈小丛也不知道自从当了总经理，背后一直有一双眼睛在监视着他，他的一举一动都在别人的监视中。

这天，沈小丛下班后锁上办公室的门，刚走出办公楼，他办公室的门就被邱得成打开了。

邱得成进了沈小丛的办公室后，一眼就看到了《邱氏贸易公司机构调整方案》摆在电脑边，他迅速拿出数码相机一页一页拍了下来，拍完后快速地离开了。

邱得成回到自己的办公室，将照片拷贝到电脑里，压缩打包后用电子邮件发了出去。

接收邮件的人是邱伟强，邱伟强是邱文舟的长子，在邱氏贸易公司驻哈尔滨办事处任经理。

半个月后，在邱文舟的带领下，小姑妈邱淑英和舅舅王秀山还有大表哥王明辉，作为股东代表来到邱氏贸易公司。

沈小丛从上任以来一直保持着全公司第一个上班的记录，当他走进大堂时意外地看到邱文舟和几位老人坐在大堂待客沙发上，他愣了一下。

前台接待小姐还没到，邱文舟与几个老人默默坐着，邱文舟看到沈小丛后并没言语。

沈小丛醒悟过来，估计这几个人从香港过来，是公司股东。他慌忙去茶水间端来茶杯，沏上热茶，恭恭敬敬地端到几位老人面前，面带笑容，仍称邱文舟为总经理。

沈小丛没资格参加股东大会，不熟悉这几个人之间的关系。

“邱总经理，对不起，让您和几位股东久等了。”沈小丛说。

沈小丛在沏茶时心里直犯嘀咕，他感觉有些奇怪。以前如果股东到公司视察工作，一定会提前通知的，这次却没接到任何消息。他在沏茶时悄悄给董事长打了个电话。

邱文舟接过沈小丛沏的茶时向身边的两男一女做了介绍，他说："这位是新提拔的总经理，姓沈。"

邱文舟介绍时，另外三个人抬头冷漠地看了沈小丛一眼，眼神里有轻视、藐视、不屑一顾。

沈小丛心生凉意，他忽然意识到这几个股东此次来公司与自己当上总经理有关，而且是邱文舟打头。

邱文泽依然在九点钟准时到达公司，他的奔驰车那舒展颀长的身躯稳稳地停靠在楼前草坪上，门卫上前开车门，手护头顶，接他下车。

沈小丛原以为邱文泽接了电话会赶来的，没想到他仍保持在上班规定时间到达办公楼。

沈小丛想到邱文泽并不在乎邱文舟一行的到来，心定了许多。

其实沈小丛在等董事长到来的这段时间里如芒刺在背。他站在邱文舟身旁，没敢坐着，也没离开，始终面带笑容，小心翼翼地陪着眼前这几位根本没把自己放在眼里的股东。

厅内开着空调，凉风习习，沈小丛没感受到凉爽，却知道自己汗流浃背，背上似有小虫子在爬。

当他看到邱文泽从车内露出头时，立即如释重负，悄悄舒了口气。

邱文泽走进大堂后快步朝邱文舟走来，脸上的笑容亲切。

沈小丛看到邱文泽下车时脸上并无笑容，进公司大门后，笑容这才展现在他脸上，像太阳从云层中钻出来，看不出丝毫虚假的痕迹。沈小丛想起学校合唱队的指挥老师为了调动大家情绪所展现的微笑，激情、热切、饱满、煽动。他的笑容仿佛刻在脸上一般，随着音乐响起，眉、眼、嘴立即舒展开，连鼻孔也在瞬间张开，让你想到动物园里孔雀开屏时的灿烂与美丽。

沈小丛意识到自己走神了，手指互掐了一下。

邱文舟站起身，伸出手和邱文泽亲切地握在一起。

“大哥。”邱文泽亲切地叫着邱文舟。

邱文舟应了一声，邱文泽转脸向另外几位老人：“小姑妈、舅舅、大表哥，你们都来了？来之前也不打个招呼，我好安排人去接你们。”

沈小丛看着他们亲切问好，心里释然了。他双手互握，站在一边，表情显得拘谨。董事长的亲切称呼，使他大致弄清了来人的身份。

“请几位股东到会议室坐吧，会议室已经布置好了。沈经理，这几位都是自家人，到了这里就是走进自家公司办公室，客套反而生分了。”邱文泽说。

“是，董事长说得对。”沈小丛应和着说。

“我还没给舅舅、小姑妈和表哥做介绍。沈小丛，公司新提拔的总经理。”

邱文泽在介绍时一直盯着舅舅脸上的表情变化，他对他们不打招呼突然到来，心里也在打问号。

邱文泽与这位舅舅关系较为亲密，小时候挨同学欺负多是舅舅出手相助。在幼时，邱文泽反而与大哥邱文舟玩不到一起。自他的母亲去世后，长辈中仅余这位舅舅有威望，颇受邱文泽尊重。如果平时不召开股东会，或没有重大决策的事，邱文泽的舅舅轻易不到深圳来。

“这件事我们大家知道了，今天来公司主要也是为这件事。”舅舅王秀山说。

邱文泽看到舅舅说这话时脸上的表情严肃而冷漠，再看姑妈和表哥也是面呈凛然之态。他猜到此次大哥搬来舅舅、姑妈两位长辈是经过策划的，他们之间似乎正在形成一种共识。

大家上楼时一路无语，脚步声杂乱。

走进会议室仍没有人说话，都在猜测着对方。

邱文泽依旧保持尊敬和客气，用愉快的语调招呼大家。他等大家都落座了才坐下来，然后接过前台小姐端来的茶杯喝了一口，请各位喝茶。

沈小丛立于他身旁，不知是该离开还是留下来，他用目光征询董事长。股东会，他没资格参与。

邱文泽用手指了指身边的位子示意他坐下，沈小丛这才坐在了他身边。

邱文泽手端茶杯喝茶，仍不说话。

他在等邱文舟说话。

会议室里所有人都沉默着，却又不时用眼角的余光看邱文舟。前台迎宾小姐看出气氛不对，给大家斟完一遍茶，匆忙离开了。

“我们这次来，一是为提拔总经理的事；二是为退股份的事。”邱文舟说这话时装作很吃力。他继续说：“说是两件事，其实就一件。如果提拔总经理一事经股东表决通过，我们可以暂不退股。”

邱文泽仍没说话，他望着舅舅和姑妈，很想知道舅舅是否也是这个态度。邱文泽又盯着大表哥看，他的儿子王以达担任公司办公室主任。如果退股理由是提拔沈小丛担任总经理一事没经股东会讨论，那又是另一个说法了。邱文泽在观察，他从走进会议室之后，仅说了几句客套话，没说过别的话。

王以达的目光躲躲闪闪，不敢与邱文泽对视。

邱文泽见大家都不开口，眼神示意沈小丛说话。

沈小丛听到邱文舟说的话，如跌进冰窖，心头悲凉。他们此行的目的是为了罢免自己？他心中愤懑，大脑晕眩。他见董事长示意自己说话，立即强打精神，让翻腾的心情平静下来，用诚惶诚恐的语气说：“欢迎各位股东到公司视察工作。”说话间，沈小丛心想，与他们正面冲突不是自己当下身份该做的事。关键时刻，沈小丛反应迅速，语调停顿间快速组织措辞。

邱文泽放下茶杯，动作有些漫不经心，他耐心等待着沈小丛往下说。

“承蒙董事长抬爱，提携我当上总经理，这是对我的鼓励。”

沈小丛说这番话时，心中有委屈，但他的情绪没被影响。

“本人原本仅是公司的一名普通员工，德能勤绩并无超人之处，所能做到的就是不断地告诫自己，将公司的大事小事放在第一位。公司存活即是自己存活，公司前途即是自己前途。尽心尽力、尽职尽责地为公司做事是员工的本分。我出生于普通工人家庭，从小母亲就教导我：不好好工作，就没有好的生活和好的前途。正是由于自己不懈努力，得到董事长的赏识。我时常对自己说：为公司奉献才智、青春，哪怕是生命中的一切都是值得的。”

沈小丛的情绪变得高亢起来，似乎在演讲。

“我深知我身上有许多缺点和不足，如与员工之间沟通欠缺、工作中情绪化、处理问题不够成熟等。不过我会尽我所能予以改正，同时还请董事长及股东给予指导和帮助。我要用总经理工作职责的标准严格要求自己，约束自己，自觉接受股东与员工的监督，以曾经为公司出力流汗的元老为榜样，努力克服缺点和不足，将公司的事业推上新的高度和领域。请董事长和股东考验我，看我的行动，相信我所有的付出都是为了邱氏贸易公司未来的发展。”

沈小丛面色潮红，双拳紧握。

简短的时间内，沈小丛能组织出这么一番慷慨激昂的话语，让在场所有的人对他刮目相看，包括邱文舟。

邱文舟心想，这人能说会道，确实是个人才。

邱文泽漫不经心地喝茶，他不经意的眼神越过杯沿看到了大家对沈小丛的态度。

沈小丛这番话正是邱文泽想要听到的。

“你们认为这位总经理还能用吗？”邱文泽终于开口说话了。

舅舅和小姑妈等相互对望了一眼，没言语，场面出现短暂的沉默。

“俗话说，会说的不如会做的，这好比江湖郎中，耍弄的仅是嘴皮子功夫，并无真材实料。他刚才的一番言论表面上能打动别人，但我们邱氏贸易公司不是卖假药的江湖，不需要招这样的江湖术士在公司耍嘴皮子，当说客。”

邱文舟说的话令邱文泽吃了一惊，没料到大哥会公然出言反对。

邱文泽的意思表达得很明白：这位总经理是我选的，你们反对他就是在反对我了。

沈小丛听了邱文舟的话，脸上发烧，汗水从额头流了下来。

他几乎坐不住了，想站起身反击。当他看到董事长不动声色时，强忍着端坐不动，身体却在微微颤抖。

邱文泽平静地说：“大哥，这些年来公司从辉煌到走下坡路，作为曾经的总经理，你有没有想过原因在哪里？有没有想过用什么办法扭转局面？如果公司有一天面临倒闭，你不感到痛心吗？”

邱文舟并不退让，他说：“我当总经理的时候公司走下坡路，所有责任都归到我头上，我成了邱氏贸易公司亏损的元凶，成了邱氏家族的罪人。你借一个外人之手整肃自己的大哥，以达到排除异己的目的。”

这句话令邱文泽和沈小丛不由得对看了一眼，他们都听出了邱文舟话中有话。

“大哥，没有人说你是致使邱氏贸易公司亏损的元凶，可是，你当总经理的时候，对公司有多大作为，公司有赢利过吗？”邱文泽虽然表面没有动怒，其实内心如翻江倒海。

邱文舟站起身说：“你是邱氏贸易公司的创始人，功劳是你的，所有的不是全是我的，这行了吧！可是，你不能假借外人之手以合并机构、精简人员为由，意图踢开我们这些老股东。”

邱文舟说到这里突然停住不说了，他想起儿子邱伟强的话，不要将看到《邱氏贸易公司机构调整方案》的事说出来。

邱文泽看着大哥，内心涌上悲凉。

沈小丛听到他说的话，身上惊起一层鸡皮疙瘩。

一直站在楼梯口偷听会议室动静的邱得成悄悄走开了，他很畅快，脸上掠过欣喜的笑容。

“前面你说要退股？现在一并说出来吧！你还想做什么？”邱文泽面向邱文舟，他没叫他大哥。

“如果让外来人当总经理，那我就要求退股。”邱文舟说，他的语气和态度非常坚决。

邱文泽又望着其余人问：“舅舅、姑妈、表哥，你们也是这个意思吗？”

“我老了，公司的事也插不了手，理应退出来让给年轻人，退出股份仅是为了养老！”舅舅说话声音很小。

“我也是这个意思。”姑妈说。

舅舅和姑妈说话时表情显得难堪，不好意思接触邱文泽的目光。

其实他们心里非常清楚，自己投入的股份在早些年效益好的时候经过分红基本已经回本了，如今公司正走下坡路，赶在这个节骨眼上退出，无异于是釜底抽薪。邱文泽想起当年一个人来深圳，公司红火时家族人一拥而上，分人家辛辛苦苦赚回来的钱时，个个喜笑颜开。

邱文泽的舅舅心中更不是滋味，自己这么做，哪像个长辈？他抬眼看着邱文舟，后悔听他的游说。

“你去叫财务部的人来一下。”邱文泽对沈小丛说。

“是。”沈小丛转身出了会议室。

“舅舅、姑妈、表哥，多余的话我不说了，我现在请财务部的人算一下大家的股份。”邱文泽说这番话时心情是沉重的，没有人比他更清楚公司的家底。

“文泽，如果你不用外人担任总经理，我就暂不撤股。”舅舅见沈小丛出了会议室，说道。

“想当年创办初始，我和一帮年轻人从广州到东北，坐几天几夜的火车，还是硬座，为的是节约开支。然而，第一批为公司出力流汗的人都走了。为什么走了？因为邱家人容不下他们。我心里清楚却不好言语，我也希望家族后辈中出几个人才，留出空间让他们锻炼。现在想想被挤走的那些人，哪一个不是一心一意为公司做事的强手？哪一个不是为公司流过汗水，立下过汗马功劳的功臣？但他们走时给我一句评语，说我是过河拆桥的老板。过去这些年大家看看，邱家进公司的人，有几个是真心实意为公司发展的？火车不是卧铺不坐，坐飞机要坐头等舱，讲享受，讲排场，大花特花公司的钱。有谁想过我当年是从坐火车硬座，坐马车，骑自行车这么闯过来的？”邱文泽说到这里便不再往下说了，眼圈有些红了。

听了邱文泽的话，没有人说话，气氛陷入僵局，邱文舟脸上的表情是僵硬的。

这时，游小媛和何叶葳走进了会议室。

“你们两人以最快的时间算出几位股东参与股份的股本，同时把公司账面有多少钱，库存多少货物一并算出来。”邱文泽说完后挥手让两个人立即去做事。

游小媛和何叶葳从没见过老板如此严峻的表情，不敢多问，返身回了办公室。

沈小丛明白了董事长的意思，看到他态度如此坚决，稳住了心神。可是，他知道公司这两年的景况，如果一下子退掉几个人的股本，公司可能陷入困境。

“董事长，不要为了我毁了公司，您换别人当总经理吧！”沈小丛说出这句话时，泪水终于还是忍不住滚了下来。

邱文泽何尝不清楚退了几个股东的股份将面临什么，但是，他情愿退了他们的股份，也不能满足他们提的要求。

沈小丛的恳求让他心中酸涩，心乱如麻，他望着大哥、舅舅和姑妈，心想，这些人都是自己的亲人呐。

“今天就到这里，明天给大家答复，游小媛负责安排几位股东在深圳的生活。”邱文泽说完率先离开了会议室，头也没回。

沈小丛跟在他身后。

游小媛将最后核算出的总数交到邱文泽手中，邱文泽面无表情。

游小媛放下账本时想对邱文泽说点什么，但话到嘴边又咽回去了。其实她想对姐夫说不要因为工作压力搞坏身体。姐姐交代过她，在生活上照顾好姐夫。姐姐长年身体不好，只能待在香港，不能随姐夫同来公司，不能帮姐夫分担点什么。此时，她看着姐夫心情沉重的表情，心里很不好受。游小媛觉得自己并没帮姐夫做什么大事，唯有把账面上的事做得清楚些。游小媛从小学到初中都是寄宿在学校，高中时去了新加坡读书，因此姐妹俩相处的时间很少。等到大一点时，姐姐已经开始谈恋爱了。姐姐嫁出去后，两人走动更少了，而且游小媛毕业后在新加坡组建了家庭。如果不是姐姐叫她回来帮忙，她这会儿仍在新加坡工作和生活。

游小媛放下账本转身出门，又忍不住走了回来。

"姐夫，如果换一个总经理能够使他们不退股，暂缓眼前的困境，那还是值得的，因为公司账面上没多少钱了。"

邱文泽"咦"一声抬起头来，他摘下眼镜饶有兴趣地看着游小媛。

"说说看，把你心里想的和看到的说来听听。"

"我说不好。"

游小媛低下眼眉，想起邱得成跟她说过的话。她明白邱得成也想当总经理。

"姐夫，家族企业让外人当总经理，于情于理说不通，对邱家后辈中的每一位成员都是一种打击。权衡利弊，如果今天这几位股东退股，其他股东效而仿之，公司只能卖楼卖地了。

您辛辛苦苦一手创办的公司，以这种形式结束，您心里不会情愿，也不会甘心的。”

邱文泽听了游小嫒的话，忽然觉得这个一直以来都让自己觉得还没长大的小姨子成熟了许多。他拿起电话拨了几下，对着话筒说："你上来一下！”

“我叫沈经理上来，你不妨将刚才的话对他说一遍。”邱文泽放下电话对游小嫒说。

“姐夫，公司是你的，董事长是你，你却要让我替你说出这样的话，你不是让我今后在公司没法做人吗？”游小嫒气恼地说，脸色因激动而微微涨红。

“我觉得你分析得有道理，你说出来让他听一下，看他对这件事有什么看法。我们都关心公司今后的发展，包括用人，是为了公司有好的前景，而不是有些人提出该用谁不用谁，甚至以退股为手段要挟用人。这样的人不是为公司未来前途考虑，而是争权夺利。”

沈小丛从楼梯一路小跑来到董事长办公室，敲门进来后，邱文泽示意他将门关上。

游小嫒听了姐夫这番话后陷入了沉思，原本她没想那么深，仅看到表面现象而已。邱得成对她说过，邱家人才济济，让外人担任公司要职，还有什么脸面在这里工作。

沈小丛见游小嫒在场，不知道邱文泽找自己来是为什么事。

“董事长，有事您请说。”

邱文泽望着游小嫒。

游小嫒沉吟片刻，迟疑地说：“我将公司账目核算完了，四位股东参股占公司总股本百分之二十五。公司目前能够拆出现金的库存货物不足三十万，所欠供货商债务一千九百四十八万，销售商欠公司债务不足一百万，也就是说，公司目前根本拿不出资金退股。”

“供货商与销售商之间的债务相差这么大？”沈小丛诧异地问。

“这都是因为几个驻省办事处亏空造成的。”邱文泽声音微弱，像自言自语。

游小嫒没有按照姐夫的要求说出前面的话，而是让沈小丛知道公司目前没有钱退股，另一层意思是说没有钱退股就不能用他这个总经理。

“董事长，我明白您的苦衷，只要能让公司渡过难关，我怎样都行。其实我知道股东们此次来的目的，主要是针对我。”

沈小丛说完，拿出一份报告递交给邱文泽。

“这是我的辞职报告。”

沈小丛的举动大大出乎游小嫒的意料，她本以为沈小丛也是唯利是图的人。

此时，游小嫒对沈小丛的看法有了改变，她觉得沈小丛知趣、识大体。

“你先回去吧！我和总经理谈谈。”邱文泽对游小嫒说。

游小嫒离开时反而觉得不该让沈小丛辞职。

“你辞职不能阻止他们退股，即便暂时不退，迟早也会退，我认为这个信号来得早比来得晚要好。”

“我的辞职能暂缓他们的行动，能为公司赢得时间。”

“说说你的想法。”邱文泽说。

“我在想，能那么齐心一同来退股，不会那么简单。我想请问董事长，您占总股本多少？”

邱文泽听到沈小丛如此问他，拧紧了眉头。

“你的意思是……”

“这事不能不往这方面想。”

邱文泽无声地点着头，他陷入沉思中，手指关节在茶几玻璃上轻轻敲击，发出沉闷的响声。

少顷，邱文泽从沉思中抬起头问沈小丛：“我有些不明白他们话中的意思。上次会上仅是提出合并机构和精简人员的想法，没具体到哪一个机构或个人。”

沈小丛听了邱文泽的话，想到了自己做的那份方案。大脑里闪过一道白光，难道那份方案让别人看到了？他翻来覆去仔细想了几遍，无可置疑地摇了摇头说：“这事不可能，我没让第二个人看到过。”

邱文泽听了他的话，用询问的眼神望着沈小丛。

“我做了一份人员机构调整方案，没完稿，还没来得及给您过目，里面提到合并驻省办事机构以及人员岗位调整，我没让第二个人知道。”

“我明白了，有人比我先看到了这份方案。”邱文泽说。

沈小丛也明白了，有人进过自己的办公室，他内疚地说：“对不起董事长，是我疏忽大意了。”

“该来的总会来的。这些年我息事宁人，顾念手足之情，竟然没人体会到我的苦衷啊！”

“董事长，您的意思是？”

“好，咱们就先顺了他们的意，同意你辞去总经理职位。”

“谢谢董事长。”沈小丛声音几乎有些哽咽了。

“辞职后你不用离开公司，随我回香港。”

邱文泽心里的疑团不是沈小丛提醒才产生的，他早就看出了苗头，只是不太相信他们真的要这么做。

在邱文泽看来，公司虽然在亏损，还不到火烧眉毛的时候。可是，眼前发生的事不能不让他重新考虑公司的前途。

“下午就随我回香港，你把做出来的方案带上，我要看一下。”

“今晚就走？那么急？”沈小丛说。

“你叫王以达来一下。”邱文泽说。

撤销沈小丛总经理职务的通知于当天下午发到公司每个办公室，驻省办事处分别传真了一份。

众人拿着这份通知，各样心情都有。不知是谁冒出这么一句：“沈小丛是邱氏贸易公司有史以来最短命的总经理。”这句话迅速在公司上下传播开来。有人听到了暗自嘲笑，也有人在心里发出一声叹息。

而这个时候，沈小丛坐着邱文泽的奔驰车，已经过了罗湖口岸海关边检站，向香港驶去。

游小媛看到通知后，在心里打了一个问号，明明是沈小丛自己辞职，为什么通知上说公司撤销了他的职务？

何叶葳看到通知后愣了许久，她不敢想沈小丛此时是什么样的心情。她似乎看到他遭此打击后，脸上显现出无比的忧伤和沮丧。她的心在痛，她想去找他，哪怕看他一眼。她坐在办公室里，貌似安静地端坐，耳朵却在搜寻隔壁动静。她感到奇怪，半天时间都没听到一丁点儿声响。何叶葳最终没扛住内心的担忧，抓过手机来到走廊尽头的阳台上，拨通了沈小丛办公室的电话。

手机长音响了十几声，没人接，她又拨了沈小丛的手机。第一次占线，她反而放心了，静等片刻后重新再拨，手机终于通了。

“是我。”何叶葳小声说。

“哦！你好。”沈小丛装成与一个久未谋面的朋友说话。

“你在哪儿？”何叶葳问。

“我出差，在路上。”沈小丛本想说去香港，话到嘴边又改了，他不想把行程透露给别人。

“几时回来？”

“不知道。”

何叶葳听到沈小丛说话时语气轻松，估计他还不知道职务被撤的事，想着先别告诉他，让他出差的日子能开心一些。

“我没什么事，就是想问你在哪儿，一路顺风。”何叶葳小声说。

“谢谢。”

“下班后我打电话给你吧！”何叶葳说。

“如果我忙，手机会关机。”

何叶葳挂断电话时眼泪涌了出来，她假装眼里进了沙子，用纸巾擦干净后才回到办公室。

邱文泽交代王以达发通知，宣布是由公司决定撤去沈小丛总经理的职务，并不是沈小丛本人主动辞职，两种说法的区别在于，前者是让于股东们知道邱氏贸易公司始终是股东说了算。

邱文泽出海关前在后座一直闭目养神，到了香港后，他一言不发地看起了沈小丛起草的方案。

沈小丛坐在副驾驶座位上，偶尔与司机小声聊几句。这是沈小丛第一次来香港。

沈小丛望着车外，雾气朦胧，鸥鸟腾起落下，飘忽点缀于深蓝色海面与黛色山脉间。

港口褚红色升降机与叠垒成火柴盒一般的集装箱在水天连接处格外惹眼，形成一道忙碌的风景线。

养殖海产的网箱、渔排，鲍鱼浮标分布于波光粼粼的海面上，如地图上的经纬度。星罗棋布的菜田里，长着一格格碧绿的菜蔬。

近处道路两侧，盛开着一簇簇牵枝引蔓的簕杜鹃。

此时，沈小丛想起任千雅初来深圳时，在信中描写簕杜鹃的句子。

一朵朵花儿火红火红如一盏盏红灯笼。茂盛茁壮令人热血沸腾，激情昂扬，瞬间荡尽尘世烦忧。细瞧却又有让你心慌的娇艳，那是少女娇怯时的红润，不忍逼近，怕惊吓或玷污了这份天然雕琢的圣洁与灵动。

花瓣红中略带淡紫，艳而不俗，颜色灿烂，无可挑剔，恰到好处，更显高雅。她簇簇拥拥，挤挤挨挨，一串串一束束，忽悬垂，忽伸展，纤条柔枝如少女细腰不胜负荷，微风中摇曳浅语。尽管貌似娇女，却不娇气不媚俗。

想起任千雅，沈小丛似乎忘却了心中积郁的烦躁，眉头不再深锁，目光柔和了许多。

一路无语，邱文泽看完方案仍闭目养神。

其实邱文泽与沈小丛内心都不平静，各想心事，又都在等待什么事情发生。

邱文泽的家不在闹市区，而是在通往大峡山半道的一幢别墅内。外表看是一幢普通的四层楼房，准确说像是工业厂房。当车进了大门，这才发现不是普通人家。

挡住人们视线的楼房给外人造成一种假象。

用铁栅栏围着的一座雅致别墅，才是邱文泽的家。

车子进了大门，没停。

沈小丛听到身后有铁栅门合拢的响声。

车从四层楼房的右侧驶过，一条约百米的甬道两侧是玉兰树。车驶到甬道尽头又出现一道铁栅门，自动向两侧打开。车缓缓驶进去，停在一幢朝南的楼前。

在香港，有钱人选择远离市区建住宅的并不少见。早年间，邱文泽因为要打理在皇后大道的致远斋古董店，不得不住在市区。他在深圳注册公司后，便不让太太继续插手古董店的生意，搬来这里静心疗养。

门卫在车开进来后重新关闭了铁栅门，车停稳后，出来一位年长的男管家，他先给邱文泽开了车门。

别墅依山而建。此时正当夕阳斜照，整个别墅区浸泡在一种透明的橙黄里。

沈小丛想起有一年入冬去青岛崂山游玩，在崂山道观中看到一株千余年的银杏树下落了厚厚一层黄叶。他抬头看到树上尚未落尽的叶片在清冷的微风里闪动，看到树上树下融为一体的橙黄，置身于其中，仿佛到了另一个世界。

沈小丛停下脚步，他被这种突如其来的美景与意境震慑，整个人再一次融化在流动的光影中。

走上台阶的邱文泽回转身，看到沈小丛如痴如醉的表情，随着他的目光放眼望去，也被眼前静默的美景所吸引。

邱文泽住在这里多年，却从没留心过眼前的景色，从来都是来去匆匆。

“上来吧！”邱文泽笑着对沈小丛说。

沈小丛醒过神来，小跑着上了台阶，看到管家冲他善意地微笑点头。

这时，客厅里走出一位夫人，外形瘦弱显得有些苍老，由一位三十余岁的女佣搀扶着立于厅廊下。

“先生回来了。”女佣恭敬地向邱文泽问好。

沈小丛快步走上台阶，见到董事长的夫人，鞠躬行礼：“夫人好。”

“好，好，请进。想必这位就是新任命的沈总经理了。”

“多谢夫人，在下沈小丛。”

“先到厅里喝茶吧！”夫人客气地对沈小丛说。

“谢谢夫人。”

“晚些时候，你带沈先生去客房洗澡休息，或者四处走走。晚餐时间我们再聊。”邱文泽对管家和沈小丛说，说完牵着夫人的手向楼里走去。

“招待好客人。”邱夫人在转身之际对管家补充了一句。

沈小丛由管家领着穿过客厅，来到后院。

后院有两栋小楼，风格一致，都是三层，但颜色有别。一幢呈暗红色，一幢呈乳白色。一条走廊连接了两幢楼之间的过道，走廊是花架，架上爬满了牵藤扯蔓的花与叶，蜂蝶翩跹穿梭。

靠近围墙的地方是一个游泳池。

管家将他带至乳白色小楼前。

“这幢楼是小姐住的，她住二楼。她去国外读书后，一楼改成客人临时住房，不过也仅限于贵客才可以住的。”管家一边前面带路一边做介绍。

沈小丛闻听此言，心中不禁一热，想不到董事长如此看重自己。

晚餐时只有邱文泽和他夫人，菜上齐后，所有工人都规矩地立在餐厅外。

沈小丛由老管家引路走进餐厅，看到董事长和夫人已经端坐在餐桌前静静等他了。

“董事长、太太，抱歉让你们久等了。”沈小丛想不到董事长和太太早早地坐着在等自己了，心里既感动又不安。

“请坐吧！现在你的身份是我的客人，不是公司的员工，在家里我就要以家庭主人的身份招待客人，这是理所当然的。公司里的规矩只可以放在公司，所以你也不必拘谨。”邱文泽笑着说。

“沈先生请坐吧，也没有什么好东西招待，都是些家常小菜，请随便用。董事长把你的事对我说了，为了公司利益让你个人受委屈，这是不公平的，我内心很不安，应该是我们向你表示歉意。”

“太太，董事长……”

邱太太说话声音很轻，却是出人意料地亲切，一句句落在沈小丛心坎上。他想到自己的委屈，想到自己的母亲。

来的路上，沈小丛内心很复杂，有一种屈辱充填于胸，但他外表却没有流露出来，仍保持如常的笑容。如今听了太太这番话，内心所有的屈辱和委屈化成泪水，稀里哗啦地流了下来。

“董事长、太太，我这点委屈比起公司处境算不了什么。我最担心的问题是，有人找借口策划退股的同时，暗中收购股份，企图成为大股东，取代董事长。”

邱太太听了他的话，脸色大变。尽管邱文泽想过有这种可能，但绝不希望真有这种事发生，他没有对太太谈过这件事。

“假如有这种事，你怎么应对？”邱文泽问话时，表情又回到日常在公司时的木然，沈小丛知道这是他思考问题时的习惯表情。

“我没想到具体办法，但我知道公司目前的处境，最好的办法是先稳住他们。”

“这也是我暂时撤了你总经理职务而不通知你的原因，好让他们此时以为赢得了第一步胜利而高兴。”

“董事长，我懂。”沈小丛连连点头说。

沈小丛脸上的泪水仍在流，邱太太见状拿过一包纸巾，起身绕过餐桌亲手送到沈小丛手上。

“我昨天观察了几个股东的表情，他们也不齐心，或者有人抱观望态度，并不一定真要退股。如果能把暗中策划者的股份先退给他，能起作用。”沈小丛擦了擦眼泪说。

“据你观察，策划者是谁？”邱文泽问。

这个问题有些突然，沈小丛没想到董事长会问他。他不相信董事长自己看不出来，但他既然这样问了，只能硬着头皮回答。事实上他并不想回答，毕竟是董事长的家事，打着骨头连着筋的亲情永远是存在的，沈小丛有些顾虑。

“我不太敢妄言，但是肯定不是看了我起草的方案才这样做的。作为亲兄弟之间，无论发生多大的事都可以关上门商量，即便因为我这个外人当了总经理，也可以自家人商量解决。他们群起以退股为借口，这么做让人觉得是因为多年积怨而撕破脸皮。我在想会不会有人早有……早有那种心思。”沈小丛说到这里放低了声音。

邱文泽与太太听了这番话，不约而同地对视一眼，各自眉头紧锁，沉默不语。

“我知道公司现在的境况，我觉得最紧要的是争取时间，然后采取一些措施。我在方案里提到过，机构合并、人员精简后将公司办公楼出租一部分。几个驻省办事处机构精简合并，减少了原有的房租水电支出。我粗略算过，一年下来，算上公司办公楼租金收入，账面可以省出近五百万元。”

“驻哈尔滨办事处去年房租水电和员工工资总支出高达一百一十万。”邱文泽自言自语道。

“是的，我也了解过去年的总支出。据查，一些驻省办事处将个人餐费也写成公费接待，给女朋友买首饰和化妆品写成办公用品。”

邱太太心里在暗暗点头，她对眼前这个年轻人又加深了一层好感。

“好，现在不谈正事，开始用餐吧。请太太允许我和沈经理喝杯酒吧！”邱文泽说。

“少喝一点。”邱太太宽容地说，她喜欢眼前这个年轻人，希望老公和他喝点酒，舒解一下心头的郁闷。

“董事长，还是称呼我……”沈小丛听到董事长还称呼自己是总经理，有些不安。

“我一时习惯了这样称呼，好，叫你小沈。”邱文泽轻松地说。

邱太太吩咐用人拿来一瓶酒，分别给邱文泽和沈小丛倒了一杯。

沈小丛这时才仔细看清了邱太太的样貌，相信她年轻时一定是一个大美人。

“来，小沈，今天你让我有了喝一杯的念头，我好久没闻过酒味了，谢谢你。”

“我应该感谢董事长的知遇之恩。我先敬您和太太，祝你们青春永驻，永远健康！”

两只玻璃杯轻轻碰了一下，各自喝了一口。

“董事长，就喝这些吧。”

“我没事……”

正在这时，管家敲门进来说：“董事长、太太，有电话。”

“找谁？”太太问。

“说是找董事长，还说如果董事长不在就找太太。”

“听出是谁了吗？”太太问。

“听声音好似邱伟强。”

“你跟他说我回来了吗？”邱文泽问。

“没呀，我哪能同他讲。”

“你去接吧！”邱文泽对太太说，然后自言自语道，“他怎么打电话到家里来了？”

“难道他不在哈尔滨？”沈小丛说。

“来电显示是哪里？”邱文泽听了沈小丛的话后问管家。

“内地号码。”管家说。

邱太太起身去客厅接电话，邱文泽和沈小丛坐在餐桌边默默等待。不一会儿，邱太太回到餐桌边。

“说了什么事？”邱文泽问。

“他为父亲退股的事道歉，说他爸爸做这件事没和他商量，事前并不知道，他请求你不要计较这件事。”

“有说起别的吗？比如公司发了通知撤了沈经理职务的事？”

“说了，他说其实沈经理是有才干的，是他父亲目光短浅，走不出家族观念，只能阻碍家族经济的正常发展。”

“如此说来伟强还是识大体的。来，小沈，我们多喝一杯。”邱文泽说。

“不喝了，再喝要醉了。”

“好吧！我也有些头晕了。”

邱文泽说这句话时似乎有些力不从心，或者是有些疲倦。

“太太，你陪小沈用餐，我有些醉了。明天你安排张叔带他在香港玩几天，购些特产回深圳，这事你安排。”

沈小丛连忙起身和邱太太扶着邱文泽回卧室。

这晚，沈小丛住在邱文泽对面的楼里辗转反侧，近乎一夜没睡。他的左右眼皮轮番跳动，弄得他心慌意乱，几次拿起手机想开机，又忍住了。

直到窗户透出一线亮光，沈小丛才有了困意。

十三

日子过得很快，好日子从手指缝间流水一样流逝，没有留下太多痕迹。

度日如年一定是人生不顺的时候。

黎谷良在深圳的低谷应该是找工作的那段日子，香港小木屋开张那日，我看到了挂在他脸上的笑容，没有阴霾，不再沉重。

香港小木屋经营了半年多，如黎谷良所预料的那样，顾客更多的是选择在室外吃烧烤。我不知实情，还以为他生意不错，每月净赚比我工资高多了。

月底他给我和沈小丛分红，每人能分到上千块钱。

室内经营多是在下雨天，或者台风来的日子。店面小，容不下很多客人，也有很多人不愿进店，觉得憋气。

只要是晴天，客人更愿意坐在路边。每年冬天深圳最冷的日子，也不过是过年前后的十天半个月。

黎谷良没有双休日，过得忙碌又充实，他按预定的计划一步步实现他的目标。

去年入秋我开始写第一部长篇小说，这期间与黎谷良、沈小丛很少见面，偶有电话联系。知道他俩过得挺好，我放心了，将更多精力投入写作。

过年期间他俩都没回老家，沈小丛说工作忙，深圳、香港两地跑，见不上面，仅年初二在香港小木屋聚过一回。我看出黎谷良胖了，沈小丛却消瘦许多，但人显得更帅气了。

年后，黎谷良再给我和沈小丛分红，我拒绝了，我不能再拿不劳而获的钱。我如实告诉黎谷良，当初入股的三万块钱，是支持他开店装修，如今店面经营走上正轨，就不用再分红了。

黎谷良说知道我的心思，当时曾想开口借钱的，却又张不了口，觉得麻烦我的地方已经够多了。况且不知道租门面能不能赚钱，如果倒闭了，还不上钱，就对不起朋友了。

我们都能理解对方。

其实年初二聚会的那晚，沈小丛仅仅和我们待了两个小时，中途接了个电话匆匆忙忙便走了。

我能理解沈小丛，身为公司总经理，事情总归多的。

不说别人，我自己因为立夏前要写完长篇，每天起床就觉心头堆着满满的事，像有一根鞭子在后面挥舞，很少有心情拿起电话与谁闲聊一阵。

我不知道别人是不是与我一样，心里有事压着，对其他的事便没了心情。

在我的感觉中，黎谷良变化比较大，他不像当初创业时那样，坐在炉子边烤串，不再动手往铁钎上穿鸡翅和羊肉，除了小强、小唐、小武，他又请了两名服务员。

自年初二聚了之后，我有两个月没与黎谷良和沈小丛联系。因为写的这部小说进展不是很顺。

四月的时候，路边能开的花全开了，我的心情也随天暖苏醒了，小说终于写顺了。忽然有一日，黎谷良打电话给我，说沈小丛送来一个女孩子到店里当服务员，他把人送来，也没说什么就走了，黎谷良问我怎么处理这件事。我想是不是沈小丛新找的女朋友，如果是，还用问怎么处理，收下来呀。再一想，不对呀，沈小丛交的女朋友起码是大学毕业吧，不可能愿意在餐厅当服务员的，我有些奇怪。

我对黎谷良说："你先安排她在店里工作，观察一下是不是沈小丛的女朋友。"黎谷良总觉得有些蹊跷，坚持让我去店里一趟。我感觉黎谷良话里有话，心想不就是安排一个服务员的事，有这么难吗？心里这么想，但还是去了一趟烧烤店。

我见到那个女孩子时，她正站在店门口，面朝店内，正在与谁说话。女孩穿一身蓝黑色西装，像房屋中介。我目测她的身高在一米六二左右，身材窈窕，长发披肩，看背影是个美人。

我想沈小丛的眼光总归是不差的。

我走到女孩身后，黎谷良看到我，从店里迎了出来，女孩也在这个时候转身。

我看到女孩的脸，当即愣住了，呆呆地望着她说不出话。

黎谷良见我神情有异，拉我到一边问："怎么了，你认识她？"

"她太像一个人了。"我喃喃地说。

"谁呀？"黎谷良问。

"鱼妮。"

"鱼妮？你以前的女朋友？"黎谷良惊异地问。

我点点头。

黎谷良抓着头皮摇着头说："年龄不对呀！"

"我当然知道年龄不对。"我有些生气地说。

黎谷良装傻充愣地嘿嘿笑了两声。

我俩再次来到女孩面前时，我镇定了许多。女孩面容清秀、白净，干净得像一块漂洗过的绸布，光滑、细腻，纯净的眼睛清澈无污染。我没有直视她。

我右手按住心口，里面针刺般的疼痛向我袭来。

我问她："你叫什么名字？"

"杨淇。"

我明知她不是鱼妮，但在她说出名字之后，我还是松了口气。

杨淇清澈的目光在我脸上停了一会儿，又看了看身边的黎谷良，脸上露出无拘无束的笑容。

她说："你是李大哥吧？沈小丛常跟我提起你，你是作家。"

听了她的话我有些不好意思了。

"我是木匠。"我小声说。

"哈哈，你是木匠？骗我。"杨淇说。

杨淇笑起来的时候嘴巴夸张地张大，笑声豪放，过路的人和店里的人的目光都被她吸引过来了。

她不是鱼妮，鱼妮不会这么笑，我的心跳顺畅了。

“黎老板是作家，我曾经是木匠。”我歪着头望着杨淇说。

杨淇看了黎谷良一眼，又望着我，她想从我的眼睛里寻找答案，或者是在追究我是不是撒谎。

“木匠是手工业者，作家也是手工业者。”我说。

其实我一直这么认为。

杨淇没懂我说的话，鱼妮懂，我对鱼妮说过同样的话，鱼妮没有笑，而是轻轻点头。

杨淇望着我的眼神有了疑问，我知道她不相信。

“我也想过当作家，当作家的人不喜欢做生意，做了生意肯定当不成好的作家。”

我没有觉得杨淇说错了或者说得绝对，我一直觉得上帝很公平，人这一辈子只要能做成一件事，便是成功。

黎谷良没有笑，面部表情严肃，甚至有几分严厉，我猜测他是在杨淇面前保持老板的威严，或者是气杨淇不相信他也是作家，而且是当今流行的网络作家。

我没揭穿黎谷良脸上的伪装，心里却在偷笑。

“沈小丛经常在你面前提起我？不会吧，你俩在一起干吗老提我？”

我问这句话，是想弄清楚沈小丛到底与她的关系有多深。我不好直接问她是不是沈小丛女朋友。可是，还没等杨淇回答，黎谷良接口便问：“你是沈小丛的女朋友？”

杨淇听了黎谷良的问话，不笑了，低下头，眼里掠过一道忧郁。

我与黎谷良对视片刻，短暂交流，我俩明白了，是杨淇一厢情愿。

“我喜欢沈小丛，可是他不喜欢我。他走了，我也没有心思继续在电子厂干下去了。于是，我辞职来市里找他。”杨淇说。

“你为他辞了职？从公明镇来这儿？”我忍不住满心惊讶，问她。

“我和沈小丛在君世电子厂是同事，我知道他是被梅莉害的，是被迫离开公司的。我喜欢他，在厂里的时候看他心情不好，一直没告诉他。他离开工厂的时候我不知道，他走了，我什么也干不了了。”杨淇说。

她说话时，神情显得忧伤。

我松了口气，原来如此。沈小丛的长相到哪儿都会招女孩子喜欢的，想到这里，我叹了口气，又一个掉进爱情苦海里的人。

我不知该怎么办，沈小丛没告诉我这件事，也没委托谁帮他处理这件事，我不知道是否该告诉杨淇沈小丛有女朋友，他是为了找女朋友才来的深圳。可是，我没这权力告诉杨淇，更没权力替沈小丛做主。再说，沈小丛把她放在黎谷良这里，并不表明他拒绝杨淇，也有可能要继续发展的。

这些是我一厢情愿的思考，我想黎谷良也明白，沈小丛不可能喜欢杨淇，不是她的长相不好，而是沈小丛心里还没放下任千雅。

“你了解沈小丛吗？”我问杨淇。

“不了解，他平时不太和我说话，我知道他是大学生，我配不上他，可是我就是喜欢他。”杨淇表情坚定地说。

我没接话，感觉无话可说，也不想问什么。我敬佩杨淇勇敢追寻爱情的行为。

“我知道沈小丛与梅莉的事，我见过梅莉，沈小丛离开电子厂是我去接的他。杨淇，你知道梅莉为什么要害沈小丛吗？”我问。

我换了个话题，想用这个话题婉转地暗示杨淇，让她学会思考，以免将来伤得太深。

“我知道梅莉追求沈小丛，沈小丛不喜欢她，她就报复沈小丛。”

“你说得对，也不对。沈小丛不喜欢梅莉，是因为梅莉自身条件与沈小丛有距离。”我说。

“她那长相，想让沈小丛喜欢，难哦！”杨淇说这番话时，脸上露出几分骄傲与得意。

能看出来，杨淇对自己的长相很有信心。黎谷良似乎有些听不下去了。

“你回去做事吧！”黎谷良严肃地说。

杨淇跟我说了声再见，不情愿地走进了烧烤店。

我和黎谷良不约而同地往街心走，离烧烤店远一点，是不想下面的对话被杨淇听到。

“你安排她做什么？”我问。

“收银。之前是我收，虽说晚上店里没什么生意，但还得有个人照应。我也一直有心想找个收银，刚好她来了。”

我不置可否，也没说行与不行，店是黎谷良的，安排员工做什么是他的事。凭我敏锐的直觉，黎谷良对杨淇有好感。刚才三人对话时，我看到黎谷良一直目不转睛地盯着杨淇，虽然他表情严肃，但那是装出来的。

如果沈小丛不喜欢杨淇，我倒是希望黎谷良与她能擦出火花。

当然，我也估计沈小丛不喜欢杨淇，杨淇喜欢沈小丛只是一厢情愿。可是，沈小丛又把杨淇放在朋友的店里，也就是说仍在视线内，这么做，无法让杨淇死心。

我预感到他们三个人之间会有事发生。

“我建议你再招一名女工。”我说。

黎谷良疑惑地望着我。

“店里都是男的，如今来了一个女孩子，你招多一个与她做伴最好。”我说。

黎谷良好像明白了我说话的意思，点点头。

我没再回烧烤店，我不想看到杨淇，不想看到她不说话时的眼睛。

我不知道杨淇的出现意味着什么，她让我想起了鱼妮。

曾经烧红的一膛炉火，被浇灭，成为死灰。多年来，我的爱情已经板结成一块冻土，灵魂僵硬成一块冰冷的锈铁。可是，她的出现，让我僵硬的灵魂松动了，像光秃秃的树枝遇到春天，止不住要复苏。

我无法自欺欺人，我一直没忘了鱼妮。

晚上，我打电话给沈小丛，告诉他我去烧烤店见到了杨淇。我问他与杨淇究竟是怎么回事，沈小丛说他也意外，不知道杨淇是怎么找到他的。在电子厂，他仅与她说过几次话，并没有太多交流。我笑骂沈小丛："你小子那张脸太招女孩子喜欢了，你迟早会栽在女人手里。"沈小丛委屈地说冤枉，他说压根就没对她动心过，也没有任何语言上的暗示，可是她辞职来找他，他又不能不管，没办法，只能交给黎大哥先安顿下来，管她吃住。时间长了，她会慢慢知道他不喜欢她，这样处理也许能让她死心，他的心情也好过些。

我说你没有当面拒绝她，她心里会一直存有幻想，像杨淇这种执着的女孩子，你必须亲口告诉她，让她自己走出来，很难的。

沈小丛听了我的话，沉默了片刻说："我不想破坏她心中对爱的向往，将来她坐在自己亲手搭建的爱巢里，即便坐在她身边的人不是我，她的爱巢仍温暖如初，起码她心里是这样想的。"

我听了这番话，想说"可是"，但没往下说，我觉得没法往下说。

可是什么呢，有许多可是，有必要说吗？

难道我对鱼妮不是这样吗？

沈小丛对杨淇的处理方式，在我大脑里闪过一道白光。鱼妮为什么不声不响不打招呼地就离开了我？任千雅又为什么悄无声息地离开了沈小丛？难道都是因为她们不再爱了？究竟是个人原因，还是因为来了深圳？

深圳到底是什么？

我默默放下了电话。

沈小丛说的一串话被我总结成一句话：有爱的梦，始终有温暖的光环陪伴。

我在浦尾村不知名的男人手里拿到鱼妮留下的卡片，看着鱼妮写给我的两行字，慢慢使我对鱼妮死心。我想我这辈子不会对任何人说出卡片上写的字，这些字将永远留在心里，伴随我衰老、死亡，化成尘烟。

不出我的预料，黎谷良先对杨淇动心了。黎谷良打电话给沈小丛，问清楚沈小丛是不是不喜欢杨淇，然后他开始对杨淇示好。

一个月后，沈小丛再次给我打电话，他告诉我将去香港工作，让我去烧烤店把这消息告诉杨淇。我没追问他去香港工作是真是假，但我知道他这么做是想让杨淇死心。

我说："这样的事要你自己亲口告诉她，我去传这样的虚假消息不道德。"沈小丛说："我已经跟她说得很清楚了，可是她不信，也不听，每天早上在公司门口等我，我都快烦死了。"

如果杨淇真这么做，的确是件烦恼的事。

谁都知道不爱一个人，不要拖，要干脆利落地告诉对方，可是，真要拒绝一个人，是件挺难的事。

我去烧烤店不是要替沈小丛传递消息，只想去看看。我的想法很模糊，如果黎谷良向杨淇求爱，也许能改变杨淇。

我看到黎谷良穿西装打领带，头发梳得一丝不苟，胡子收拾得很干净。

黎谷良穿上西装后显得更年轻了，也有朝气。他的实际年龄也不过四十出头，经过打扮，反而显出成熟男人的魅力。爱情能让女人美丽，也能让男人年轻。

我第一天见到杨淇时，看到黎谷良目不转睛地盯着她，只是预感到他们之间会发生事情，却没想到杨淇的到来改变了黎谷良。

黎谷良刚来深圳的那段日子里，虽然他表现出潇洒、满不在乎的样子，但我能看出他是装出来的，其实他的内心很沮丧，很失落。

在中国有很多像黎谷良这样的男人，觉得离婚是一种失败、丢面子的事。即便过得不好，也应该装下去，为父母、为子女装。

黎谷良能开始另一段爱情，说明他是彻底放下了。

他应该重新找寻自己的爱情，开始一段新的生活。

我没有给黎谷良泼冷水，只是在心里替他担心。

我不想看到他失败。

如今烧烤店比刚开业时更为正规有序了，人手充足，分工明确。黎谷良买了一辆小型面包车，每天早上五点钟开车去五十公里外的农贸市场采购，他跑这么远采购，一是为了降低成本，二是为了保证食材新鲜。

烧烤店中午没生意，员工吃完午饭后才开始上班。

我趁中午没生意时去找黎谷良。黎谷良见到我，高兴地说："想请都请不到的大忙人，终于露面了。"

我握着他的手说：“一副大老板的样子了。”

黎谷良不好意思地抚摸胸前的领带，左右看了看，小声说：“什么大老板，这条街上的老板里我只能算混了个温饱的级别。”

“你不光生意做得顺了，还谦虚了。”

我与黎谷良说话时，没有进店，而是远离店门。黎谷良感觉到我有话跟他说，顺从地跟着我。

离烧烤店一箭之地，我问黎谷良：“杨淇经常上午去沈小丛上班的办公楼下等他？”

“是，我……我知道这件事。”黎谷良说话时有些口吃。

“她这么做不是办法，沈小丛不忍令她伤心，她这样会影响沈小丛，她自己也会受伤。”

“我也没办法！不过，我看杨淇性格还是挺活泼的，如果沈小丛当面拒绝她，也许她伤心一段时间就过去了。”黎谷良说。

“沈小丛电话里跟我说，跟她当面说清楚了。”我说。

“我也没办法，又不能拦住她不让她去。”黎谷良小声说。

黎谷良说得也没错，我想说“你抓紧追杨淇，免得你们三人三败俱伤”。可是，我没法说出口，只能假装不知道黎谷良喜欢杨淇。

“当初沈小丛没有把她带来安排在你店里，也不会发生这些事。”我望着黎谷良说，注意观察他的表情变化。

黎谷良忙不迭打圆场说：“杨淇工作很勤快，她来了，真的帮了我很多，如今没她还不行了。”

我微笑不语。

这时我听到有人喊黎老板，我和黎谷良同时回头，看到是小唐。杨淇站在小唐身边正往这边张望。

杨淇看到我，满心欢喜地走过来与我打招呼。

“你还认得我？”我笑着说。

我是故意这么说的，意在告诉黎谷良我全然不知道他俩与沈小丛之间微妙的关系，同时也让黎谷良听着放心。我说过杨淇长得像鱼妮，他不可能不放在心上。

“李大哥，我怎么会不记得你？你是黎老板还有沈小丛的好朋友，不记得谁我都得记得你。”杨淇说。

“我发现你当了黎老板的管家之后，变得会说话了，也变漂亮了。”我与杨淇说话，却望着黎谷良。

黎谷良听懂我话里有话，脸红得像鸡冠，搓着手像一个生涩的毛头小伙子，变得腼腆了。

杨淇看到黎谷良脸上的变化，也听出我话里有话，她跺着脚说：“李大哥，我哪是管家，你看黎老板都害羞了。”

黎谷良说：“没有的事，哪能害羞了！”

杨淇能坦然面对我的玩笑且没往心里去，说明她对黎谷良没上心，或者黎谷良还没向她表达。

事实上黎谷良的确很谨慎，没有贸然展开追求，他担心年龄大杨淇一轮是一大障碍。况且，杨淇喜欢的人是沈小丛不是他。黎谷良想慢慢赢得杨淇的好感，采取慢火煲汤的办法，煨浓这煲汤。

“晚上不要走，咱俩有日子没见了，得喝几杯。”黎谷良说。

“如果沈小丛能来就好了。”我说到这里停住了，本想说可惜他要调去香港上班，今后见面更不方便了。我没往下说，因为我不忍让杨淇伤心，也许因为她长得像鱼妮的缘故吧。

黎谷良望一眼杨淇，杨淇低下了头，她听到我说沈小丛，情绪明显开始激动，脸上红红的，胸脯起伏。

这时我的手机响了，我掏出来一看，竟然是沈小丛打来的。

我拿着手机说：“人经不起念叨，刚提起沈小丛，他就来电话了。”

黎谷良和杨淇听到是沈小丛来的电话，都眼巴巴地望着我。

“喂！沈小丛，我在黎老板这里，刚跟黎老板和杨淇说叫你过来喝酒，你就来电话了。”

沈小丛听了我的话，当即沉默不语。

我知道他在想什么，接着说：“怎么样？你有空吗？晚上下班后过来喝酒吗？我等你。”

我看到杨淇充满期待的眼神，便用微笑的眼神示意她别急。

沈小丛在电话那头低声说：“李大哥，求你帮我一下，告诉杨淇我去香港上班了。”

我心头一紧，赶紧躲开杨淇期待的眼神，抬高嗓门说：“什么？你去香港上班？”我说完这句话，假装信号不好，背转身，躲开杨淇，嘴上一个劲地说，“什么？你说什么？大声点，我听不清，信号不好。”

我相信我说的话杨淇和黎谷良肯定清楚地听到了。

就在我对着手机假模假样叫喊的时候，杨淇从我身后冲上来，一把抢去我的手机，急促地连声“喂喂”，她说：“沈小丛你什么时候去香港……喂……”

杨淇听到手机里传来“嘟嘟”声，她失神地望着手机，不明白怎么断线了。

我估计是沈小丛听到杨淇说话，掐断了。

杨淇脸色苍白，小声地说：“李大哥，帮我打通沈小丛的电话，我要问他什么时候去香港。”

杨淇的表情让我担心，我没有拒绝她，拿过手机，低着头按了重拨键，再将手机递给杨淇。

杨淇把手机贴在耳朵边听了一会儿，然后又还给我，声音软弱地说：“关机了，怎么关机了？他已经去香港了吗？”

“信号不好，我没听清，他没听到你说话就掉线了。”我轻声说。

我望着杨淇，不知如何是好。

黎谷良望着我手中的手机，不相信沈小丛关机了，他掏出自己的手机，继续按键。

稍时，黎谷良放下手机无奈地说：“是关机了。”

杨淇呆呆地望着我，脸色发青，跟着嘴唇变得乌青，浑身开始哆嗦。忽然，杨淇呜一声哭了出来，拔腿就往前跑。

我和黎谷良吓了一跳，一时没反应过来，当他明白过来时，立即尾随追去。

杨淇跑得很快，我和黎谷良被甩在后面，眼看她拦下一辆出租车，上车走了。

我听到她关出租车车门的“砰”一声，我和黎谷良停下了脚步，气喘吁吁，面面相觑。我俩明白，杨淇去找沈小丛了。

不经常跑步，突然这么猛跑，也不过几百米，就累得上气不接下气了。

黎谷良用询问的眼神望着我。

“我们得跟去看着杨淇，如果沈小丛不在公司，她找不着，别闹出什么意外。”

黎谷良说：“你在这儿等我，我去开车。”

“别开车了，打的赶快追上她。”我说。

黎谷良觉得我说得有道理，就没坚持开自己的车。

我俩跑到路边，好不容易等到一辆出租车，杨淇乘坐的车早跑得没影了。

我知道沈小丛的公司在笋岗路，属福田辖区，离梅林路不远，出租车从彩田路上北环路，如果不堵车，一刻钟便到了。

黎谷良坐在车上，双手握成拳头，我知道他紧张杨淇。我一边安慰他，一边催促司机快点。

尽管司机已经开得很快了，但我们最终没能追上杨淇。

我和黎谷良赶到沈小丛所在的邱氏贸易公司时，看到一辆出租车空车驶出来，估计杨淇已经下车进公司了。

我俩不敢耽搁，担心杨淇闹出事了，付了车费，赶紧跑进公司大楼。

很奇怪，竟然没有门卫拦我俩。

我俩刚跑进大厅，就听到楼梯间有人在争吵。

黎谷良听到了，他说是杨淇。

我俩顺着楼梯循声往上找。

“不让你上去就不让你上去，你还跑，你跑什么？”

杨淇哭哭啼啼地哀求说：“保安大哥，求求你，我找你们公司的沈小丛说几句话就走，没别的事，不影响他工作。”

两名保安听说是找沈小丛，对望一眼问：“你找沈小丛？沈小丛不干了，他的总经理职务被撤了。”

我和黎谷良都听清了这句话，停下了脚步，愣愣地望着对方。

杨淇听了这句话，停止了哭泣。她喃喃地说：“沈小丛当总经理？被撤职了？”

她仅是短暂地愣了一下，之后一甩头，扒开挡在身前的保安要往上冲。

堵住杨淇的是一名年轻的保安，凭她的力气哪能扒开。

我和黎谷良听说沈小丛被撤职的消息，脚步停顿了一下，喘了一口气，忙不迭往上跑。在三楼拐角处，我们看到两名保安把杨淇堵在楼梯间，阻止她上去。其中一名四十多岁的保安，横眉立目，一副代表法律的严肃劲，他指着杨淇的鼻子盛气凌人地大声呵斥：“年纪轻轻的，长得挺漂亮，怎么像个疯子。”口水喷到杨淇脸上，杨淇厌恶地在喷到的地方抹了两把，脸上的眼泪和眼影眼线抹成模糊一片。

另一名保安乘机架住了杨淇的一只胳膊不让她往上冲。

我抢在黎谷良之前冲了上来，看到两名保安将杨淇夹在当间。

此时杨淇头发散乱，疯了一般，不依不饶。原本干干净净的脸弄得一塌糊涂，狼狈不堪。

我看到架住杨淇胳膊的保安的一只手从她腋下伸到她胸前乘机乱摸，怒火顿时蹿上我的脑门。我三步并作两步冲到背对着我的保安身后，大力将他架杨淇的胳膊扯开，一把搡开他。

“你干什么？你是不是人？”我指着保安的鼻子质问他。

被我搡开的保安脸上掠过惊慌，他知道自己的下流行为被我看到了，惶恐地望着我。但当他看到我个头比他矮时，立马又来了精神。

“哟嗬，来了个英雄救美的，你什么人啊？”

保安操着东北腔，蛮横且挑衅地斜视着我。

我望着他那张龌龊的嘴脸，真想一拳揍过去。

保安见我不说话，更加神气了。

“怎么了，心疼了？是你妹子还是你老婆呀！”

保安居高临下，手舞足蹈地想要对我动手。

杨淇见状，张开手臂护在我身前说：“臭流氓，动手打人，你臭不要脸！”

黎谷良也上来了，他站在我身后一直没说话，静静地望着保安，他压低嗓门小声对我说：“你站到我后面，我来收拾这孙子。”

我忽然想到黎谷良能打架，于是退后一步，黎谷良站上一级台阶，将杨淇拽到身后。他对杨淇说：“小心点，别溅一身血。”

听了他的话，我想笑，没笑出来，憋在了肚里。

黎谷良脱下西装外套，指着两名保安说：“小赤佬，侬骨头痒啦？”

“哎哟，来了个娘娘腔，侬侬侬个屁呀。”保安对说上海话的黎谷良丝毫没有惧怕。

黎谷良见对方不买上海人的账，改变策略，他用安徽方言骂了起来。

保安没听懂黎谷良叽里咕噜骂的是什么，愣愣地望着黎谷良。

我被逗笑了，其实我也没听懂，我估计是安徽方言骂人的狠话，没想到黎谷良会这一手。

黎谷良望着保安说：“怎么了？没听懂吗？老子用普通话翻译给你听。今天我就站这里了，你有本事动我试试。别看你个子大，逼急了老子对你不客气。”

“哈哈……”我没忍住，笑喷了。

保安不干了，他求救地望着年纪大的保安，希望两人联手对付黎谷良。

年纪大的保安是客家人，见来了个狠角色，已经𡋯了一半。他没接同伴的眼神，反而往墙边退了一步，背靠墙壁，让开场子，似乎真的怕溅一身血。

黎谷良再上一级台阶，嚣张的年轻保安再往后退一级。

“有种别后退呀！”

年轻保安羞愧难当，脸色涨得通红，想动手，又担心不是黎谷良的对手，脸上青一块白一块的下不来台，他愤愤地白了同伴一眼，双手抱头呜一声蹲在楼梯转角说：“我错了，不跟你打了。”

黎谷良站在他面前，举起拳头往下抡，我拉住了他。

黎谷良指着年轻保安说："再送你一句东北话版的，你瞅你头戴大盖帽，身穿迷彩服，脚踏黄胶鞋，离远一瞅你像是飞虎队的，走近一看你是收电费的。"

我打了黎谷良一拳说："看不出来，你肚子里挺多包袱的。"

"还有河南话版的，我在河南学少林功夫，学会许多方言骂人。"

两名保安听到黎谷良说在河南学少林功夫，吓得对看一眼，庆幸刚才没动手。

我厌烦地看着两个保安，平时他们欺弱怕硬惯了，遇到硬茬，像个缩头乌龟。

"沈小丛在吗？"我问年纪大的保安。

年纪大的保安谨慎地望着黎谷良说："沈小丛的总经理职务被撤了之后，再没见他来公司上过班。"

我心想，这小子什么时候当上的总经理，竟然没有告诉我们。

我回身看了一眼杨淇，用眼神告诉她，保安没撒谎。

这时，楼梯通道的消防门被推开了，一位身着紫色丝绒旗袍的女孩子走出来。她大大的眼睛，肤色细腻白净。

她疑惑地望着两个保安，一个站着，一个蹲在墙角。

"你们别在办公区大呼小叫，大家都在上班。"女孩轻声说。

"她来找沈小丛，也不填访客登记表，硬往里闯，被我们拦下来了。这两个人是和她一起的，要动手打人。"年轻的保安像遇到了救星一样，立即站起身控诉。

我猜想这个女孩不是一般的文员，要不然保安是不会向她求援的。

女孩望着杨淇，问道："你找沈小丛？"

杨淇拢了一下头发，小声说："是。"

杨淇觉得她很漂亮，她的漂亮里有一种摧毁或震慑对手的气势。

她就是何叶葳，她听到眼前这个女孩来找沈小丛，心中感到惊讶。

何叶葳在心里问，她是沈小丛的什么人？

杨淇抻了抻西装外套，想挺起胸膛，可是，她的小腿不听使唤，有些发软。

何叶葳左手拎着旗袍侧边，下了一级台阶，她的脸上始终保持柔和的微笑。她问："你是沈小丛的什么人？"

杨淇接不住她的目光，低下了头。

我和黎谷良见杨淇不答话，也不知如何回答，又不能替杨淇回答是沈小丛的女朋友。

杨淇低头，短暂的沉默后，她抬起头，坚定地说："我是沈小丛的女朋友。"

何叶葳脸上柔和的笑容瞬间僵在脸上，她认真地望着杨淇，要从她脸上看到确切答案。

杨淇经不住何叶葳目光的拷问，再次低下了头。

何叶葳脸上的惊讶与僵硬消失了，重新恢复到之前的柔和。

何叶葳从杨淇的目光里看出她在撒谎，却也得到了另一个答案——她喜欢沈小丛。

何叶葳又下了一个台阶，与两名保安并排而立。

“你是沈小丛的女朋友？从没听他说过。你贵姓，叫什么名字？”何叶葳问。

杨淇迎着她的目光倔强地说：“杨淇。”

“哦！杨淇你好。我叫何叶葳，保安说得对，沈小丛不在公司上班了，他走了。”何叶葳说。

我看到她说这番话的时候，收起了脸上的笑容，明显在控制或掩饰某种情绪，似乎有失落，有伤感。

我心生疑问。

“我不信，刚才他打电话给李大哥，说公司要调他去香港工作，他肯定在公司，是你们不让我见他。”杨淇情绪激动，一心要见到沈小丛，说话的时候眼泪流了下来。

两名保安听到杨淇说是沈小丛的女朋友，年纪大的看了年轻的一眼，目光里充满了埋怨。

我点了点头说：“沈小丛的电话是打给我的。”

何叶葳听说沈小丛打过电话给我，看我的目光变得热切许多。

何叶葳侧脸望着杨淇，眉毛动了动说：“你们在这里等一会儿。”

她说完转身推开消防通道的门，走了进去。

两名保安对视一眼，年轻的对年纪大的说：“我回值班室，你在这儿看着。”

年纪大的不情愿地“嗯”了一声，年轻的推开消防门走了。

我没有理两名保安，而是在想离开的女孩子叫我们等一下是等什么。难道沈小丛在办公室？

黎谷良望着杨淇，眼神复杂。

我知道黎谷良心里不好受。

黎谷良穿上西装外套的时候，用蔑视的目光扫了一眼保安，不解气，又示威似的冲他重重地咳嗽了一声。

不多时，何叶葳推门进来，她往下迈了两级台阶，递给杨淇一张 A4 纸，说："你看吧，这是公司发的通知。"

杨淇没接，似乎有些害怕，她推着我的胳膊说："李大哥，你看。"

我接过来，是邱氏贸易公司的信笺，上面一行黑体字写着：关于撤销沈小丛总经理职务的通知。

我的手哆嗦了一下，没往下看内容。我不想知道沈小丛为何被撤职，只觉得心头堵得慌，我对杨淇说："是真的。"

我把通知还给何叶葳，问她："他什么时候离开的？"

"发通知当天下午就不见人了。"何叶葳答。

"好的，谢谢你。"我说着话，点头表示感谢。

何叶葳也点点头，准备转身离开。

我对杨淇说："我们走吧！"

就在这时，我看到杨淇脸色发白，浑身颤抖，身子一软往下倒。

"杨淇，你怎么了？"

我大惊失色，惊叫中想伸手拉她，由于我站的位置比她高两级台阶，一把没抓住，眼看杨淇就要倒在楼梯上了。这时，黎谷良纵身跨上一步，眼疾手快从身后抱住了她。

何叶葳听到我的惊呼后回转身，她惊问：“怎么了？”

“杨淇晕倒了。”我说。

黎谷良不敢怠慢，左手托住杨淇的上身，右手拇指掐住她的人中。

不多时，杨淇悠悠醒来。

何叶葳问：“怎么样？她没事吧？要不要叫救护车？”

我看了一眼杨淇，对何叶葳说：“没大碍，不用叫救护车了。”

杨淇挣扎着站起身，声音弱弱地说：“我没事，麻烦你能带我去看一眼他的办公室吗？”

何叶葳想了想说：“好吧！你们跟我来，但不能吵闹，影响大家上班可不好。”

我连忙替杨淇打圆场说：“你放心，她不会吵闹的。”

何叶葳走在前面，我和黎谷良、杨淇跟在她身后，来到了沈小丛的办公室。

杨淇痴迷地望着沈小丛曾经待过的办公室，恋恋不舍。

黎谷良始终搀着杨淇的左胳膊。

何叶葳送我们进电梯的时候，她掏出一张名片递给我，说：“这是我名片，今后如果有沈小丛的消息，告诉我一声，我们是相处很好的同事，有什么需要帮助的地方也可以来找我，或打我电话。”

我接过名片说：“谢谢你的帮助。”

何叶葳站在电梯外目送我们离开，她似乎欲言又止。何叶葳无法判断名叫杨淇的女孩是不是沈小丛的女朋友，但她看出来了，杨淇很爱沈小丛。她能为沈小丛晕倒在楼梯间，说明她和沈小丛不是普通朋友。

电梯门关上后，何叶葳拿出手机给沈小丛打电话，她听到了关机的提示。

她明明听到杨淇说与沈小丛通过电话，怎么关机了？

他调去香港工作，究竟是真是假？他此时到底在哪？

十四

沈小丛回到深圳后，住在邱文泽为他租住在老街的房子里。他没四处走，也不给谁打电话，每天看看电视，读读当天的报纸。

沈小丛预感到邱文泽会集中精力处理股东退股的事，他看得出，邱文泽不想自己的事业被股东操纵。

沈小丛猜对了。果然，邱文泽回到深圳后再次召集了几个股东开会。

邱文泽回香港把家里的积蓄全带来了，这些钱多是他太太这些年经营古董字画赚来的。原本效益很好的公司，搞到拿家里的钱来堵窟窿的地步，这让邱文泽感到沮丧，同时又对妻子充满了内疚。可是，事到临头，别无选择，只能硬着头皮顶上去。

邱文泽带来的这笔钱不是退还全部股东的，而是单独退邱文舟的。

然而，当邱文泽再次与舅舅、大哥、姑妈、表哥在会议室见面时，几个人的态度令邱文泽大感意外。原来，在他们回香港后，几个股东接到邱得成的电话，得知了沈小丛的总经理职务被撤的消息。

邱文泽对原定退了大哥股份的想法产生了动摇，可是，在后面的议程中，股东们对股份的持有产生了分歧，这是邱文泽万万没想到的。

会上，舅舅首先表态说："既然撤了沈小丛的职务，我们就不准备退股了。"

邱文舟附和说，都是自家兄弟，只要邱氏贸易公司不被外人掌权，我不会在这个时候提出退股的。

表哥和姑妈也相继表态说不退了。

"文泽如果接受股东的意见，可以在后辈中物色一位精明能干、有胆识、有学识的青年出来锻炼一番，这么做也是为公司今后的发展储备人才。"邱文舟说。

邱文泽专注听大哥说话，表情少有的认真。他以前很少观察大哥说话，此时认真看他，发觉他说话时嘴巴往左边歪，而且歪的程度并不小，似乎有牵动左边整个脸庞的趋势。

"文舟这个意见可行，如果今天能在此将这件事定了，其他股东成员也不会有意见。"舅舅说。他语气严肃，苍老的脸一本正经。

王秀山和邱文舟的话让邱文泽心生出一股怒气。

邱文泽发现舅舅说话时嘴巴也是歪的，方向与邱文舟恰好相反，这一发现令他想笑，但他忍住了。原本已经放下的警惕重新提了起来。邱文泽想等他们把话说得更明白些，索性装傻，想看清他们到底想什么。

王秀山、邱文舟说完了，没有人接话，大家都把目光落在了邱文泽身上。

邱文泽见状，坐直身子，清了清嗓子说："舅舅、大哥，您几位看后辈中哪一位较为出色，说出来大家讨论一下。"

"依我看，伟强较为合适，他在外地磨炼了几年，对粮油市场有一定的了解，能独当一面，后辈中他最为合适。其余也有学历比伟强高的，但工作经验以及做人的德行方面却不及伟强，我推荐伟强出任总经理一职。"王秀山说。

邱文泽将目光移到他从小就尊敬的舅舅脸上，心里顿感厌恶，但他仍能保持目光专注。

"是，我也有同感。"姑妈附和着说。

邱文泽见表哥自始至终没说话，便将目光转向了他。

"表哥，怎么不见你表态呀？"邱文泽问。

"这样的事还是由董事长说了算，股东只要将好的建议提供给董事长就是尽到责任了。"表哥说。

表哥的这番话引来了其他股东的目光，其中有惊讶，有不满，还有敌意。

"伟强此时在哈尔滨，如果他回来，那边便没人管理了。"邱文泽想起邱伟强曾打电话到香港的家里，他想试探一下，邱伟强此时在哪里，是不是早就回了香港或者就在深圳。

"他……他，可以打电话让他回来，仅三个多小时的行程。"邱文舟说话时吞吞吐吐，他差点说伟强回来了，正在香港呢。

“如果他回来了，驻哈尔滨的办事处就无人管理了，那边本来就亏损严重，没一个得力的人不行。”

“派沈小丛去哈尔滨是合适的人选。”邱文舟说。

邱文泽认真地看了一眼邱文舟，没接他的话，心里冷笑一声说：什么主意都让你拿了。

邱文泽此时改变了主意，原本准备先退邱文舟的股份，现在突发奇想，他想先退舅舅的。邱文泽想到这里，认真地望着舅舅，沉默片刻之后缓缓地说：“舅舅，您老人家这些年对公司支持很大，可以说，公司能发展到今天的规模，您老人家功不可没。我想过了，您年纪也大了，不想再让您为公司的发展担惊受怕，操心费神，决定提前给您退股，让您安心养老，安度晚年。”

邱文泽这番话一说出口，会议室顿时安静了。

几个股东你看我，我看你，有些措手不及，尤其是王秀山。他怎么也没想到邱文泽会这么做，据邱得成提供的信息，公司账面已经没有钱可供退股，而且这个消息可靠，是游小媛亲口说的。

王秀山的表情有几分尴尬。

“文泽？我……”

“放心吧，舅舅，我是按目前公司固定资产和个人占股比例分配的。”

“按固定资产比例？你有找人估算过吗？”邱文舟问。

“舅舅入股比较晚，是我买下这块地和建好办公楼之后入的股。所以，有一部分固定资产不参与分配。这里我要补充一点，这种分配方案并非只针对舅舅一个人，凡是股东都是按照这样的方法进行分配。所有参股者都没有资格共享公司原有的固定资产。”

邱文泽说出的这番话，对邱文舟这样的抱有非分之想的股东无疑是一个沉重打击。

“可是，每个股东入股，你对当时的财产有登记和估价吗？”姑妈首先沉不住气了。

“姑妈，其实不用登记，公司所有财产都有票据，有票据就有具体年份，所有股东入股时公司当时出具的票据不是也有时间吗？我说这番话的意思很简单，大家心中也很清楚，无须我说得太明白，说来说去都是自家人。”

王秀山沉默了，他一直以长辈自居，可是，若自己先退股，在公司里无权发言了，他就处在了无所适从的尴尬境地。

邱文泽拿起手机，打电话叫游小媛到会议室，他将信封里的存折递给游小媛说：“你将舅舅的股份数额填写一张支票，是这个账号，他参股后公司置办的财产估价部分留待核算完后再行补给。”

“你真要这么做吗？”邱文舟满腹狐疑地问。

“不是我要这么做，是你们一行人专程来要退股的呀！”邱文泽冷冷地说。

“但是我们刚才都表态不退了。”邱文舟说。

“我刚才也说了，一是舅舅年纪大了，没必要再参与公司的一些事务了；二是公司在走下坡路，为了让舅舅安享晚年，不能让他为此担惊受怕，我也是本着爱护舅舅的初衷这么做的。”

邱文泽说这番话时目不转睛地看着王秀山，然后转向邱淑英，他看到姑妈的脸上表情不太自然。

“中午我请几位股东吃饭，来了之后一直没时间陪大家，同时也是给几位饯行，略表我这个董事长的一份心意。”邱文泽说完起身准备离开会议室，此时他看到王以达站在门外，邱文泽招手让他进来。邱文泽对他说：“你中午去晶晶酒店订间包间，公司请几位股东吃饭，通知各部门经理作陪。”邱文泽说完话，径直走出了会议室，将邱文舟等人晾在原地。

几个股东在会议室里愣了许久，他们都在想邱文泽说的话。他说的话似乎是对的，找不到反驳的理由，似乎又觉得不公平。事实上，他们从未想过自己所参股份与公司固定资产无关。

然而，他们听明白了，入股之前公司原有的固定资产与他们毫无关系，包括邱文舟在内。

几个股东等邱文泽走后，也都回了香港，没去晶晶酒店接受邱文泽的宴请。

最不是滋味的是王秀山，他没想到邱文泽提前退了自己的股份。

沈小丛一个星期没开手机，直到邱文泽告诉他，准备派他去驻南昌办事处当负责人，他这才回到公司。

沈小丛选在下午去公司交接办公室钥匙。自从董事长说有人先看到了方案，沈小丛明白了有人偷偷配了自己办公室的钥匙，所以这间办公室里没什么秘密了。

沈小丛走进曾经待过的办公室，看到任何物件都没动，虽然在里面办公时间不长，但他仍有些恋恋不舍。

沈小丛将办公室钥匙交给王以达时，周围所有人都显得很忙碌，其实是大家知道他要离开公司了，掩饰与他接触的尴尬。这种情形之下不知说什么好，干脆装傻当什么也不知道。

何叶葳知道沈小丛要走了，内心一下子空了。那种空荡荡的感觉让人心慌，她想到了梦中自己溺水时的无助与无望。

沈小丛关机的日子里，她时常一个人呆坐在办公室里。沈小丛不知道，她几乎每隔一会儿便要打他的手机。何叶葳回家也是心乱如麻、忐忑不安，一颗心被吊在半空中无着无落地悬空晃悠。她不停地拨打他的电话，等来的却只有一个回答："您拨的用户已关机，请稍后再拨。"

沈小丛没有消息的那几日，何叶葳夜里几乎没好好睡着过，而且只要睡着了，便做噩梦。何叶葳始终记得一个梦——她掉进河里，沈小丛来救她。

梦境中有一条小河，小河在连日暴雨后河水泛滥。她和沈小丛要过河，周围无渡河船只，只好由他背着过河。他说："你太重了，我背不动。"何叶葳说："那你让我下来自己走。"他说："不行，你让水冲走了，我就失去你了。"这时似乎河水不深，于是两人半拥半抱地慢慢过河。河水太急，一不小心，俩人同时倒在河里。

何叶葳喜欢这个梦，想起这个梦时又让她害羞。

杨淇的出现，搅乱了何叶葳的心。

沈小丛走进办公室之后，何叶葳向游小媛请假，说身体不舒服，要去医院检查一下。

游小媛也看出何叶葳最近脸色不好，人很瘦，病恹恹的，不知道出了什么事，于是她爽快地同意了。

何叶葳出了办公楼区，走进离公司不远的一家超市。从公司出来的人一定要从这家超市门前经过。她站在里面静静地等着，为避免被熟人撞见，她选择一个童装柜，装作看童装。

足足过去了半个小时才见到沈小丛走出公司大门，那一刻何叶葳的心几乎从嗓子眼里蹦出来了。当沈小丛快走到店门前时，她快步走出超市与他迎面相撞。

何叶葳面对面与沈小丛站定，她问："你要走吗？"

沈小丛见到何叶葳突然站在面前，愣了一下，以为公司还有其他人与她一起，他往周围看了看，发现没有别人，这才回答她说："是的。"

"为什么不提前告诉我？"何叶葳有些赌气地说。

沈小丛与何叶葳迎面相遇，本就感到惊讶，她这几句憋了许多天的问话，让他一时间无法回答。

沈小丛与何叶葳面对面站着，沉默不语。

沈小丛听到阳光和微风从两人站立的空间穿过，留下游丝般的痕迹和嘶嘶的摩擦声。

何叶葳这天仍穿着紫色长裙，轻微的风游过袖口领口处，洁白的蕾丝花边像一只只洁白的小蝴蝶，一张一合地扑闪着翅膀。

"定了时间了吗？"

"后天的飞机。"

“去前面的咖啡厅坐一会儿，行吗？”

沈小丛点点头。

沈小丛、何叶葳走在秋天的阳光里，街上行人稀少，阳光便显得阔绰大方，同时照在两个人的脸上和身上。此时，何叶葳内心有一种无以名状的欢喜，脚步轻盈。

走到街口，来到上岛咖啡店门前，何叶葳停住脚步，她说：“我们去海边月光咖啡屋吧，那里可以看海。这里离公司近，我不想遇到熟人。”

“听你的！”沈小丛说出这句话时，立即后悔了。

其实他内心一直在犹豫，同时也在心底问自己，究竟与何叶葳要用一种什么样的情感方式相接触，虽然知道她内心对自己有好感，但他知道自己仍爱着任千雅，如果继续与她这样发展下去，对她对自己都不好。何叶葳很漂亮，人也很好，可是，沈小丛忘不了任千雅。

何叶葳见沈小丛答应了，脸上露出了迷人的笑容。

沈小丛看在眼里，心头微微荡漾出一丝波纹。

何叶葳欢喜地走近沈小丛，挽住他的胳膊，柔声说：“我们走！”

沈小丛想挣脱开何叶葳挽他的胳膊，有些不忍心，又似乎有几分愿意被她这么挽着。沈小丛心情很复杂，也很矛盾。这种感觉好像在用双手往门外推一个人，想推出去，又想拉回来。一种难以言说的复杂情绪折磨着沈小丛，他在挣扎。

沈小丛甚至想到这样下去很危险，自己正走在悬崖边缘，随时有跌下悬崖的可能。

他意识到这种危险不是来自何叶葳，而是每到关键时刻任千雅都会出现在脑海里。

此时，沈小丛无法拒绝何叶葳，他想，也好吧，今晚把自己心中的事告诉她，让她明白，也请她原谅。

沈小丛拿定了主意，情绪也稳定了。

何叶葳无法抑制心中的欣喜，脚步也轻松了。她挥手叫停一辆经过身边的出租车，沈小丛为她拉开车门，两人先后坐上车。

月光咖啡屋在离市区五十公里外的海滨度假村，到了夏天，来海边游泳的人多了，生意很红火。秋冬两季游人少，生意冷清些。

出租车出了市区，路面不显拥挤，车速加快了许多。沈小丛和何叶葳在车上很少说话，也是碍于司机听到，只是有一句没一句地聊些不咸不淡的市井新闻。

沈小丛听着车上的广播，思绪回到昨天与邱文泽的对话。邱文泽跟他说："到南昌好好主持工作，先不要想着深圳的事，有事多打电话过来。这边的事可能没想象的那么乐观，静观事态发展吧。"

当时沈小丛听了他这几句话后有些气馁，在沈小丛看来，邱文泽的话比预期中的分量轻了许多，听起来没几句有用的，像是敷衍。沈小丛在邱文泽面前表现得很认真，其实内心在苦笑，却无从抱怨。一个打工仔，充其量是高级一点的打工仔，想用自己的聪明智慧求得稳定的生存空间，可是事与愿违，并没收到预期的效果。

尽管如此，沈小丛心中仍希望邱文泽尽快把股东之间的事处理好，他知道董事长相对来说还是信任自己的，这一点才是自己真正在意的事。所以，他在离开董事长办公室时表现得很开心，表示一定会把南昌办事处的工作做好。

此时他回忆起邱文泽说的话，觉得并不是敷衍，邱文泽让他远离深圳去南昌，其实是让他远离是非，是在保护他。

想到这里，沈小丛的心情一下子开朗了。

车上了梧桐山盘山公路，山脚下碧蓝的海面展现在眼底。

司机关了空调，打开车窗。瞬间，毫无遮拦的海风涌进车内。

车行于山腰时，只见碧蓝的海浪层层叠叠、前赴后继地撞击着礁石，碎裂后溅起白花花的水滴，让人想到裂石穿云的轰鸣，渗入灵魂深处。

何叶葳喜欢看海浪层层叠叠地涌过来的那种递进的层次感，以及潮水拍岸的永不停息与百折不回。

两人不再说话，目光投向更远处的海面。

墨蓝的海面一望无际，更为深邃。几点白色鸥鸟翱翔于烟波浩渺间，忽起忽落，优美舒展。

他俩在大海的浩荡面前感受到了人生的渺小与微弱。

四十多分钟后，他们乘坐的出租车到了海边度假村。

沙滩在黄昏落日的余晖中显得金灿灿的。

还不到游泳的季节，沙滩上游人不多，只有零星几个，或站或躺，水里也有，远处有人在与海浪嬉戏，夸张的尖叫声与笑声远远传来，吸引和感染着岸边的人们。

“你会游泳吗？”何叶葳问。

“会的，你呢？”

“我不会游，有一天我做了一个梦，梦见我掉进水里了，救我的人是你。”何叶葳说话时，脸上微露潮红。

沈小丛没注意到她表情的变化，目光仍投在远处沙滩上嬉闹的男女身上。隔得远，看不清女人的美丑，但那种柔和的白嫩，很容易让男人生出遐想。

“你梦中怎么会出现我？”沈小丛问。

“自从你离开公司，我就没好好睡过一个觉……”

听了何叶葳的话，沈小丛的内心不由得微微开始升温。

何叶葳内心同样也如海水翻腾，难以平静。

两人下车后没进咖啡厅，而是来到了海边，脱了鞋子漫步沙滩。

他们没往人多的地方走，远离了游泳区。

“你这一走不知什么时候才能再见到你。”何叶葳幽怨地说。

“我也不知道，我倒是不想卷入其中。”

沈小丛说出这句话后心里一下子轻松了许多，同时吐出一口气。

“你有什么打算？”何叶葳问。

“安心去南昌把办事处搞好，如果有时间，再回老家看看。研究生毕业后我直接来深圳了，还没回家看过父母。”

沈小丛见何叶葳听到他要去南昌办事处时没感到惊讶，有些奇怪。

“你知道我被派去南昌？”沈小丛问。

“听游小媛说过，原以为是假的。”何叶葳说。

沈小丛点点头。

一只海鸥从眼前飞过，沈小丛停下脚步，望着它飞向远处。

“我觉得你暂时不要走，静观其变。我相信董事长心中清楚你对公司的重要性。”何叶葳说。

沈小丛想了想，有些话他不想说得太明白，于是敷衍何叶葳说：“打虎亲兄弟，上阵父子兵，我一个外人不会被重视的。”

“我只是觉得对你不公平，太不尊重你了，甚至觉得是一种污辱。”何叶葳说这话的时候，情绪激动。

“打工就是这种命运，没办法，我无力抗拒，起码目前没能力。”

两人低头发出一声重重的叹息。

天渐渐暗了，海浪声也似乎大了许多。大概是说话声小，怕被海浪声淹没了，俩人走得比较近，不时肩挨肩，或手臂互相摩擦在一起。

当何叶葳脚下慢一些时，他的胳膊会碰在她高耸的胸上，有几次碰在敏感的乳峰上，激起一阵战栗，内心随之腾起一团火苗，这团火苗传至脚趾，继而接触到柔软凉湿的沙粒，有一种得到释放时的舒适与颤动。

游泳区的嬉闹声远远被抛在身后时，两人被淹没在黑暗中。

各自站定，他们同时看着海面渔船点点灯光浮浮沉沉，似乎是在游动。

“你看！”

两人异口同声地说道，并抬手指着海面，随后转身相视而笑。

何叶葳望着沈小丛的眼睛，突然想起了杨淇。可是她没说出来，她觉得这时候提另一个女孩会破坏两人之间的气氛。

沈小丛望着何叶葳，听见她的喉咙里发出一声细弱的呻吟，看着她身子瘫软下去，快要摔倒了，沈小丛连忙伸手去扶，何叶葳扑进了他的怀里。

何叶葳整晚在海边似乎都在等待这一刻，当身体扑进沈小丛怀里时，她死死地抱住他，嘴唇立刻寻找他的嘴，贴上去再不松开。

沈小丛站立不稳，跌进沙窝。

他想推开她，可是何叶葳死死地缠住他，让他无法动弹。

月亮从海的另一边缓缓爬上来，仅半边月牙，给原本暗淡的海面罩上了一层纱，海浪在月色里涌动，如撒上一层细碎的白银，发出丁零丁零的脆响。

一只寄居蟹从沙滩里钻出来，侧着身子沿着岸边平整的沙滩斜斜地爬出一条细碎的辙，当前面搂抱在一起扭动的暗影挡住它的去路时，它停止爬行，拐了个弯快速奔进海里。

何叶葳趴在沈小丛怀里，在他耳边轻轻说：“梦中你在水里救起我时，我就属于你了。”

沈小丛一下子清醒了，推开何叶葳，坐起身来。

何叶葳心头咯噔一响，激情往下沉，眼眉暗暗跳了一下，她楚楚可怜地望着沈小丛，轻声问：“怎么了？”

沈小丛不忍看到何叶葳受伤的样子，他伸手拉住她的手说：“原谅我，不是你不好，是我自己的问题！我来深圳是为了找女朋友，她叫任千雅，我大学同学。由于我读研究生，她提前来了深圳，我们说好的，她先来，然后在深圳等我。可是，我毕业前两个月，她和我失去了联系，我放不下她……”

何叶葳的手在沈小丛的手里轻轻颤抖，她想抽出来，可是她没那么做。

何叶葳的心原本很难受，可听了沈小丛的话，反而镇定了，因为他是一个有情有义的男人。

“她漂亮吗？”何叶葳问。

沈小丛点点头。

“有我漂亮吗？”

沈小丛没说话，只是捏了捏她的手指。

何叶葳喜欢此时的温情，没有因为他有女朋友而伤心。何叶葳回握沈小丛的手，望着他的眼睛，忽然想起了杨淇，她警觉地松开手，心里生出疑问：“他不会是个花花公子吧？”

沈小丛意识到何叶葳的变化，望着她。

“她叫任千雅？”

沈小丛点点头。

“杨淇是谁？”

“你怎么知道杨淇？你认识她？”沈小丛惊讶地问。

“你告诉我她是谁。”何叶葳说着话，将手塞回沈小丛手里，让他握着。

"我知道了，她去公司找过我。"

"嗯！说明你跟她确有关系。"

"没有，真的没有你认为的那种关系。她是我在电子厂打工时的工友……"

沈小丛把在电子厂与杨淇相识的经过讲给何叶葳听，何叶葳相信沈小丛，一个人撒谎从他的眼睛里能看出来。虽然是晚上，何叶葳看不清沈小丛的眼睛，但她仍相信他。

"我相信你，因为你长得帅，招女孩子喜欢很正常。说实话，我开始也是被你帅气的外表所吸引，之后迷上的不仅是外表，还有你的才华、做人的踏实，现在我又了解了你对爱情的坚定。"

"谢谢你，何叶葳。"

"你知道吗？那个叫杨淇的女孩子当着我的面说是你女朋友，我还吓了一跳呢。可是，我当时有些不相信。如果她真是你女朋友，我从她手中抢到你，没有难度。"

"我有你说的那么好吗？如果真有那么好，任千雅怎么会一声不吭消失得无影无踪？"

"你有，你在我心里就是那么好。沈小丛，我跟你做个约定好吗？"何叶葳坐直身子，望着沈小丛说。

"什么约定，你说。"沈小丛问，他的心里有几分不安。

"如果你在深圳找不到任千雅，就和我谈恋爱。"

沈小丛望着何叶葳，心头升起一股暖流。他望着何叶葳裸露的双肩，伸出双手轻轻握住她双肩，闭上了眼睛。

"你怎么了？"何叶葳问。

他睁开眼说："海风凉，冷吗？"

何叶葳没说话，再一次伏进他怀里。

"我等你。如果你找不到她，我就嫁给你。"何叶葳轻轻说。

沈小丛的心狠狠颤抖了一下。

"何叶葳，你对我这么好，我担心辜负你。"

"一切都是缘分，命里有时终须有，命里无时莫强求。"何叶葳温柔地说道。

一阵海风吹过，沈小丛感到凉意，他说："太晚了，我们找地方吃饭吧，吃完饭还得回市里。"沈小丛说。

"今晚不回去了，去酒店住一晚吧。"何叶葳说。

"不行！坚决不行。"沈小丛松开握她肩膀的手说。

"放心，没有确定和你谈恋爱之前，我不会越界的。"何叶葳说着，先站起身，再拉沈小丛站起来，伸手指头刮他鼻子说，"别想美事，我爱你，但不会那么轻易让你得到。"

沈小丛笑了，张开手臂拥抱了何叶葳一下说："谢谢你，我们去吃饭吧！"

"好！我请你，明早我送你去机场。"何叶葳回抱了他一下。

两人上岸，往海鲜大排档走去。

第二天，何叶葳送沈小丛来到深圳机场。何叶葳望着沈小丛，眼里流出了泪水，在沈小丛将要去安检的时候，她叫沈小丛等一下，沈小丛回头望着她。

何叶葳走近他身边，依偎在他胸前温柔地说："让我抱抱你。”

沈小丛站着不动，任由何叶葳拦腰抱着，何叶葳闭上流泪的眼睛，嘴里轻轻吟道：

刚刚见面
还来不及说完要说的话
就已经要离开我很远很远
有时候我希望
让你天天看到我浅浅微笑的样子
我知道那仅是奢望
在你还没从我视线消失的时候
我已经在盼望秋天快点结束
真希望你回头看我一眼
看懂我暗藏的悲和等待和你见面时的欣喜
因为你说过，到了冬天你来娶我

冬天来了
我站在说再见的车站公园等候
等来尘埃落满我头巾和白雪压弯了我睫梢
等来鸽子落在我肩上歇息　片刻
又飞了
我等来了一群红男绿女围着我说说笑笑
他们在给我拍照
又走了

一个眉宇结着忧郁的女孩说
我喜欢这座雕塑
她告诉我等待很长　眺望很远

何叶葳吟完后，仰脸望着沈小丛说 :“这是我在大学写的一首诗，没想到这种情景真在我生活中出现了。”

“意境很美。”沈小丛说，他也眼含忧伤。

“你给起个题目吧！写完后一直没想出好题目。”

“《悲塑》行不行？悲痛的悲，雕塑的塑。”沈小丛眉宇忧郁，强调着说。

“《悲塑》，悲诉。好，就叫《悲塑》吧！”

十五

杨淇再没拨通过沈小丛的电话，她伤心欲绝，茶饭不思。黎谷良吓得手忙脚乱，不知如何是好。他打电话问我如何处理，我对这种事也是一筹莫展，找不到当事人，没有好的解决办法。我也给沈小丛打过电话，他手机的确处于关机状态。

我想，杨淇是单相思，只要沈小丛不开机，不再与她联系，过段日子她自己想通了，忘了也就没事了。我对黎谷良说："你干脆放她假，劝她回老家休息，想通了心情自然好了，到时候再回烧烤店上班，你也去了一桩心事。"

黎谷良支支吾吾没说好，没劝杨淇回老家，也许他担心杨淇一去不回。

之后我去看过杨淇两回，见到她的时候，她总是没精打采的样子，人也瘦了，两腮塌进去一些，下巴尖了，从外表上看，不再像鱼妮了。

我安慰她说，沈小丛去了香港，他可能把我们大家都忘了，电话也不打，也许他在深圳的手机号也不用了。

杨淇听了我说的话，脸上表情怔怔的，眼睛望向远方，她能盯着天上的云彩看好久。

我心想，沈小丛在她心里落下病根了，这个病能不能痊愈，取决于她能不能忘了沈小丛。

黎谷良见到我很高兴，他也老打电话让我过去，他说因为我说找不到沈小丛，杨淇就信。我听了并不快乐，我不能利用杨淇的信任去欺骗她。

在杨淇的心里，沈小丛是她的初恋，可是沈小丛不爱她，这是无法两全的事。在沈小丛与杨淇之间，我没有因为沈小丛是我朋友而偏向他。但是，明知道他俩是没有结果的恋情，我仍要支持杨淇的这份痴情，那是不折不扣的毁她。

我能看出来，黎谷良表面装出与杨淇同样愁眉苦脸的样子，当着她的面假模假样地唉声叹气，其实心中在偷着乐。

我真心希望黎谷良与杨淇能在一起。黎谷良是我朋友，杨淇是个挺好的姑娘，就这两个理由。

之后我很忙，不能经常去烧烤店看望黎谷良和杨淇。黎谷良偶尔打电话给我，聊店里的事，他总是回避提起杨淇。越是回避，我越是要追问。他被我问得躲不过，只好说她。但他总是闪烁其词，听不到实质性的信息。到这个时候我也不问了，他说话的情绪告诉我，他与杨淇还没有实质性的进展。

直到有一天，黎谷良打来电话，说他在湖北宜昌杨淇的老家。我从他说话的兴奋语气中知道，他与杨淇成了。我问他怎么在一起的，他笑着说老天在帮他。

老天出手帮忙的姻缘肯定能成的。

人们恋爱成功了，会说是缘分，缘分天注定。

这个时候我不急着追问，黎谷良却兴奋地讲述老天如何帮忙，兴奋得不行，我不想听也挡不住他的滔滔不绝。

那段日子，黎谷良眼见杨淇思念成病，劝她回宿舍休息，不用上班了，但没让她回家。黎谷良又新招了一个女孩接替杨淇收银。

正是因为黎谷良知道沈小丛明确拒绝了杨淇，他这才开始对杨淇采取行动。

杨淇不上班，每天都在宿舍睡觉，也不出来吃饭，黎谷良就派员工把饭菜送到她宿舍。他担心自己店里的员工饭菜不可口，特意去潮州菜的餐馆点菜，打包送到杨淇宿舍。烧烤店的员工都看出了老板对杨淇的特别关照，心照不宣，每次送饭时都说："老板可关心你了，专门为你去饭店定做的。"

杨淇独自待在房内一个星期没出门。

这天，黎谷良去花店买了一束玫瑰花，请花店女老板给杨淇送去。花里夹了一张卡片，上面没有名字，只有一句话："无论今天发生多么糟糕的事，都不应该感到悲伤。一辈子不长，每晚睡前，原谅所有的人和事。"

这句话看起来很平淡，却让杨淇的心平静了许多。隔天，黎谷良又让花店给杨淇送了一束花，卡片上写了另一句话："没有你的身影，我的眼睛看不见光明。你出现吧，走出来吧，我的心和你在一起。"

杨淇手捧玫瑰花哭了，她洗漱了一番，走出房门。

黎谷良站在门外，他看着杨淇红红的眼睛，揪心地疼。

“从我看到你的那天起，我就喜欢上你了。可是，我知道你喜欢沈小丛，我不敢告诉你。从今天开始，让我照顾你的每一天，行吗？杨淇，我爱你。”黎谷良深情地说。

杨淇心中有感动，也有感激。她望着黎谷良，看到他眼角的皱纹，想扑进他怀抱的一瞬间，她犹豫了一下，退后了一步。

躲在下一层楼梯口准备为他们撒礼花的小武、小唐和小强扫兴地下楼溜了。

黎谷良渴望走进杨淇的心里，满怀希望能感动她，渴望她扑进自己的怀抱，可她没有，而是冷静地退后了一步，她的心里仍有沈小丛。

他悻悻地垂下双手。

“黎大哥，我知道你对我好，可是，毕竟年龄悬殊有……有点大，我一时转不过弯来。”

黎谷良听她说因为年龄障碍，心头的重负减轻了许多。

“说真心话，我不担心我与你之间的年龄差距，而是担心你还没走出来，心里只有沈小丛。”

杨淇听到黎谷良说沈小丛，眼里又涌出了泪水。黎谷良掏出纸巾，递给了她。

杨淇接过纸巾，没有急着擦眼泪，她两手中指绞着纸巾，泪眼迷蒙地望着黎谷良，语气坚定地说：“我想清楚了，是我一厢情愿，痴心太重。沈大哥有女朋友，他是为了寻找女朋友来深圳的。我如果不能走出来，既伤了自己，也让沈大哥为难。”

黎谷良望着杨淇，有些吃惊，没想到她有如此境界，能为他人着想。

“你是个好女孩，我没看错你。”黎谷良重新扯出一张纸巾，走上前为她擦眼泪。

杨淇没有拒绝，顺从地由他擦。

“黎大哥，你不怪我吗？其实我一直都知道你喜欢我。”杨淇小声说。

“我不好说出来，沈小丛是我的好朋友。”黎谷良说。

杨淇听了黎谷良的话，将头轻轻地靠在他的肩上，轻声说：“给我点时间，好吗？”

黎谷良想将她抱在怀里，但他没这么做，他双手扶着她的双肩，点点头说：“嗯！我等你，尊重你的决定和选择。”

这天，杨淇走出房门，开始正常上班。她在人前仍称呼黎谷良为黎老板，只是在俩人独处的时候，她叫他大哥。

杨淇一直没有答应他的追求，只是对他的态度有了改变。这个变化已经让黎谷良如获至宝，成天乐呵呵的。

两人关系突然转变，是因杨淇家中发生的一桩事情开始的。

这天，杨淇接到母亲电话，说父亲病了，经县医院检查，查出患了胃癌。杨淇听到这个消息，腿都吓软了。她来不及细说，哭着跟黎谷良请假回家。

黎谷良好不容易稳定了杨淇的情绪，得知她父亲得了重病，他二话没说，将烧烤店歇业关门，员工放假。他买了两张当天飞往宜昌的机票，亲自陪杨淇回湖北老家。

杨淇家在湖北秭归县的杨家沱村，两人坐下午五点半的飞机。因为高空管制，飞机晚点了一个小时，到宜昌时已经是晚上八点半。两人顾不上休息，从机场打车去了长途汽车站，再坐长途汽车到秭归县的医院。

杨淇的父母没想到女儿这么快就到家了，既欢喜又惊讶。母亲看到女儿身边的中年男人，问怎么回事，他是谁。

杨淇告诉母亲，他是自己的老板，听说父亲病了，陪自己回来。路上多亏了老板照顾，要不然当天还回不了家。杨淇强调说，机票和车票都是黎老板花钱买的。

杨母听了女儿的话，对黎谷良千恩万谢。

杨淇的父亲躺在病床上，鼻子里插着氧气管，不方便说话，仅是默默地望着女儿，眼睛有些湿润。

杨淇望着父亲，心如刀绞，但她没哭，笑着安慰父亲说："爸爸，您放心，没事的，咱们好好治病，肯定能治好。"

黎谷良看在眼里，心里难受，心想，如果他真得了胃癌，县级医院的医疗水平毕竟有限，不如转到深圳或者上海的大医院再做检查。

他想到这里对杨淇说："转院吧，去上海。"

杨淇听了黎谷良的话，低头不语。杨父听了他的话使劲摇头，嘴里"唔唔"说不清楚。杨母没说话，望着杨淇，等待她的意见。

黎谷良知道杨淇和父母担心医疗费用太大，他说："不怕，我开烧烤店赚了点钱，如果不够我再想办法借，我在上海还认识一些人。”

杨淇没说话，仍低着头，等她抬起头的时候，眼泪已经在眼眶里打转了。

“黎大哥……”杨淇想说什么却没说出口。

黎谷良明白她不想在父亲面前流泪，安慰她说：“别哭呀，现在还没弄清是怎么回事，你这么一哭，伯父伯母更受不了了。”

杨淇擦去泪水，强颜欢笑。

黎谷良没有与杨淇继续对话，拉着她的手走出病房，两人站在走廊上。

“这事不能拖，有些事别当老人的面说。”黎谷良说。

“可是，无论如何，不能花你的钱，我知道发生在你与你前妻身上的事，你从上海到深圳不容易。”

“是的，我从上海到深圳时几乎身无分文。前妻跟我离婚，就是因为我没房子，不能给她稳定的生活。经过自己的努力，我在深圳赚了点钱，虽然不多，只有十几万，但是我在这里看到了希望。如果能平稳地继续做几年，以后在深圳买房，哪怕是套小房，也不是不可能。可是，眼下事发突然，到了救人的时候，买房的事可以推迟几年。再说，钱用完了可以赚，人没了就永远没了。”

杨淇被黎谷良的话感动了，她想起在沈小丛的公司，被两名保安拦在楼梯口，是黎谷良出面解围。杨淇想到这里，将双手放进黎谷良的手心，让他握着，她说：“谷良，我听你的，咱们去上海求医。”

黎谷良听杨淇称自己谷良，上前抱紧了她。他很想好好地亲她，但他按捺住此时的激动，只是亲了亲她的额头说：“淇，放心，有我在，什么都不用怕。”

黎谷良说这番话的时候，忽视觉得自己成了坚强的男人。

“嗯！我知道，我相信你。我父母就我一个女儿，父母身体都健康的时候，我没觉得有什么困难，一旦发生大事，我这才体会到那种无法承受的压力像一座大山一样压下来。我体会到了势单力薄的无奈，这才发现我是那么软弱。”

黎谷良心疼地望着杨淇。他此时能感受到杨淇内心的重负，因为他也感受到了这份压力。但是他在她的面前，尤其是眼下，一定要表现出超乎常人的坚强与忍耐力，给她可靠的肩膀。

黎谷良手抚她的头发，重复说：“没事，会好的……”

过了一会儿，杨淇从黎谷良怀里抬起头说：“你累了一天了，去宾馆休息吧！今晚我陪父母。”

“不行，你带妈妈去休息，明天要辗转一天，会很累的。再说妈妈这几天肯定没休息好。今晚我陪床，我是男人，吃得消。”

杨淇抚摸着他的脸说：“没想到你这么好，差点让我错过了。”

“我不会让你错过的，我自己知道不会放手，我是在等你忘了沈小丛，再向你表白。”黎谷良双手搂着杨淇的腰说。

“谷良，亲我。”杨淇说着话，闭上了眼睛。

黎谷良望着杨淇白皙的脸颊、红润的嘴唇，心潮涌动。他想把自己的嘴凑到她的嘴上，仔细地亲她。但是，他克制住了，仅是象征性地在她嘴唇上碰了一下，他说："现在不亲你，留着，回到深圳我会好好亲你的。我们回房吧！别让老人担心。"

杨淇听话地从他怀里抬起头，定定地望着他，点点头说："好，听你的。"

她顺从地牵着他的手，推开病房门，两人并肩走进去。

黎谷良在杨淇推开病房门的时候想撒手，可是被她死死地抓牢，挣不脱。她把他拖到父母面前，说："爸妈，我刚才说他是我老板，其实他是我男朋友，他叫黎谷良。"

杨父杨母互相对视一眼，并没感到惊讶。杨母说："女儿，人是你选的，只要你自己想通了，我们不反对。"

黎谷良听了杨母说的话，撒开杨淇的手，跨前一步，激动地叫了一声妈，又冲着病床上杨淇的父亲叫爸。

黎谷良说："只要二老不嫌弃，您二老就是我父母，从今天开始，我既是您未来的女婿，也是您二老的儿子。"

杨淇父母听了黎谷良动情的告白，舒心地笑了。杨父因激动，黝黑的脸上布满潮红。他原本是半躺着的，这时挣扎了几下，想直起身坐起来，本意想与黎谷良握手。

黎谷良看出来了，想伸出手与杨父握手，但因为病房窄小，他与杨父之间隔着杨母，不便绕去床头与杨父握手，只好伸手帮杨父盖被子，顺势在他的小腿上揉捏几下，算是与他有了亲人之间的问候与接触。

两位老人能看出来，黎谷良对女儿是真心的，就是年龄大了点。不过话说回来，如果他年轻，又是老板，哪会看上他们的女儿。

杨淇见父母认同了黎谷良，也很开心。虽然她的眉宇间集结着因父亲病了的忧伤，但此时她的嘴角显现浅浅的笑意，她看到黎谷良的懂事赢得了父母的喜欢，她心里高兴。

有了男朋友，有了归宿，让父母看着放心，杨淇觉得自己给这个布满阴霾的家添了几分喜气，她有一种忽然长大了的感觉。

儿女能做到不让父母操心，也是做儿女的孝顺之一。

当晚，留下黎谷良在医院陪床，杨淇与母亲去宾馆休息。

第二天天刚亮，杨淇与母亲就退了宾馆的房间来到医院，黎谷良去结清了杨父的住院费用。随后，就一行四人坐长途车到宜昌，黎谷良买了最近一班飞往上海的机票。

他们到上海虹桥机场时，已经是晚上十一点多了。

杨淇父母第一次来上海，他们望着明亮的机场大厅、川流不息的匆忙走动的旅客，有点不知所措。黎谷良向两位老人介绍上海有两个机场，这个叫虹桥机场，另一个是浦东机场。

杨父望着头顶像繁星一样的灯，啧啧称奇，似乎灯光太亮，晃得他睁不开眼，他有些不知所措，说道："大城市的机场也大。"

黎谷良听明白了，杨父是想说虹桥机场比宜昌机场大。

黎谷良解释说，虹桥机场是国际机场，客流量大，所以机场也会大一些。

相隔一年多，重回上海，黎谷良没有兴奋感，也没有激动，他的大脑里装满了行程的每一个环节，并且思考如何照顾好杨淇的父母。

他知道，任何一个环节都不能出错，一是在杨淇面前要有所表现，二是要显示出一个男人在关键时候的主心骨作用。

他原本想带杨淇一家人去肿瘤医院附近的宾馆住宿，忽然想到没有挂号，没有预约，医院是不给检查的。再说，还不知道要等几天能挂上号。他想，在此之前住宿方面先节约开支比较好，于是他临时改变主意，暂不去肿瘤医院附近住宿。他想起与前妻租住的地方，有一家价格较为便宜的快捷酒店，于是他带着杨淇和她父母，去了那家快捷酒店。

途中，黎谷良的话很少，他知道杨淇心系父亲身体，所以没有烦她，让她一个人安静想心事。

杨淇想了很多，她担心父亲如果真的患了胃癌，治不好，父亲走了，家中剩下妈妈和自己，如何继续生活。

她觉得自己这个时候遇上黎谷良很幸运，如果没有他，自己哪有能力带父亲来上海复查病情？

她希望父亲在上海的权威医院检查没有病，老家医院的检查是误诊。她在心中祈祷，默默重复念叨两个字："误诊……误诊……"

黎谷良没想到回到杨淇的老家与她确定了恋爱关系，可是，成为恋人，却没有恋爱的心情。他知道，这个时候不是谈情说爱的时机，重要的是如何安排好上海的行程。

黎谷良回到上海既没有兴奋感，也无心欣赏夜色下的迷人景色。走在熟悉的街道，他想起与陆可俊生活过的场景。虽然不是温馨的回忆，却让他闻到过去时光里熟悉的味道。

他们入住的快捷酒店的餐厅早已下班不做生意了，黎谷良带着杨淇一家，在街角找到仍在营业的小餐厅，简单吃了一顿饭，再回宾馆休息。

黎谷良与杨淇的父亲住一间房，照顾杨父洗漱完上床睡下了，他这才轻手轻脚地去洗手间洗澡，之后上床躺下了。

直到这时，黎谷良才感觉浑身酸胀，脚趾和脚后跟很疼。

黎谷良很累却没有困意，像喝了咖啡一样，十分清醒，他在思考明天如何带杨父去肿瘤医院检查。他想不起哪位朋友与医生有关系，如果没有熟人帮忙，不知要等几天才能看上病。黎谷良想到陆可俊，她现在嫁的丈夫是上海人，不知这个上海人有没有当医生的朋友。他想求助于陆可俊，又觉面子上过不去。再者，陆可俊也未必肯帮忙。黎谷良思来想去，犹豫不决，想得大脑都疼了，也想不起谁能帮自己。最终他决定，天亮后打个电话给陆可俊试试，如果愿意帮就帮，不帮也别埋怨。有了结果，大脑的兴奋感像潮水慢慢减退，困意漫了上来。

他想翻个身，又担心翻身发出动静，影响杨父休息。这时候，黎谷良听到杨父小心翼翼地翻身，背对自己，偶有小声叹气。黎谷良知道他没睡着，他也担心吵到自己。

黎谷良继续装睡，还故意发出轻微的呼噜声。正当黎谷良要发出真实的呼噜声的时候，忽然听到背过身的杨父轻微的啜泣声，是那种压抑后的小声。黎谷良吓了一跳，一下子清醒了，他想起身问杨父怎么了，却被心底的一个声音阻止了——男人的伤心不愿被人发现。

杨父伤心自己得了这个病，为自己的命运悲伤，还是放不下妻子，不愿离开这个世界。

可是，他只能选择在夜深人静的时候独自伤心流泪，明天在女儿妻子面前还得装得镇定，不害怕死亡，没有被病魔吓倒。

黎谷良双手揪住胸口的衣襟，在控制内心的震惊之余，身心被这种悲伤的恐惧紧紧包围。一股冷气乘机从脚心往上走，顺着神经向四肢扩散。他打了个冷战，身下的床铺在他浑身的冷战中晃了一下。

轻微的晃动，使杨父压抑的啜泣立即停止了。

黎谷良感觉到了，不敢再发出一丝声响，继续调匀呼噜声。

也不知过了多久，黎谷良真的睡着了，呼噜声不是均匀的，而是一声高过一声。

黎谷良再次醒来时，天已经亮了。他是被杨淇的敲门声惊醒的，睁眼看到杨父安静地坐在床上，正望着自己，脸上挂着安静的笑容。

“爸，你什么时候醒的？是我吵到你了吧？”黎谷良埋怨自己睡过头了，他边说边去开门。

杨父笑着说：“没吵到我，是你累了，让你多睡会儿。”

门开了，杨淇走进来，她的手上拿着早餐。

黎谷良接过早餐，放在床头柜上，让杨父伸手可及，他说：“我原打算带爸妈去吃小笼包的，附近有家小笼包店，汤汁味道特别好。”

“别乱花钱，这里有免费的就别出去吃了。”杨母说。

“花不了多少钱的，小笼包是上海特色，城隍庙的南翔小笼生意不要太好哦，每天排队老长的，改天给爸爸检查完了，我去排队买给爸妈吃。”黎谷良说着话，上海腔调又出来了。

杨淇父母惊讶黎谷良能说上海话。

杨淇在一边打圆场说他以前在上海工作过，能说上海话。

黎谷良没去想杨淇圆场以及父母的惊讶，他想起夜里她爸爸的啜泣声，心往下沉，不敢正视杨父，望着早饭说：“爸，你先洗脸刷牙，把早饭吃了。”

杨父说：“我已经洗漱过了。”

黎谷良略带歉意地抓着头皮说：“睡得太沉了，爸爸起床我都没听到。”他说着跑进洗手间匆忙洗漱起来。

黎谷良出了洗手间，杨淇和母亲回了自己的房间，留下空间给黎谷良换衣服。

他换好衣服，咬了两口包子，喝了几口昨天喝剩下的瓶装矿泉水。

他对杨父说：“爸，你和妈在宾馆等我，我上午去找人。”

杨父点头说好，脸上带着感激的笑容。黎谷良不忍看杨父的脸，似乎仍能看到昨晚啜泣后留下的泪痕，他没和杨淇打招呼，匆匆地出了门。

他要去找陆可俊，带上杨淇不太好，有些话不好说。再说，他了解陆可俊的性格，别当着杨淇的面发生争执，弄得尴尬，场面难收拾。何况杨淇还没嫁给自己，不能让她面子上下不来。

可是，黎谷良开门后，杨淇听到了声音，她走出房门说：“我跟你一起去。”

“我去找人，你别跟着来回跑，很累的，在房间好好休息，陪着爸妈说说话。”

“不行，我要跟你去，我不去怎么知道你找谁？”杨淇嘟着嘴说，她后面说话的声音很小，不想被父母听到。

黎谷良见她撒娇的样子如此可爱，心一荡，说道：“瞧你，没出息的样子！走吧！”

杨淇听了，高兴地上前挽住黎谷良的手臂，嘟起嘴说：“是呀！我是没出息呀，我男人有出息就好了。”

“如果你男人没出息呢？”黎谷良问。

“再没出息，比我有出息就行。”

“要求不高，我心里舒坦了许多。”黎谷良在她嘴唇上亲了一下。

杨淇被他亲了之后才假模假样地说：“结婚前不许亲我。”黎谷良被逗笑了，听话地说：“听你的，不过，我没有限制，你可以随时取用。”

杨淇在黎谷良的胳膊上掐了一下。

黎谷良夸张地“哎哟”了一声，又连忙捂上嘴，他大声冲着房内说：“爸妈，你们在房里休息。我和杨淇出去办事，中午回来。”

杨母在房里回应说：“你们去吧！”

黎谷良估计他俩在门外说的话被老人听到了，他伸出手指头轻轻敲了杨淇额头一记，说道：“调皮鬼。”

走出酒店，黎谷良牵着杨淇的手，沿虹梅路往南走，他在思考如何给陆可俊打电话，如何解释求她办的事。

凭他对陆可俊的了解，知道她自私小气又贪财，既然贪财，便不能两手空空地去见她，该给她买点礼物。

黎谷良有些后悔，没在深圳带点东西过来。只要包装袋上写着深圳或香港产地的字样，也能显示他大老远给她带东西的诚意。

黎谷良停住脚，向虹梅路两头张望，这条路没什么变化，往南没有大商场。

上海的天气与深圳区别挺大，出了门才知道比深圳冷多了，都已经是五月了，还要穿长袖。

黎谷良看到杨淇穿得稍显单薄，一阵风刮过，她哆嗦了一下。

黎谷良心疼地将她揽在怀里。

“走，我们去商场买几件衣服。”

“我不冷，真的不冷，不要去商场。”杨淇说。

“我去见一个人，不能空着手。走吧！听我的。”黎谷良说。

黎谷良记得虹梅路往锦江乐园方向有一个大型的自由贸易市场，里面有服装店。

杨淇没有阻拦，她说：“不要给我买衣服，家里需要用钱，省着点，我的衣服够穿。”

黎谷良没说话，脱下西装外套，给她披上，然后胳膊箍在她腰间，将她搂在胸前，给她温暖。

他们没走多远，看到了前面的贸易市场横幅。他俩走进市场，黎谷良要给杨淇买一件米色夹克，杨淇死活不要，直到黎谷良说“你不穿外套，我会冻感冒的”，她这才同意，顺从地穿上新买的衣服。

杨淇心里甜甜的，她没想到他这么心细，懂得疼人。开始，她在心里将黎谷良与沈小丛进行对比，觉得黎谷良不如沈小丛帅，现在想来，沈小丛只是长得帅吸引了自己，真正接触之后，还是黎谷良这样的成熟男人值得依赖。

杨淇越来越喜欢黎谷良了，她双手抱着他的胳膊，像冰糖葫芦上的糖衣。

黎谷良不知道杨淇在心里将自己与沈小丛做了比较，他此时在回忆陆可俊穿多大尺寸。他在一间中老年服装店门前看到一件紫色外套，较为适合陆可俊的身型，标价三百多块，不算贵。

杨淇不知道他给谁买礼物，见他在看女人的衣服，心里猜到了几分，顿时有些不高兴。她问：“你要找的人是谁？”

黎谷良见杨淇问话时脸色有变，想到没告诉她找的人是前妻。他小声说：“找我前妻。”

杨淇听了，脸色拉下来了。

“你什么意思？跑这里给我和你前妻买衣服？”

黎谷良连忙按住她的手，小声赔不是，把她拉到店外。

“是我不好，没提前把想法告诉你。我前妻嫁了个上海老男人，我想找她帮忙问问认不认识医院的人，好给咱爸挂号看病。”

“可是，你怎么知道她的男人认识医院里的人？再说你怎么知道你前妻和她男人帮不帮你？”杨淇问。

黎谷良听了她的话，伸手揉着鼻子，说：“我也想过你说的问题，这不是临时想不出主意，才想到找她的吗？她男人不认识，也许她男人的朋友里有认识的，我现在做的事，只是为了搭上一条线。”

杨淇说：“你现在给你前妻打电话，问她愿不愿意帮忙，问她老公认不认识医生，要不然你这衣服买了，又不帮你，不是白花钱了？”

黎谷良望着杨淇，觉得她说的话很对，只是当着她的面不好打这个电话。

“你有别的事瞒着我？你在上海还有别的女人？”

杨淇见黎谷良犹豫不决，以为他在撒谎，气得她眉毛都立起来了。

“好好，我打电话。”黎谷良说。他见杨淇生起气来样子挺凶，连忙掏出手机。

黎谷良不敢背转身，硬着头皮当着杨淇的面寻找存在手机里的陆可俊的号码。

黎谷良脸上装得很轻松，其实心中暗暗叫苦。他自责做事失策，压根不能带她同来，或者不该找陆可俊。黎谷良反而希望此时电话打不通，或者陆可俊拒绝接电话。

电话通了，黎谷良听到里面喂了一声，他听出来了，是陆可俊的声音。

“你好，陆可俊，我是黎谷良。”

“我知道你是黎谷良，电话号码又没换，怎么想起打电话给我？我还以为你死了，怎么又活过来了？”

陆可俊没变，说话还是以前那样，不顾别人的感受，难听话一股脑往外倒，不管别人爱不爱听。

黎谷良皱着眉头，把手机拿离耳边远一点，等陆可俊有停顿，他这才将手机靠近嘴边说：“我找你有事，你先生有没有当医生的朋友？”

“当医生的朋友？有呀，怎么啦？你有病呀！我说怎么这么长时间没消息呢。哎哟哟，真是老天有眼哦，让我提前跟你离婚。什么病呀？传染病你别来找我老公哦，传染到我老公，我的日子还过不过了啦！我老公老爱干净的，你……”

黎谷良听了她的话，气不打一处来，他忍无可忍，发怒的时候没忘了背转身避开杨淇，他说：“闭上你的臭嘴，老子没病，是我亲戚生病了需要去医院复查。”

黎谷良这一骂，陆可俊反而闭嘴安静了。过去两人吵架也是这样，只要黎谷良不反击，她能一直这样骂下去，恨不能把黎谷良骂得七窍流血。但是，只要黎谷良跳起来反击，她就立即闭嘴，变老实了。

黎谷良趁她安静的间隙，一五一十地把自己找她的目的说清楚了。

“你看这样行不行，中午我请你和你爱人吃饭，顺便把我从深圳给你带的衣服给你，深圳和香港今年春天流行的新款。”

黎谷良说这话的时候诡谲地冲杨淇挤挤眼。

“你在深圳给我买的衣服？什么牌子，香港牌子吗？哎哟……呵呵呵……”

“麻烦你问问你老公有没有空。”

“哦！你要请我老公吃饭？哎哟！我老公作死了，他只吃淮海路红房子西餐，别的饭店的饭菜他吃也不要吃的，侬要请我们吃红房子不啦？”

“侬不要提红房子了，我昨天同朋友去过红房子，装修了，你说哪能这么巧。”黎谷良说。

“啊？红房子装修啦？要死了，哪能这么巧了。没红房子我老公不要吃的，怎么办？他不要吃，你这桩事就办不成了，侬话哪能办了。”

杨淇在一旁听不大明白黎谷良与电话中的女人讲的话。她心想，他俩都是安徽人，怎么讲着讲着都讲上海话啦？

“再说淮海路的红房子老远了，坐车子不方便。这样吧！锦江乐园那边的希利查猪扒年糕老好吃了，还有咸肉菜饭。老上海人都爱吃咸肉菜饭的。”

“咸肉菜饭？猪扒年糕？怎么说着说着我都想吃了。我问问我老公，如果他愿意去，咱们就在锦江乐园碰头。红房子真的装修啦？你不要骗我，我最美丽的年华都被你骗去了……”

“十一点，锦江乐园摩天轮下，不见不散。”黎谷良对着手机大声说。黎谷良放下手机，望着杨淇眨巴眼睛。

杨淇的目光像一根银针往黎谷良的心窝里探。

黎谷良掖了一下西装对襟，哆嗦了一下，说道：“今天好冷，怎么到了五月份还这么冷。对了，这就是人们说的倒春寒。你冷吗？来，我帮你暖暖。”

黎谷良伸手要拉杨淇入怀，杨淇却推开他，说：“去去，少给我装蒜。你打电话背对我叽叽咕咕一大堆我听不懂的话，你什么意思？难怪不想我跟你来，原来想背着我约会呢。”

黎谷良撮了撮鼻子，他心想，女人吃起醋来，个个都是醋缸，要是哄不好，醋缸会变成火药桶。他嬉皮笑脸地凑到杨淇面前，刮着她的鼻子说：“我就喜欢你吃醋的样，招人疼。”

“滚一边去，你老实说，刚才和那老女人叽叽咕咕说什么了？”杨淇说。

其实她是表面装生气，心里没气，他与前妻的对话她听懂了三成，知道他不是叙旧情。再说，他这么做都是为了爸爸看病。

“说给你听你要笑的。”黎谷良故作机智地说。

“我不信，你能逗笑我，我就不生气。”

“嘿嘿，这女人腔调恶心死了。还要吃红房子，帮帮忙哦。红房子呢在淮海路，原身法国人开的西餐厅，我说昨天装修了，那个女人竟然信了，嘻嘻，没红房子不吃，帮帮忙哦！”

“叫啥人帮忙？”杨淇问。

“不是叫啥人帮忙……叫那个女人的老老公帮忙。”

“我没笑，一点也不好笑。”杨淇仍做生气状。

黎谷良摇摇头说：“没办法，这个笑话要懂上海话的人才会觉得有意思。”他亲了亲杨淇的鼻子，说：“你的鼻子好凉。”

黎谷良看了一下表，离约定的时间还早，他想带杨淇先去锦江乐园玩玩，散散心。于是，他牵着杨淇的手，沿虹梅路往北走。

太阳钻出云层，感觉没那么冷了。

望着梧桐树枝头鼓出嫩黄色的叶片，黎谷良回忆起刚来上海的时光。那时候自己充满朝气，充满幻想，一晃这么多年过去了。

不少行人戴着口罩，杨淇以为上海还在预防“非典”传染，她说：“‘非典’过去几年了，怎么还有人戴口罩？”

黎谷良指着风中毛茸茸的飘浮物说：“上海冬天没几场雪，到了春天，梧桐树干透的悬铃暴开了，像下雪。这东西吸到鼻子里很不舒服。”黎谷良说话时，打了个喷嚏。

杨淇点点头，她想梧桐树是风景树，却也有对人体不利的一面。

两人穿过一座立交桥，看到远处一个巨大的摩天轮。

黎谷良指着摩天轮说：“你看，那就是锦江乐园。”

杨淇驻足望着正在缓缓旋转的摩天轮，神情有些兴奋。

“你知道摩天轮的传说吗？”黎谷良问。

“我知道，摩天轮每转过一圈，地球上就会有一对接吻的恋人。”杨淇说。

“真的吗？”黎谷良望着她问。

“我只是听说。”

“是真的。”

黎谷良说着，将杨淇搂进怀里，吻她。

杨淇浑身一震，挣扎了几下，软在黎谷良怀里不动了，双手紧紧抱住他的腰。

一辆自行车经过他俩身边，骑自行车的男人冲他俩调皮地吹着口哨。

黎谷良松开了她，杨淇却毫不在意地回吻他。

杨淇大方地说：“我才不怕，我亲我自己的爱人。”

黎谷良笑了，他说：“关于摩天轮的传说有好多，你刚才说的只是其中一个。还有说摩天轮的每个格子里都装满了幸福，摩天轮是给恋人坐的。总之，大多与恋爱和幸福有关。”

“走，我俩去坐摩天轮，既然每个格子里都装满幸福，我们就把幸福带给父母，让他们永远健康。”杨淇说。

黎谷良嘴上说好，却又想起夜里听到杨淇父亲压抑的低泣，他的心头一阵阵绞痛。他没有把这件事告诉杨淇。

十六

锦江乐园是上海第一家大型现代化游乐园，占地面积 170 亩，有多种大型游乐设施，如云霄飞车、双层木马、锦乐新干线、上海大转盘等，适合各种年龄段的游客游玩，每年接待游客百万人次。

黎谷良在上海十几年，从没想着进去玩，上下班走在虹梅路上，抬头便能看到旋转的摩天轮，时间长了也没什么新鲜感了。可是，今天与杨淇去游玩，感觉像第一次见到摩天轮。

他俩走进游乐园，站在摩天轮下，杨淇仰望高耸入云的巨大轮子，小腿发软，她说不敢坐。

黎谷良见她如此，也没坚持，带着她在园内四处走走。其实黎谷良也没心思玩，他一直在想陆可俊的老公会不会来，是不是真的认识医院里的医生。

今天不是双休日，游人不多。他俩在乐园内东走走西看看，偶尔看到导游举着旗子带着游客鱼贯走过。

黎谷良每次要给杨淇买纪念品或礼品时，都被杨淇拦住了，她说全国各地旅游点卖的纪念品几乎都是一样的，没有什么稀奇，黎谷良便觉索然无味。

两人转了几圈，仅以摩天轮和双层木马为背景拍了几张合影，留作纪念。

黎谷良看表，快到十一点了，再给陆可俊打电话，陆可俊说到游乐园入口了。黎谷良听了，拉着杨淇就往碰头地点走。

黎谷良与陆可俊迎面碰头，杨淇挽着黎谷良，陆可俊搀着她爱人——一位头发花白的老人。

四个人相距丈余远停下了，陆可俊望着黎谷良身边年轻的女孩，心里暗暗骂道："好你个黎谷良，什么家里人生病了要帮忙，原来是找了个年轻小姑娘，向老娘示威。"

陆可俊仿佛输给黎谷良了，她脸上变色，用力拉了一下老公的胳膊，不再往前走。

黎谷良看在眼里，心底暗暗叫苦，他知道陆可俊要犯病。黎谷良太了解陆可俊了，她死要面子，不能吃一点亏，听不得一句不好听的。这个时候她停住不走，肯定觉得自己带着年轻漂亮的女孩子在向她示威，让她失了面子。黎谷良观察陆可俊的脸色，心中有点发怵。他知道，一旦她撒泼，什么话都能骂出口，不管有谁在场。他最担心她把杨淇捎进去，让杨淇难堪。如果吵起来，大家只能不欢而散。黎谷良想到这里，腿肚子哆嗦，他也停住了脚步。

杨淇初时没明白黎谷良为何忽然停步不前，但她能看出对面的妇女和老男人，知道她就是黎谷良的前妻。

黎谷良、陆可俊像两位狭路相逢的武林高手，眯眼看着对方，用目光试探对方的功底实力，都在试图用目光的锋利压住对手。

杨淇用力拧了一下黎谷良的胳膊，黎谷良身子一抽，醒悟过来，打起精神，满面春风地走上前。他举起手上的塑料袋说：“好久不见，身材还保养得那么好，也没给你带什么，不知道这件衣服合不合身，是香港的名牌，厂家在深圳。”黎谷良嘴上不停，故意不让陆可俊插话。

他买衣服付钱的时候，让服务员把吊牌给剪了，衣领缝的商标有香港两个字，香港后面什么字，黎谷良没细看。

陆可俊看着衣服，脸上渐渐有了喜色，可是，当她看到装外套的塑料袋上的字，眉毛立马竖起来了。

“破衣服在虹梅路市场买的吧？还说在深圳买的，黎谷良你真不要脸，你骗老娘眼睛都不带眨的？”

杨淇听了陆可俊的骂声，反而在心里笑了，她想：你这种不要脸的女人活该被骗。黎谷良，亏你想得出来，真敢说是在深圳买的香港名牌。

黎谷良低头想了想，小声说：“对不起，的确是在虹梅路买的，不是有心骗你。因为事急，赶着来上海，没来得及给你带礼物。不过，我的确有事求你先生帮忙，事情办成了，定当重谢的。”

黎谷良说这番话的时候，望着陆可俊身边的老人，希望他作为陆可俊的老公，能予以谅解。

“先生您好！您贵姓？我姓黎，叫黎谷良。”黎谷良乘陆可俊犯愣，尚未发作，连忙转移话题，与她老公套近乎。

“我姓洪，洪水的洪，叫我老洪好了。”

“洪先生，您一点都不老，看起来最多四十岁。”黎谷良违心地说。

“呵呵，真的？”老洪说着挺起了胸脯，梗了梗脖子，得意地朝陆可俊龇牙笑了笑。

黎谷良与陆可俊的老公套近乎的时候，没忘了观察陆可俊脸上的表情。他看到陆可俊的目光放肆地盯着杨淇，明确地问：“你是谁？”

杨淇并没畏惧，迎着陆可俊的目光，嘴角的笑容带着挑衅，她在告诉陆可俊：我是黎谷良的爱人，你老了，只能嫁白头翁。

老洪没注意发生在两个女人目光中的战争，他拍了拍陆可俊的手，说：“哪儿买不重要，重要的是这心意。收下吧，能穿就行。”陆可俊从杨淇的脸上收回目光望着老公，立即变得很乖的样子，柔声说：“好，老公，我听你的，我收下。”

陆可俊与老洪说完了，假模假样地对黎谷良说了声谢谢。

黎谷良见陆可俊态度有所缓和，不失时机地介绍杨淇：“我爱人，姓杨，叫她小杨就好了。小杨，叫你陆大姐。”

杨淇望着陆可俊，“陆大姐”三个字在口腔转了一圈由鼻孔出气跑了，她把嘴角的笑容笑得开一些，点点头说：“你好。”

陆可俊没在乎杨淇叫不叫大姐，而是盯着黎谷良上下打量，她觉得黎谷良离开上海后，在深圳混得不错，穿上西装人也显得精神了。

但是，在她看来，混得再不错也是打工。自己的身份已经不同往日，成了半个上海人，嫁的人虽然年纪大了点，但是有房呀。而且，老公表态了，以后给她上户口，名字写在房产证上。之后再把户口调到上海，自己也是上海人了。

陆可俊想到这里，自信心和优越感又攀升了一大截。

黎谷良不知道陆可俊是怎么把自己介绍给老洪的，估计没说前夫。于是，他让自己放松下来，主动与老洪搭讪。他对老洪说老家一个亲戚生病了，在县医院查出胃有问题，来上海复诊。

老洪听说找医院的熟人，歪头想了想说："在医院工作的朋友大多退休了，很久不联系了。"

老洪说到这里，望着陆可俊说："我记得老查的女儿在中山医院工作。"陆可俊点点头说是在中山医院，但不知负责哪科。

黎谷良听老洪说有熟人在中山医院上班，心想去中山医院检查也很不错，心里很高兴。

中午，天空晴朗，阳光照在身上暖洋洋的，这时候显得穿外套有点多余了。

"天气怪得要死，早上冷得要死，中午又热得要死，站在太阳下吃苦头。"陆可俊抱怨地说。

黎谷良听出陆可俊不耐烦了，明白了她的意思，便热情地说："走吧，去餐厅聊。洪先生，委屈您了，去不了红房子，这里的西利查西餐不知合不合您口味。"

"走了，先去看看，太阳底下说话，你傻不傻。"陆可俊尖着嗓门说。

杨淇始终没说话，她看不惯黎谷良前妻那副高高在上的做派。

“往前走，西利查在前头。”黎谷良说。

老洪边走边说：“侬不晓得上海人的习惯，出了上海吃什么都不顺心。大闸蟹又没，滑蛋虾仁老得像荷包蛋，吃点心奶油没奶油味，没办法，只好吃吃阳春面了。上海人养成了自家的习惯，在外地人眼里是臭毛病，其实不是毛病。从小吃惯了红房子的点心，别的西餐吃不下，侬晓得哇？”

“晓得，哪能不晓得，我在上海生活了十几年，哪能不晓得上海人的习惯呢！洪先生，侬是典型的上海人，热心，肯帮助外地人，委屈侬了。”

黎谷良说着夹生的上海话，一路拍着老洪的马屁，满足了陆可俊的虚荣心。

他们走进西利查西餐厅，里面很安静，尚无食客，他们选了靠窗的位子坐下来。

一位四十多岁的女服务员，穿着白色工作服，头戴白色帽子，她走过来问黎谷良一行要吃套餐还是单点。

陆可俊问：“有咖啡吗？先给我们来几杯咖啡。是现磨的吗？不要速溶咖啡粉冲的哦。”服务员说：“我们这里的咖啡都是现磨的，国外进口的豆子。”

“洪先生，您看这里的环境您还满意吗？”黎谷良问。

洪先生四处打量了一番，点点头说：“还凑合，装修看不出菜品。西餐最重要的是罗宋汤，汤的味道正了，说明餐厅的厨师水平高。”

服务员听到黎谷良和老洪的对话，用上海话说：“侬是上海老K啦，用当下时髦话说是正宗吃货。试试我们店里的罗宋汤，味道老正了。”

老洪得意地冲服务员点点头说：“谢谢侬！”

陆可俊见老公跟服务员说得开心，有些不耐烦了，对服务员说：“瞧你说得那么热闹，菜单拿来给我。”

杨淇坐在黎谷良身边沉默不语，她感觉与黎谷良的前妻一桌吃饭很恶心，尤其是听她说话；看她那张脸，让杨淇有点喘不过气来。她把头低下来，端起茶杯喝水，控制不让目光落在陆可俊的脸上。

“请问，能把这边的窗户打开吗？我有些闷，头晕。”杨淇小声对服务员说。

黎谷良听了，望着杨淇，见她脸色有些苍白，伸手摸了摸她的额头，凉冰冰的，不是发烧，他放心了。黎谷良起身拉开半扇玻璃窗。

陆可俊撇了撇嘴。

服务员手上拿着点菜单，问要几杯咖啡，陆可俊抢先说四杯。

杨淇手抚额头，眼望窗外说：“我不要咖啡，有凉开水吗？”

陆可俊又撇了撇嘴，说：“外地小姑娘吃不惯咖啡的。”

杨淇听在耳朵里，很刺耳，但她没心情与陆可俊生气，更不想在言语上争高低，她装作没听见。

服务员脸上稍微变色，她望一眼杨淇，之后目光又在两个男人脸上扫来扫去。服务员也觉得这个女人说话有些过分，听她说话的腔调不是上海人，有什么资格看不起外地小姑娘。

服务员又看了看她身边的老头子，她在心里哦了一声，原来嫁给上海的老头子了。

黎谷良装作没听见，便没动气，他客气地朝服务员笑了笑，说：“三杯咖啡。”服务员点头写单子，转身交单子去柜台。不一会儿，咖啡上来了，陆可俊接过来，率先撕开糖包的纸，再撕开奶精的封皮，倒进咖啡杯，捏着小汤匙，翘起兰花指，慢慢搅动咖啡，她的目光在黎谷良和杨淇的脸上顾盼。

黎谷良迟迟没有动作，等到老洪将奶精倒进咖啡杯了，他这才端直杯子轻轻喝了一口。

他没说咖啡味道好不好，放下杯盘，招手让服务员送来菜单。

黎谷良知道陆可俊要拿主意的，就没跟老洪客气，将菜单递给了陆可俊。

陆可俊侧脸问服务员：“这里的招牌菜是什么？”

服务员右手握笔，左手拿着菜单说：“葡国鸡、罗宋汤、炸猪排、瑞士牛排，这几个菜是客人点得比较多的。另外还有香煎鱼排、意大利通心粉，客人也比较爱吃。”

“老公，你想吃什么？”陆可俊问老洪。

老洪说：“随便吧！客随主便。”

黎谷良说：“没关系，洪先生随便点。”

陆可俊见谁都不愿意拿菜单，就说：“我们各人点各人的，免得不知各自口味。”她对服务员说：“我要一份瑞士牛排、葡国鸡、罗宋汤，甜品要抹茶蛋糕。”

老洪问：“鱼排是什么鱼？银鳕鱼吗？”

服务员点头。

老洪点了香煎鱼排，问有没有糟卤小菜，服务员说有。老洪说要一份糟香猪舌、糟猪手、意大利粉、鸡茸蘑菇汤。

杨淇对黎谷良说她胃口不好，有点反胃，不知怎么了。她问服务员有没有面，说她只想吃碗汤面。服务员抱歉地摇头说："不好意思，我们是西餐厅，没有汤面。猪排饭不错，酸甜口味，也许能让你开胃。"

黎谷良感觉到杨淇是担心花太多钱故意这么说的，他在桌下拍了拍杨淇的膝盖，告诉她自己明白她的心思。

黎谷良没看菜单，他对服务员说："我也照洪先生点的来一份吧！给她来一份猪扒饭和罗宋汤。"

"洪老板吃老酒吗？吃杯黄酒好吗？"黎谷良问老洪。

"可以呀，黄酒吃一杯没啥事哦，对不对，老婆？"老洪问陆可俊。

陆可俊点头应允说可以，不要吃太多。

服务员快速地在点菜单上写好了，拿着菜单离开了。

上菜间隙，黎谷良希望老洪与中山医院的熟人联系，可是又不能直接开口，那样让人感觉目的太明显了。

黎谷良想到这里，叹了口气，语调忧伤而又低沉地说："现在的人不敢生病，生病更不敢到大城市看病，真的看不起。花钱不说，关键是挂不到号，等一天就得花很多钱。"

老洪听了黎谷良的话，点头称是，他说："这样吧，我给你打个电话，问一下老查的女儿有没有调走。如果还在中山医，我帮你联系好，下午你们就可以带病人去找她。"陆可俊听了，剜了老公一眼说："别着急打电话呀，吃完饭再联系也不迟。再说，吃饭时说病人的事，倒了胃口。"

杨淇听了陆可俊说的话，火一下子蹿起来了，她原本脸朝窗外假装透气，就是为了避开陆可俊那张可憎的脸。

黎谷良一早预感到杨淇受不了陆可俊说的话，在她转头要怒视陆可俊的时候，他的手在桌底按住杨淇的膝盖，用力捏了一下。

杨淇明白黎谷良要自己忍，她想也是，请人家吃饭要人家帮忙，却忍不住骂了人家，客是请了，事情没办，钱白花了。

想明白之后，杨淇发怒的脸瞬间变成了笑脸，转瞬间她已然有了主意。杨淇心想，怎么说自己也是从深圳过来的，见过世面，赚钱不比上海人少，怎么能在这个老女人面前跌份?

于是，杨淇一改常态，笑容可掬地拿起茶壶给大家倒茶。她嘴上甜甜地称老洪为洪老板，称陆可俊为洪太太。

"洪老板、洪太太请喝水，欢迎二位有时间到深圳玩，我和谷良在我们自己的餐厅宴请二位。"

果然，杨淇这番话一出口，立时奏效。老洪坐直了身子，陆可俊睁大了眼睛，目光在杨淇和黎谷良脸上扫来扫去。

黎谷良心中暗暗高兴，他没想到杨淇如此冰雪聪明，遇事明白得这么快。

这时，服务员开始上菜。黎谷良殷勤地帮老洪和陆可俊摆汤碗、菜盘子，他的目光避开两人，假装没看到两人脸上吃惊的表情。

陆可俊心里开始不是滋味了，她想不到黎谷良离开上海后，竟然在深圳混得风生水起，还开了餐厅，这让她哪里受得了。转念一想，是不是这小丫头故意吹牛，看她的样子，古灵精怪的，不是什么好东西。陆可俊想到这里，故意问："黎谷良，你现在当老板了呀，看不出来呀，不是吹大炮吧？你当年也开过餐厅，屁大点地方，摆几张桌子，回老家硬说在上海开饭店。深圳的饭店不会是招牌上写着餐厅两字，店子小得磨不开屁股吧？"

陆可俊说完，自顾"哈哈"大笑。

杨淇听了她的这番话，心中暗暗吃惊，心想这女人不简单，这都能猜中，不愧是老江湖。她心中虽这么想，却冲黎谷良嘻嘻一笑。

黎谷良也冲杨淇乐。

杨淇说："陆姐，你可真厉害，我们的餐厅真的很小，真的，不骗你。"她说完，又冲黎谷良嘻嘻一笑。

黎谷良也笑，他俩乐完了也不看陆可俊。

如此一来，陆可俊反而信了，她相信黎谷良真的在深圳开了间饭店，规模还不小。

老洪端着酒杯说："黎老板，祝你生意兴隆！"

"谢谢洪老板赏光，在上海还要请您多关照。"黎谷良说着端起酒杯在老洪杯子上碰了一下，又在陆可俊的杯子上碰了一下。

陆可俊看他的目光有了怨怼之色。

黎谷良故意不看她。

杨淇不放过陆可俊，她指着桌子上的菜说："谷良，葡国鸡，还有这几个糟卤小菜能不能在我们店里推出？”

“南方天气热，糟卤小菜容易坏。再说，深圳人的口味和上海人不同，以广东菜、香港菜为主打，顾客更容易接受。”

杨淇端起茶杯说：“洪老板，欢迎你到深圳玩，我以茶代酒敬您。”

老洪变得客气了，上海人吃吃咖啡的腔调没有了。

陆可俊的嚣张气焰也像被灭火器喷过，再没表现得趾高气扬。

“老公，我这老乡还不错吧，在深圳当老板，以后不会看不起我们安徽人了吧？”陆可俊说。

“我哪有你说的那样，看不起你，我哪能娶你？”

黎谷良心里明白，陆可俊没有对老公说自己是她前夫。

“我老乡嫁给你，是她的福气，祝你俩幸福，白头到老！”黎谷良想说早生贵子，但话到嘴边又咽了回去。

杨淇听黎谷良夸老洪的话，很不舒服，她在心里说：屁话。

几个人相互吹吹捧捧，说着恭维的话，花了一个多小时吃完饭。黎谷良让服务员结账的时候，老洪掏出手机打电话。

黎谷良听到了他与老查通话的内容，老查说女儿已经不在中山医院工作了，调到浦东一家医院去了。

黎谷良望着老洪问：“还有别的办法吗？”

“没办法，人调走了，谢谢你的午餐。”老洪说着挽起陆可俊的手说，“谁说天下没有白吃的午餐？要看你如何吃。傻瓜天天有，午餐任意选。”

陆可俊得意地在鼻子里“哼”了一声，拎起黎谷良送的衣服，站起身，对老洪说：“说声谢谢吧！人要厚道。”

老洪笑眯眯地点点头说：“谢谢，我们先走了。”

黎谷良愣住了，他望着转身离去的老洪和陆可俊，呆呆地说不出话来。

这个时候他才明白，陆可俊和她老公压根就没想帮自己。一种可能是她说丈夫认识医院医生本就是假话；第二种可能是老洪与陆可俊串通一气，骗他请客；还有一种可能，老洪根本不姓洪。

杨淇拉着黎谷良的手说：“谷良，别惊讶，也别生气。你说，两个骗子睡在一张床上，是什么情形？”

黎谷良没明白什么意思，他询问地望着杨淇。

“两个死骗子。”

“哈哈。”黎谷良乐出了声。

“这两个死骗子。”黎谷良重复说。

“回上海，请你前妻吃顿饭，应该，别觉得被骗了。”

“我担心你生气，别的没什么。不找人了，自己想办法吧。你打个电话给爸妈，问他们有没有吃饭，如果没吃，这里打包送回去。”

“你打这个电话，他们会更高兴的。”杨淇说。

黎谷良听懂了杨淇的意思，幸福地笑了。他愉快地拿出手机，给杨淇父母打电话。

在得知他们吃过午饭后，黎谷良收起手机，带着杨淇去肿瘤医院探探情况。

陆可俊与老公骗黎谷良请吃饭，没有影响到杨淇的心情，她反而很高兴。原来多少有些担心黎谷良见到前妻旧情复燃，事情这么一闹，只能增添黎谷良对她的厌恶。

杨淇也从内心厌烦陆可俊这个女人。

黎谷良没把陆可俊夫妻的行为放在心上，他只是可惜耽误了一上午。早知如此，还不如自己直接起个大早去医院排队了。

人做任何事，都要靠自己，别想着借助别人走捷径。

第二天，黎谷良和杨淇早早起来去医院挂号，终于抢到一个专家号。

黎谷良带着杨父一项项检查，等到各项化验结果出来后，杨父再拿着化验单回到专家门诊。

黎谷良、杨淇、杨母三个人站在候诊室紧张等候。

候诊室里有椅子，他们没有坐，他们感觉冰凉发亮的不锈钢椅子像他们的手心脚心一样凉。

杨淇和母亲的手攥在一起，眼望着专家诊室。黎谷良看到母女俩手脚都在颤抖，几乎要站不住了。黎谷良不停地安慰娘儿俩不要怕，别的他什么也说不出来。

二十分钟后，杨父空手出来了，他拿进去的各项化验报告以及老家医院的诊断病历都没拿出来。黎谷良见状，心头咯噔下沉，暗叫不好。

杨淇迎上去问："爸爸，医生说什么了？"

杨父说："没说什么，医生让家属进去。"

杨淇和杨母与黎谷良对视一眼，黎谷良镇定地说："爸妈、杨淇你们在外面等，我进去。"

黎谷良没等杨母同意，便走进了门诊室。

一位前额发亮、头顶少发的中年医生坐在椅子上查看化验单。

“你是病人亲属？什么关系？”医生头也不抬地问。

“我是他女婿。”黎谷良答。

“你坐。”医生指着他对面的椅子说。

黎谷良顺从地坐下来。

“有些事告诉你，你能替病人家属做主吗？”

黎谷良想了想说：“医生你说吧！我能。”

“病人要马上住院做详细检查，从化验结果看，他在老家医院检查的结果没有错，不是误诊。但是仍要经过进一步检查，才能确定癌细胞没有转移扩散。这个情况，你是要瞒着病人，还是想让病人知道？”

黎谷良感到喉咙发干，额头沁出汗水。他艰难地吞咽了一下，干燥的喉咙发紧，干疼。他说：“瞒是瞒不住了，县医院检查的结果，医生告诉他们了。”

“我问你几个问题，对照一下是不是进入晚期。胃癌晚期常见的症状是疼痛，疼到严重影响患者的生活质量。疼痛部位以心窝部为主，有时仅为上腹部不适或隐痛，较典型的疼痛是痛而无规律，进食也不缓解。这些症状你听病人说过吗？刚才病人在，我没细问，以免引起他的不安和恐惧。”

黎谷良说不上来了，他如实说：“我没跟岳父生活在一起，我们在深圳，听说他病了这才回的老家，之后带他来上海复查。”

“这样啊！那你去办理入院手续吧！劝病人放松心情，不要有心里包袱，这对治疗和康复很有作用。”

黎谷良起身离开前，忍不住问了医生一个问题。

“医生，耽误您几分钟行吗？我想请问这种病治愈率高吗？假如还没进入晚期，能不能完全根治？”

“这个问题每个患者家属都想问，这么说吧！这种病没有医生能回答你有绝对的把握。临床上无论哪一种单一的治疗模式，都存在优势和弊端的两面性。”

黎谷良沉默了，他说了声谢谢，心情沉重地拿起病历和化验单走出诊室。此时，他想装作轻松点，想在脸上挤出笑容，可是，脸上的肌肉像被胶水粘住了，不受指挥。

杨淇看出他脸上表情不对，她快步走到黎谷良身边捏着他的胳膊，颤声问：“什么情况？”黎谷良望着她的眼睛，看到她眼泪快要出来了，一下子醒悟过来，他强迫自己脸上挤出笑容，说道：“医生说没大碍，先办入院手续，要做详细检查。”

黎谷良以为能瞒住杨父杨母，其实四个人中，最敏感的就是杨淇的母亲，她从丈夫独自空手出来已经判断有事了。她没有像女儿那样问黎谷良，而是用异常冷静的语调说：“办住院手续吧！”

杨父知道自己的身体状况，来上海检查也是出于正常人的本能，他希望县医院是误诊，可是，自己体内无法忍受的疼痛让他不得不相信，终究是躲不过了。

这个时候，他反而镇定了。他望着妻子女儿和准女婿，以一家之主的身份和口气说："不住院，我想回家，回家养吧！"

"不行，坚决不行。"黎谷良反对说。

"你们别浪费钱了，我知道这种病治不好的。"杨父说。

"先住院检查。"杨母说。

"不行，回家。"杨父坚持说。

杨淇再也控制不住自己的情感，跪在父亲身前声泪俱下地说："爸，我求你了，住院吧！咱们有钱给你治病……"

杨淇的哭声引来了众多求医者以及家属，他们将杨淇一家围在当中。

杨父见众人围观，伸手想拉起女儿，可是杨淇死死抱着他的双腿不放。

"爸，我求你，听我们的！你不能不治病呀，你不治病妈妈怎么办？爸……"

黎谷良见杨淇哭得伤心，忍不住流下眼泪。

杨父蹲下身子想把女儿抱起来，可是，心口一阵阵绞痛袭来，疼得他眼前发黑，手上无法使出力气。

"爸，如果您不住院，我就死给您看。"杨淇说到这里，松开双手，拨开人群拔腿往医院门外跑。

这回吓坏了黎谷良。

杨父忙对黎谷良说："你快去把小淇追回来，告诉她我住院。"杨父说着手捂胸口蹲在地上，杨母一把抱住丈夫，没让他摔倒。

人群中有人劝杨父说："女儿这么孝顺，你该高兴的，还是先住院治疗。俗话说，好死不如赖活着。"

杨母没哭，她紧紧搀住老伴，说道："她爸，咱俩这么多年都过来了，事到临头，你怎么怕了呢！听孩子的，咱们住院检查，如果治不好，咱就回家，我好好侍候你剩下的日子。"

杨父说："老伴，我不是怕。你看女儿刚谈了朋友，虽然他们做生意赚了点钱，那也是辛辛苦苦省下来的。现在的钱哪那么好赚？在外打工的日子我不是没经历过。今后孩子要结婚，要买房子，如果因为我这病花光了他们的钱，你说我死后九泉之下能闭眼安心吗？不如让我回家，活几天算几天，别毁了孩子的好日子。"

杨父这番话让杨母再也控制不住，泪水顺着她苍老哆嗦的脸颊流下来。

"行，我听懂了。眼下咱们听女儿女婿的，先住院检查，如果到了晚期，咱出院回家，行吗？"

杨父点点头，他到这个时候再也忍不住了，抱着妻子痛哭。

其实杨淇没跑远，黎谷良追上她说："爸爸同意住院了。"杨淇听了，立马与黎谷良手拉手返回来。

杨淇见父母抱头坐在地上哭，双腿一软，坐在父母身边，一家三口坐在医院走廊上号啕大哭。

黎谷良上前扶起杨淇，人群中有人走出来，帮黎谷良扶起两位老人。

黎谷良擦干眼里的泪水，手拿住院单去办理入院手续。

雨仍在下，水泥地面布满了脏乱的脚印。

黎谷良望着天空，乌云聚集，他感觉心头湿漉漉的。

十七

沈小丛离开深圳去南昌不久，邱氏贸易公司财务部发生了被盗事件。

财务部被盗之前，游小媛与邱得成在逛街，在一座通往商场的人行天桥上，游小媛的肩包让一个偷包贼给抢跑了。当时邱得成欲冲上前夺包，偷包贼从怀里抽出明晃晃的长刀，吓得邱得成直往后缩，游小媛也说：“别追了，赶快报警！”

邱得成看着偷包贼快速钻进人群，瞬间不见了身影，他紧张地说：“报警没什么用，还是去银行将信用卡和银行卡挂失吧。”

谁也没想过财务部被盗与游小媛的肩包被抢有关，而财务部被盗正是邱文泽将香港的一幢别墅以五千万元的价格抵押给香港银行之后发生的。

这一切都是邱伟强幕后操纵的，为的就是阻止邱文泽给股东退股。邱伟强就在香港，他是两次股东退股的策划者，由邱文舟带领股东打前阵。

游小媛早上到公司，没开门，看到财务室的门开着，不是大开，而是虚掩。她以为是何叶葳先到了，走进去，看到室内并没开灯，她发现有些不对劲，办公台凌乱不堪，两台电脑不见了，文件柜敞开，保险柜从墙角移到了财务室中间。

游小媛呆呆地立在门口，半天没回过神来，等她明白是被盗时，立即打电话叫楼下保安。夜班保安正和白班在交接，听到财务室被盗，保安飞也似的跑上楼。保安看到现场后当即傻了眼，尤其是夜班保安，脸霎时白了，困意烟消云散。他走近摆放在正中间的保险柜左右查看，拍了拍胸脯舒了口气说：“还好保险柜没被撬开。”

值早班的保安对游小媛说：“游经理，麻烦你点一下少了什么，我现在打电话报警。”

夜班保安说：“先别破坏现场，等警察来查验完现场再说。”他说完立即拿起电话拨通 110。

警察到来之前，两名保安仔细查看了小偷的偷盗路线。他们发现虽然办公室门是开着的，但小偷并没有从大门出去。夜班保安拍着胸脯说，后半夜值班期间他根本没合过眼，原因是他锁了大门给家乡的女朋友写信，这封信一直写到街灯暗淡了他才在值班床上躺了一会儿，此间大门一直上锁，没见到任何陌生人。

两名保安的目光同时望向窗户。

他们拉开宽大的茶色玻璃窗，看到了一条绳子自上而下垂挂，绳索直通楼顶和地面，两人对视一眼，快步出门从消防楼梯跑去楼顶。

在楼顶，他们看到两台电脑安然无恙地堆放在墙脚。白班保安顺着猜测的思路说小偷没办法运下去，攀索容易，可是背着电脑从十二层高的楼房下去，要冒着生命危险，一旦失手即有可能摔成肉饼。夜班保安说，也许小偷不是一个人。

随后来了几名警察勘查现场做记录。

门没有被撬的痕迹，想必是从窗子进来的。警察让游小媛回忆是不是下班时没关窗。游小媛心想，应该关了吧，平时和何叶葳下班后都有关窗的习惯，可是从被盗的情况来看，小偷似乎是从窗户进来的。她模棱两可地对警察说："想不起来了，平时下班肯定要关窗的，现在让我想是不是忘了也难说。"

警察认真地做着笔录。从现场看，窗户和门都没有被撬和损坏的痕迹。警察想到是内部或熟悉财务室的人作案，小偷是用钥匙开门进来的。

邱文泽抵押别墅的钱没放在公司，财务室的保险柜里放着股东的合同，只有几百块现金。

游小媛打开保险柜看了看，合同在，几百块现金没了。

警察见没丢失重要财物，初步结论是小毛贼所为，立了案便撤离了。

这件事让邱文泽产生了一丝警觉，心想退股的事不能再拖。他选定了退股日期与时间，让办公室给股东发通知，集中退还。

这天，股东们聚在会议室，按要求每位股东给游小媛一本存折，亏损部分按比例平均摊，剩余部分由游小媛从银行直接打进他们的账号。

邱文泽没有在会议室露面，也没上班，而是在所租住的房子里陪妻子给远在英国的女儿打电话，他们没有把抵押房子的事告诉女儿。邱文泽看到妻子给女儿打电话时在流眼泪，他看在眼里，心头发紧。

邱文泽没能全部退清股东的钱，他对个别没退的小股东做出承诺，保证一年内还清，绝不拖欠。

原本有子女在公司做事的股东，退了股份后，不辞而别，或许他们不好意思继续留下来做事。

干完这件事，邱文泽有一种无法言说的轻松，仿佛卸下了压在背上的一只沉重的包袱，或者割除了一块毒瘤。

邱文泽能如此毅然决然地做出决定，是因为有沈小丛的提醒，让他清醒地意识到有人在背后策划，合并股份，取代自己。

这件事令邱文泽寒心又惊讶，他狠下心抵押了住宅，彻底与亲哥哥解除了经济关系。

一个星期后，沈小丛从南昌回到总公司，仍回到原先坐过的那间办公室。

当沈小丛坐进曾坐过的大班椅时，心头涌出欣喜。

他望着窗外，季节虽已入冬，满眼仍是绿的，唯有香樟叶渐黄。叶片离开枝头，微风中飘飘荡荡。人们的衣着从短袖换成了长袖。沈小丛离开南昌的时候，是穿着毛衣加一件外套。到深圳全脱掉了，只需穿长袖 T 恤。

他喜欢深圳的冬天。

他打开电脑，将那份没有公开的改革方案重新打印了一份，放在办公台上。

沈小丛不再担心有人阻拦，因为能左右自己的人都走了，况且他这么做，是得到董事长同意的。

他目前的首要任务，是如何在一年内让公司扭亏为盈。

沈小丛首先召集了游小媛、何叶葳布置工作，要求她俩尽快核算出几个驻省办事处一年的房租以及员工支出费用的合计总数。他和邱文泽达成共识，解散所有驻省办事机构，将有才华有业绩的业务员招回总公司，剩余的员工就地解散。

何叶葳与沈小丛在公司见面时，她掩饰不住内心的欢喜，但碍于游小媛在场，她只得装作若无其事。

沈小丛恢复原职，何叶葳似乎并不感到惊讶。

沈小丛安排完财务部的工作，游小媛起身离开了。何叶葳本想一同离开的，但迟疑了一下，落在后面。

沈小丛见游小媛出了门，叫住何叶葳。

“这些日子你好吗？”沈小丛问。

“你回来怎么不提前告诉我？”何叶葳没回答他的问话。

“回来后一直与董事长在一起，没有单独的时间。”

“嗯！我还好，没有变化。我知道你会回来的，所以耐心在等你。”何叶葳说。

“谢谢……”沈小丛欲言又止，他想起了在海边的约定。

何叶葳望着他，明白他的心思，小声说：“你如果没话说，那我就去做事了。”

沈小丛点点头，他望着转身离去的何叶葳，看出她好像瘦了，肩也小了，腰上的裙带也松了，他的心头泛起疼痛。

沈小丛和邱文泽以最快的速度注销了几个驻省办事机构，将“邱氏贸易股份公司”更名为“南方粮油食品贸易公司”。如此一来，公司的经营模式也改变了，与各省的粮油公司直接签订购销合同，直接发货深圳。这种购销模式虽说原材料成本提高了，但少了人工、运输等中间环节，经过核算，相比以前的成本，费用降低了。

粮油利润本来已经看薄，取消中间环节原材料成本反而降了，这令邱文泽稍感意外。其中原因正是沈小丛说的机构臃肿、人工成本高造成的，如此一来，邱文泽对沈小丛更加信任了。

邱文泽也看出来了，股份两个字去除后，公司大部分员工似乎都松了一口气，做起工作来也很卖力，公司内部的气氛显得轻松愉快了。

为了扩大业务，沈小丛把驻省办事处留用的业务员，派去全市调研，调研对象是建筑工地和机关企事业。他在心里制订了一个计划，一是对深圳全市所有建筑公司、建筑工地以及大型企业进行登记建档；二是对全市教育卫生等系统进行归类。他在想，如果能够拿下全市这些单位日用粮油的供应，能大大提高公司的经营范围。沈小丛悄悄估算过，无论哪一家建筑工地，月需大米，少的几千斤，大的过万。全市大大小小建筑工地几百家，一年下来是个庞大的数字。还有大企业、政府机关食堂等。他派出的业务员不是直接上门推销，而是要求他们上门认识这些单位的采购员，要求业务员无论采取什么办法，都要将他们的电话号码、家庭住址拿到手，业务员业务上的请客费用一律报销。

一周后，业务员将采集到的人员信息表递送到沈小丛手上。沈小丛又给业务员派了另一项任务，对农贸市场和商场进行调查。

沈小丛拿着信息表来到董事长办公室，将自己的计划向邱文泽进行了汇报。

邱文泽翻看信息表，略作沉思后说："一是没有具体的方案很难把握；二是具体到经费支出没有计划书，财务部没有支付手续，不能拨钱给你，你做一份计划书给我。"

沈小丛听了董事长的话，明白他同意了自己的计划。

沈小丛的计划得到了邱文泽的支持，他大喜过望，只要计划能顺利进行，他便有信心改变公司现状，实现盈利。

沈小丛汇报完工作，正欲离开邱文泽的办公室，邱文泽说："还有件事，这个寒假邱裔然从英国回来，她说想到公司来实习一段时间，完成她的毕业论文。"

"小姐到我们公司实习做毕业论文？"沈小丛问，他有些惊讶。

"是啊，她在电话里是这么说的。"

"可是，她在国外读大学，做毕业论文应在国外调研呀！"

"我也不明白她的意思，我又不能反对。"邱文泽说。

"嗯，等她来了，我安排一下。"沈小丛说完问董事长还有别的事吗，邱文泽说没有了，沈小丛这才转身离开。

转眼到了立冬。

立冬之日，水始冰，地始冻。人们常以凛冽北风、寒冷霜雪作为冬天的象征。深圳冬天没有霜雪，然而，今年立冬之后气温却明显下降了许多。听天气预报，有一股冷空气南下，未来两日气温下降明显。

邱文泽开车上班途中打开收音机，听到深圳广播电台的播音员说着交通动态然后是天气变化。他来深圳创业，一直坚持自己开车，没请过司机。因为这事他多次被同行的老板笑话，说他吝啬，请司机的钱也舍不得出，邱文泽一笑置之。

抵押了香港的别墅，在深圳租房子生活，邱文泽感谢妻子的支持，内心却不安。在他看来，别人越过越好，自己越过越差。他暗下决心，一定要收回别墅。

车子驶到红灯路口，邱文泽将车停稳了，降下车窗，他看到车外一个年轻盲人由白发老人搀扶，站在冷风中瑟瑟发抖。两人双手抱拳做道喜状，嘴里操着外地口音说：“恭喜老板发财，全家万事如意。”

正当邱文泽处于惊愕之中时，一只脏手伸进车窗。邱文泽连忙拉开放零钱的储物柜，拿出一张二十元面值的纸币塞入对方手中。之后，他关上了车窗。

邱文泽如往常一样进入办公大楼，值班保安递给他一封快件。快件来自香港，他看地址，心里画上一个问号。

邱文泽停住脚步，撕开快递封口，边撕边问：“什么时候送来的？”

“上夜班时移交给我的。”保安回答。

邱文泽从信封中拿出一张香港法庭的传票，心中已然明白是怎么回事。

正在此时，沈小丛也从车库出来，进了大堂。

“董事长，早上好！”沈小丛问好道。

“早上好！刚好你来了，这里有一张传票。”

“传票？”

“这样吧，由你去法院办理手续，请香港方面仍将案子移到深圳来审。另外，你收集材料准备应诉，开庭我参加。”

“是。董事长。”

沈小丛回到办公室，认真地看着香港方面的传票。之后，他按照董事长的吩咐，与深圳法院取得联系，请求将案子移到深圳来审。他与法院联系完后，又打电话到香港进一步核实。沈小丛看到诉讼理由只有一条：固定资产评估没有让股东参与，评估不准确，董事长有侵占其他股东利益的嫌疑，要求法院重审。

固定资产评估时沈小丛不在深圳，那时候他在南昌，但他听说过这件事，是经股东们同意成立了固定资产评估小组，如今对评估值表示怀疑？这种事看起来简单，做起来却有些麻烦。他认为首先要做两件事：一是请辩护律师；二是对资产评估再审核。于是，他立即打电话给董事长，说出了自己的想法。

邱文泽告诉他，邀请原来评估小组所有成员回来参与再评估，这件事要做在前面，如果邀请后他们不参与、不配合，那是另一种性质，做电话记录，作为庭上证据。

沈小丛与董事长通完话，打电话叫游小嫒将上一次的评估报告复印件送来，那份报告有股东对评估结果认可后的签名。

做完一切应诉准备工作，转眼到了开庭之日。

这天，深圳气温虽然有所下降，但阳光却很干净。

邱文泽从公共汽车公司租了一辆大巴，带着公司全体员工来到深圳市中级人民法院。公司里谁都认为，这场官司没有悬念，公司一定能赢。临开车前，王以达按照董事长的指示宣布说，庭审结束后，全体员工去上海大酒店用餐。

九时准时开庭。

这天，被告席上坐着沈小丛、何叶葳、游小媛以及律师冯锦汉。

邱文泽坐在第二排。

原告席上坐着邱伟强、邱文舟、王秀山等股东代表。

邱伟强出现在法庭的时候，最为惊讶的是邱文泽，四目相对，邱文泽没想到是他领头打这场官司。

何叶葳和游小媛负责为律师查阅资料，像在厨房为掌勺的大师傅打下手。

沈小丛见到邱文舟，以胜利者的姿态双手抱胸，他微笑着打量昔日的对手，挂在嘴角的笑容明显带着几分嘲弄和不屑。邱文舟也看到他了，同样报以微笑，只是脸上的微笑有些僵硬。

公诉人起立宣读起诉书。

沈小丛和律师冯锦汉很认真地听着起诉内容，邱文泽也微闭着眼睛仔细听着。

起诉理由主要有三点：一是邱氏贸易公司固定资产没有列入股东股份予以退还；二是邱氏贸易公司董事长侵占股东利

益；三是固定资产评估不合理，没有出具合法的评估证明。

沈小丛听了起诉理由，心里颇为纳闷。他转脸对何叶葳说："我们有原来的合同书吗？"

何叶葳说："清退完股东的股份后，合同也作废了，旧合同不知有没有保存。"

宣读完起诉书，被告辩护律师做了简单辩护并向法庭提供了证据。关键证据就是合同，以及固定资产评估报告。沈小丛在此之前请深圳市具有评估资质的部门再次对公司的固定资产进行了评估，而且出具了有法律效应的评估报告。

审判长看着双方提供的证据，过了一会儿，抬起头来对被告方说："提供你们与每一位股东签订的合同书。"

沈小丛、冯锦汉对视一眼，转向身后的董事长。

邱文泽记得所有合同由财务部存在保险柜里，他问游小媛："股东合同书还存着吗？"

"在保险柜里，我还没来得及清理。"游小媛说。

"回去取来。"邱文泽吩咐她。

沈小丛这时候举起右手，得到审判长允许后，他说："审判长，邱氏贸易股份公司更名为南方粮油食品贸易公司，原因是公司早就退清了股东的股份，也就是说原来的合同作废了，不具有法律效应，与本案无关。"

邱伟强举手起身说："我反对，邱氏贸易公司的合同书与股东留有的副本内容不相同，疑点是邱氏贸易公司董事长有伪造合同书侵占股东利益的嫌疑。这是本案的焦点，怎么能说与本案无关？"

“有效。”审判长说。

冯锦汉举手说：“原始合同在公司，向法庭申请时间。”

“休庭一个小时，请被告立即取回有关证据。”

沈小丛听邱伟强如此说，回过头来认真想这件事，觉得有些蹊跷。如果他们不是有备而来，不可能打这种无谓的官司。休庭时，他坐近董事长身边说：“我觉得这里面有问题，问题可能出在合同上。”

“你的意思是？”

“我只是预感，大家都知道这种官司的结局，合同是双方各持一份，退股后没有人提出有问题，现在股东们偏偏说合同有问题，所以我感觉事情没那么简单。”

律师与邱文泽听了沈小丛说的话，陷入了沉思和担忧。

“这里面确实有很多疑点，正如沈经理所说的，我想他们是有备而来，或者说是有充足的证据，要不然不会这么傻。”

邱文泽听了沈小丛的话，焦急地看了一下表。

沈小丛也掏出手机走出法庭。

这时，邱伟强走过来与邱文泽握手。

“二叔，您老人家还好吧！”

邱文泽看了一眼邱伟强，没动身子，冷冷地回答说：“还好吧！”他没接他伸过来的手，而是举手和舅舅、姑妈等长辈礼貌致意。

公司员工都静静坐着，对这一幕看得一清二楚，大家都看到了邱伟强难堪的表情，人群里发出哄笑和嗡嗡议论声。

邱伟强闹了个大红脸，讪笑着走开了。

公司离深圳市中院不远，同在福田区。沈小丛担心路上堵车，打通了游小媛的电话，游小媛说取到合同了，在回程的路上。

沈小丛松了口气，他回庭与邱文泽轻轻耳语。

游小媛在休庭时间内取回合同，及时交给了书记员。

再次开庭，审判长将双方提供的合同证据摆放在面前，他望着原告和被告说道：“根据合同条款，原告上诉的三条理由有两条基本成立。一是邱氏贸易公司固定资产没有列入股东股份予以退还；二是没有履行合同条款退还股份，邱氏贸易公司董事长侵占股东利益。至于第三条固定资产评估不合理，没有出具合法的评估证明，不予支持。被告提供的资产评估证明，由资质评估部门出具，法庭宣布有效。”

邱文泽几乎不相信自己的耳朵，脸上露出迷惑与不解。他回头问游小媛：“是公司与股东签订的合同吗？”

“放在保险柜里的合同我从没动过，全部拿来了。”

沈小丛举手问道：“审判长，合同书上明明写着公司固定资产不占总股本，为什么说原告上诉的理由成立？”

“邱氏贸易公司与股东签订的合同第六条，公司固定资产属于股东共同拥有。”

审判长这番话一出口，立即引起了骚动，所有旁听者都为之变色。

“审判长，我怀疑有人伪造合同。本公司要求法庭进行调查，还我公司一个清白。”邱文泽说。

审判长与书记员对视一眼。

“如果说有人伪造合同，可是你们公司提供的合同与股东提供的完全一样，通过比对印章，确实是你们公司的印章以及董事长邱文泽的印章，连签名笔迹也一样，这又从何解释？”

审判长的话一说完，观众席上一片哗然，大家在交头接耳地议论。此时人们的目光全部集中在了游小媛身上，因为合同是由她保管的，只有她一人有保险柜钥匙。再过片刻，人们开始看两个人，一个是游小媛，一个是何叶葳。

沈小丛颓然跌坐在椅子里，他意识到合同让人做过手脚了。

邱文泽眼睛紧闭，他在想到底哪一环节出了问题。

邱伟强则安静地坐在椅子上，专心听审判长与沈小丛以及律师之间的对话，他没有回头看邱文泽的表情，心里迫切盼望审判长快点宣判。

邱文舟转头看邱文泽这边，以往的飞扬跋扈再一次显现在邱文舟脸上。他看到邱文泽和沈小丛愁眉苦脸之态，心里涌动无限快意。

在法庭调查与最后的答辩中，辩护律师回答任何一个问题都非常吃力。因为原告与被告提供的合同一模一样，一字不差，辩护律师的表情一筹莫展。沈小丛心里非常焦急，他小声问律师现在该怎么办。

“唯一的办法是找到理由推迟宣判，赢得时间。”冯律师说。

沈小丛听了他的话突然想起自己在南昌时，听何叶葳说财务室被盗过。就在这一刹那，他的大脑闪过一道白光，心头豁然开朗了。沈小丛举手经允许后，他说：“审判长，公司合同由财务经理游小媛保管，而且仅她一个人有保险柜的钥匙。前不久财务室曾被盗过，我怀疑财务室被盗与合同有关，请法庭调查。”

沈小丛这句话引来众人哗然，大家也似乎突然明白了财务室被盗的原因。与此同时，人们看到审判长和书记员点头同意了沈小丛的请求。

邱文泽睁开眼睛，面色由苍白变得潮红起来。

“这件事曾报过案，辖区派出所到现场调查过，至今还没破案，请求法官考虑是否等破了案再进行审理。”冯律师紧接着说。

“我反对。”邱伟强霍地站起身，他说：“财务室被盗与不履行合同条款退还股东股份没有关联，我代表股东要求南方粮油食品贸易公司，也就是原来的邱氏贸易股份公司按合同条款退还股东股份。我认为，所谓财务室被盗案是该公司为拖延结案以及侵吞股东利益故意制造的假案。”

“反对有效。”

审判长的话让沈小丛和邱文泽紧张起来。

审判长继续说：“不过，本案推迟一周宣判，法庭将对双方提供的主要证据进行技术鉴定，并将与公安机关取得联系。如果偷盗案与本案无关，本庭将依法做出判决。”

邱文泽攥紧的拳头松开了，他感觉到手心有汗。

游小媛心里很不是滋味，当众人的目光望着她时，她如坐针毡。

沈小丛当庭说的话很有道理，所有合同都锁在保险柜里，只有她可以开保险柜。她也意识到，合同被人调包了。然而，现在她对谁也说不清楚，人们想象的嫌疑都集中在她的身上。

回公司的路上谁也没说话，王以达提前打电话取消了预订的酒席。

邱得成仍坐在游小媛身边，他不停安慰她说："你不用担心，这件事同你没关系的，你不可以听了沈小丛那个土包子胡言乱语，就有心理负担了。"

"但是他讲得有道理，现在有谁信我呀！"游小媛说。

"不要担心，不会有事的。"邱得成说。

"会不会上次小偷抢我的包，拿了我的钥匙？"游小媛想到这里，不由得睁大了眼睛。

财务部被盗报警后并没有被公安机关列为重大案件，主要原因是仅丢失了几百块钱，警方认为是外地打工仔找不到工作无法生活的行为。公司再次报案，说出了合同被盗的重大干系，所涉及赔偿金额巨大，公安机关这回重视了，对案情从头再进行分析，觉得案情并不复杂。如果像报案所称，财务部被盗是替换保险柜内股东的合同，有三种可能：一是股东行为；二是内外联手；三即便不是股东亲自下手，有可能也是雇用社会上的惯偷作案。

庭审第二天，一辆警车开进南方粮油食品贸易公司，警车停在办公楼下。从警车里下来两名女警，一前一后将游小媛带上车。

人们眼盯着夹在女警中间的游小媛，见她垂着两条胳膊，说明没上手铐，有些失望，觉得缺少了点刺激。

同时被带走的还有当天的夜班保安。

公安机关首先把突破口放在游小媛身上。

邱文泽站在办公室窗口看到了这一幕。

沈小丛和律师也在他的办公室，他们眼看着游小媛上警车前抬眼往楼上看。邱文泽知道她在找自己，她一定希望自己出面替她说话。

邱文泽眉毛跳动了几下，没有作声。

“公安机关只是例行传唤，这样的事肯定先问当事人，况且保险柜没有被撬痕迹。”冯律师分析说。

沈小丛低头不语，他不想引起董事长不快，毕竟是他小姨子。

“游经理肯定不知内情，她最多是被人利用了。”沈小丛安慰邱文泽说。

冯律师听沈小丛这样说，明白了他的用意，附和说：“是啊，肯定另有原因。”

“这事由公安机关处理吧，我在想，如果一周后公安机关没有破案，没有证据说明合同被替换，那么法院就将宣判。如果我们输了，只能将固定资产列为股份与大家平分。”邱文泽说。

沈小丛听了邱文泽这番话，良久没有言语。

“董事长，我去一趟公安机关吧，我想把这番话转告给游经理。”沈小丛说。

“你去吧！”

沈小丛与律师冯锦汉一同去了公安局。

此时，游小媛坐在公安局的会议室里，一位女警察客气地给她端来一杯茶，对她说："你不用紧张，不是传唤，更不是拘留，仅是作为当事人了解情况。"

女警察说完这句话就走了，并且带上了会议室的门。

游小媛自小到大都没有进过公安局，她被带上警车时，浑身都在哆嗦。她说不清为什么哆嗦，她知道不是怕，但她看到围观人群在警察将自己带上车时眼里闪过的疑问，这种目光只有人们看到坏人时才有。不明真相的人一定认为自己是个坏女人，她忽而觉得自己的脸上被重重涂上了一笔黑色墨水。

会议室很静，听不到嘈杂声，原来常看的港片里的警察局是一片嘈杂繁忙的景象，进进出出的都是警察和锁了双手的犯人。而这里却很静，静得游小媛心里发毛。等待的时间越长，心扑通扑通跳得越厉害。她又想起包被抢一事，想到所有钥匙都在包内，是不是小偷抢了包又找到公司财务室？这完全有可能，因为包里有自己的名片，名片上面有地址。

她觉得事情太过巧合，却又不无联系，越想越觉得被抢包不是偶然，像是预谋好的。

这时，会议室的门开了，进来一名中年男警察。

"怎么样？游小姐，给你这段时间就是想让你静想一下，有没有想起让你觉得不正常的事？"

警察的提问让她毫不犹豫地把小偷抢包的事讲了出来，但她没有说是和邱得成一起上街，她不想把他扯进来。

中年警察沉思半晌继续问："那天被抢包时是你一个人上街吗？有没有和公司里的人在一起，或者有没有其他朋友在场？"

游小媛听了他的问话不禁脸一红，她迟疑地抬起头来没立即回答，过了一会才支支吾吾小声说："没有。"

她的表现没有逃过警察犀利的目光，但他没有紧逼她，仍用和气的口吻和微笑的表情和她谈话。"合同书放在保险柜里被人调换了，你这个保管人却一无所知，如果是公安局出这样的事不知会是一种什么后果，可是即便是你们公司，这样的事也不小了。听说你和董事长是亲戚？"

"是的，他是我姐夫。"

"嗯，你姐夫的公司其实也就是你自己家的公司，因为他把这么重要的职位交付给你，说明没把你当外人，起码很器重你。"警察说。

"是的，谢谢。"

"可是发生这件事肯定让你姐夫很伤心。你想想呀，正是因为你的失职才导致这种局面。不知你有没有想过，如果案子破不了，南方粮油食品贸易公司就会败诉，到那时只有一种结果——退还股东的股份，这个公司将会破产倒闭。我相信你不希望这种事发生，对不对？"

游小媛低头陷入了沉思，她不是不懂其中利害，也明白警察说这番话的真正目的。她不愿意将邱得成扯进来，在她看来他应该与此事无关的，那天抢劫事件，他是在身边，头一天整夜都和自己在一起。

"你再想想，如果这个案子破不了，别人会不会说与你有关，是你给了别人钥匙，联手制造了盗窃假象。"

"不可能有人这样说，这个公司是我姐夫的，我不帮他还能帮谁？"游小媛突然抬起脸，表情激动地说。

“姐夫又怎么样？和你姐夫打官司的人不是亲兄弟吗？不是还有舅舅、姑妈吗？”

游小媛哑口无言，低头不语。

警察见她沉默不语，转身走出会议室，留下游小媛。大约过去了半小时，进来的却是沈小丛。

“游经理，我来接你回去。”沈小丛说。

“接我回去？警察同意吗？”

“本来就没你事，谁都不会认为你调换了合同，找你仅是因为你是保管合同的人。走吧！他们同意我接你回去，只是警察说了，有事还会找你。”

游小媛和沈小丛走出公安局，她一眼看到邱得成站在警局大门口朝里探头探脑地张望。他可能发现游小媛和沈小丛在一起，脑袋一闪就缩回去了。

游小媛装作没看见。

“沈经理，我不坐你车走了，你先回吧，我还要上街买点东西。”游小媛站在沈小丛的车边说。

“有事你去办吧！不过你要早点回去，董事长说中午要开会。”

“行，我一定赶回去开会。”

游小媛等沈小丛的车子开出公安局大院，就独自朝大门口走去。

当她和邱得成在马路边碰头的时候，公安局大院内走出一位穿便衣的男人，他就是和游小媛谈话的中年警察。他脱去警服穿上便服，远远尾随他俩。

这时，一辆挂着香港和深圳两地牌照的白色面包车徐徐驶过来，车内几个戴墨镜的人看到邱得成和游小媛走出公安局，停在路边。当车内的人看到他俩身后五十米远处尾随一名便衣警察，面包车没有久停，从便衣警察眼前一溜烟开走了。

面包车车窗的玻璃是茶色的，从外面看不见里面坐着什么人。

十八

中午，沈小丛在会议室召开公司中层负责人会议，会刚开约十分钟，邱得成的手机响了，他看到大家目光集中在自己身上，有些尴尬，拿着手机走出会议室接听。

众人听到邱得成在走廊上“嗯呐”，后来声音渐小，听不到他回应。

沈小丛没有等邱得成回来，会议继续。

可是，直到会议结束，邱得成也没回会议室。会散了之后，游小媛对邱文泽说邱得成回香港了，他家里有事让他回去。游小媛说着将手机递给邱文泽，手机上有邱得成发来的一条信息。

给邱得成打电话的人是邱伟强。邱伟强在电话里告诉邱得成，警察盯上他了，要他离开深圳，出境口岸边有车等他。

事实上不用邱伟强通知，邱得成也预感到了。游小媛走出公安局后告诉邱得成，自己向警察说了被抢包的事。因此，邱得成预感不久警察便会找他。

邱得成在出境口岸见到一辆白色面包车等他，车牌是邱伟强跟他说的号，他开门钻进去。面包车没有验证出关，而是在海关停车场兜了几个圈子，掉头驶回了深圳。

邱伟强兜圈子意在观察有没有警察跟踪邱得成。

面包车穿过深圳市区，上了广深高速，走了半个多小时，来到深圳邻市的一个小镇，这个镇叫塘厦。

面包车在一家夜总会地下停车场停住了，下车时有两个人在停车场等他们。

“强哥，房间订好了。”

“得成叔，进房里谈。”邱伟强对邱得成说，他与两个人点了点头。

邱得成觉得有些不对，却身不由己，被五六个人簇拥着上了电梯。

“这是哪儿？”邱得成问。

“我朋友开的夜总会，离深圳仅五十公里。”

“伟强，公安局没怀疑到我头上，他们找不出证据。”邱得成说道。

“不用担心，叫你来就是商量怎样对付警察，上去再谈。”邱伟强说。

一行人从地下停车场乘电梯上九楼，两名服务小姐见到他们走过来，微笑着问：“请问是邱先生订的房吗？”听到有人回答是时，两名小姐为他们打开了房门。

邱得成感觉气氛不对，从进电梯便动脑筋寻找脱身借口，又不敢表露出要走的样子。由于他心里害怕，挂在脸上的笑显得僵硬、不自然。此时，他懊悔接了邱伟强的电话，想也没想便听从了他安排。

这是间豪华包房，带几个套间。进房后邱伟强没再和邱得成客气，一屁股坐在沙发上。拥着邱得成进来的人有两个自觉地站在门边，其余尽皆站在邱伟强身后，分工极为明确。

邱得成看到这个阵势大感意外。

“伟强，什么时候做老大了？”

“都是我在哈尔滨的弟兄，在你面前哪敢称老大？弟兄们跟着我出来求财，你说是吧，按辈分我得叫您姨叔。”

邱得成从口袋里掏出一包白色万宝路，递给邱伟强一支，然后亲手给他点上。

“上次找的几个人可靠吗？他们现在是不是还在深圳？”

“仍在深圳商业街一带活动，我可以找到他们。怎么了？出问题了吗？”邱得成表现出担心的样子。

“警察跟踪你和游小嫒，说明他们已经往这方面想了，一旦他们采取手段将那一带小偷抓去审问，会审出这单抢包案，到那时肯定会供出你，这样咱们的所有努力将前功尽弃。如果我预料没错的话，警察已经在你们公司了。”

“我现在回深圳，告诉他们离开。”邱得成急迫地说。

“有他们电话吗？”

“有，没有……”邱得成说漏了嘴，紧张地望着邱伟强。

邱伟强没看他，不可抗拒地说：“你打电话给他们，告诉他们有一单生意请他们做，这次价码加倍。有车去接他们到这里来玩。半个小时后在皇岗人行天桥下见面。”

邱得成掏手机的时候打定主意，他在手机上翻找电话簿，然后打对方手机，他摆弄了很长时间没人接电话。

邱得成借故说："这里信号不好。"说着起身往外走。

“怎么了？”邱伟强不耐烦地问。

“对方老占线，无法接通。”

邱得成装出焦躁的神情，没等他走到门口，就被守在门口的两个人拦了回来。

“拦我干吗？我去外面打电话。”邱得成说。

“进了这里的人，没有强哥同意谁也不能出去。”

“伟强？”

邱得成求救似的望着邱伟强。

“这是我的规矩，不怪他们，就在这儿打电话。”邱伟强说。

“我现在回深圳找他们，我保证能将他们带到这里来。”邱得成信誓旦旦地说，其实他手脚都有些哆嗦了。

邱伟强站起来慢慢踱步到他面前，突然伸手将他手机抢了过去。

邱得成脸色突变。

邱伟强翻开他手机盖的同时发出一声冷笑，他将打出的号码重新拨了出去，听到里面传出接通的声音："喂！邱老板，是不是有生意关照小弟呀？”

“是呀！有一桩比上次大的买卖愿不愿做？”

“赚钱的活当然做啦。”

“半小时后，一辆白色面包车会停在商业大街人行天桥下，你和你上次的兄弟一同过来，我们在夜总会订了房，先过来乐一晚，提前将这次合作的一半费用给你们。”

对方迫不及待地答应了。

“你们两个开车去天桥下，将两个小毛贼带到这里，现在出发。”邱伟强对站在身后的人说。

“老大，那两人长什么样？”

“我没见过，他们见到你们的车自然会过来联络你们。”邱伟强说。

邱得成听了假装兴奋地说：“伟强，我认识他们，让我一同去吧！”

拨不通电话的谎言被揭穿，邱得成的脸变成土色，整个人像没了脊梁骨，虚汗顺着额头往下淌。

“出了门你就跑，跑去公安局举报我。”邱伟强说，他脸色阴沉。

“老弟，我怎么会举报你呢？我们在同一条船上。”

“别叫我老弟，你可比我长一辈。以前你和我有共识，现在没了。用东北话说玩起了花花肠子。弟兄们，说怎么办？”

“弄死算了，这人出去就是个祸害。”

邱得成听到有人说要弄死自己，“扑通”跪在地上。

“可别弄死我呀，我孩子还小。”

“先委屈你几天，一周后法庭顺利宣判了，那时候你就可以出去，照常回去上班。”邱伟强说。

“行行，我听你的。”邱得成听说仅是关几天，如获至宝，恨不能给邱伟强磕头。

邱伟强冲身边的人点点头，立即上来几个人将邱得成绑起来，嘴上用胶纸封了，把他推进一间小房子。

邱得成看到绑他的人，腰间都有一柄宽刃短刀，这个发现让他的心凉了半截。

邱得成离开公司不久，两名警察便来到南方粮油贸易公司，他们将跟踪观察的情况简单对邱文泽做了说明。

便衣警察觉得游小媛走出公安局，接他的那个男人鬼鬼祟祟，行为很不正常，怀疑这个男人是知情者。他希望游小媛说出实情，便于正面接触他。

游小媛被邱文泽叫进办公室，她看到有警察在场，心里紧张起来，以为又是来带她去公安局的。

“游小姐，请坐。中午接你的那位先生，被抢包时是不是和你在一起？”警察单刀直入地问。

“你们跟踪我？”游小媛红着脸问，心里有些不满。

“你有事隐瞒警方，对我们破案很不利。你可能不知道，由于你的隐瞒将延长破案时间，对你们公司非常不利。”

游小媛看了姐夫一眼，低下了头。面对邱文泽，她感到惭愧。

“你不想想，包被抢之后，公司就被盗了，而且盗的就是你管的财务部，这件事绝不是偶然，是别人计划好的，或者是利用你。”邱文泽痛心疾首地说。

游小媛眼圈红了，意识到公司一旦垮了，姐姐一家也将陷入万劫不复的境地。

“抢包时，我与邱得成在一起。”游小媛说，声音微弱。

警察用询问的眼神看着邱文泽。

“邱得成是我姨妈的侄子，姨妈去世早，他一直在我的公司做事，原是广告部的经理。广告部撤了之后，便没了职务。”邱文泽简单介绍。

“能叫他到这里来吗？”警察问。

“他回香港了，中午开会他还参加了几分钟，接了个电话，便没再回来，他给我发了条短信说家里有事回香港了。”游小媛稳定心神说。

“你打他电话，问他在哪。”警察说。

游小媛拿出手机给邱得成打电话，拨了之后她失望地说关机了。

“走出公安局之后他跟你说了什么？”

游小媛看了一眼邱文泽，低下头没有开口。邱文泽似乎意识到什么，起身走出门外。

游小媛见姐夫出门了，小声说：“他说不要对警察说抢包那天他在场，会暴露两人关系，那样的话他就没脸在公司继续做了。”

“你有没有他香港家里的电话？”警察问。

“有。”游小媛又拿出手机，从抽屉里找出电话本，翻到邱得成家庭的电话，拨过去，“邱太太，得成回到家了吗，我是小媛。”

接电话的是邱得成的太太。

“家里没什么事呀，没叫他回来呀。”

“他中午给我发了条短信，说家里有事要回去。”

……

警察是北方人，听她们用广东话“叽里呱啦”说了一气，插不上嘴。

游小媛放下电话说邱得成的太太说没叫他回去。

警察沉思了片刻说：“这样看来，邱得成与抢包案以及公司偷盗案有牵连，如果他再给你来电话，你要稳住他说警察再没找过你。你要问清楚他在什么地方，然后第一时间通知警方，这是我的名片。”

游小媛似乎感到事态严重，显得忧心忡忡。

“但愿不要出什么事，如果你上午将这件事说出来，就不会搞成现在这样了。”

游小媛听了警察的话，真正陷入了后悔和害怕中。

邱得成被推进小房间，听到门从外面被反锁了，睁开眼环视房内环境。

这间房大概是屋主用作储物间的，因为太小，几乎不能住人。唯一一扇窗户垂挂着淡黄色的窗帘，也许窗子不是临街，处于楼道夹缝中，透过窗帘的光线显得微弱暗淡，仿佛天色已近黄昏。

邱得成背蹭墙壁艰难地站起来，用头拱开窗帘，看到窗对面是一个小阳台，从阳台的方位看是另一间包房。他目测了一下，从窗户到阳台仅两米远，但他记得这是九楼。他不敢往下看，而是往上看，发现这层是顶楼，这个发现给了他求生的欲望。

窗户全部安装了防盗网，大概是时间长了，防盗网锈迹斑斑。

邱得成知道今晚凶多吉少，没有时间容他等，不容多想，他开始活动被捆绑的手脚。

手脚被用胶纸缠绕紧了，活动起来比较困难，为了防止突然有人进来，他仍坐回墙边，被缚的双手藏于身后，慢慢转动手腕。

十几分钟时间后，果然有人来开门。邱得成听到锁芯转动，没等人进来，他立即蠕动身子往门外挤，用头撞门，嘴里不停大声叫喊："伟强，伟强，放了你姨叔吧，我不会去公安局报案的。"

开门的人见此情景，抬脚将他踢回房内，锁上了门。

邱得成仍不停叫喊，用头撞门。

门外的人骂道："你再大喊大叫，把你嘴堵上憋死你。"

邱得成听了立即闭嘴了。

钥匙狠狠地转动几圈之后，室内恢复了平静。

门外没了动静后，邱得成加大活动了力度。胶纸缠绕了手腕，经过耐心扭动，手腕活动空间越来越大，邱得成本来就瘦，手腕活动灵活时，背着的双手从脚底套到正面，没几下，他就解开了被缠的双手，撕开了绑小腿的胶带。

门外音乐声越来越激昂高亢，里面夹杂着声嘶力竭的号叫。

他看了一下门锁，门上有插销，他将插销插死了，拿过一张长凳子，竖起来顶住门框。

邱得成做完这些，一屁股跌坐在地上，略微松了口气。此时，即便从外面撬门，也要费不小力气，花不少时间。邱得成不敢耽搁太久，短暂休息后，似乎体力恢复了不少，他推开玻璃窗摇摇防盗网。他不敢弄出太大响声，担心对面带阳台的包房有人出来。

防盗网的防锈漆早已斑驳脱离，沾满了锈迹油烟。

早年间华南地区的防盗网质量普遍较差，多是私营企业生产的，构造很简单，焊接的接口也不牢固。如果有一把钳子，便能拧开焊接口。用手去摇撼防盗网，大脑里出现了千斤顶和剪钢筋的工具。心想，此时有这样的工具就好了，于是目光在杂物间四处寻找。

还真凑巧，户主报废工具就扔在房里。邱得成一眼看到一堆破纸箱底下有一只生锈的铁箱子。他内心一阵狂喜。

邱得成不敢拖延时间，心里清楚必须抢在面包车回来之前逃出去，如果与两个抢包贼关到一起，自己肯定活不了。

邱得成嘴里一边骂着邱伟强，一边拉出工具箱。

箱内并无太多有用的工具，只有一把老虎钳可以用。因放太久了，老虎钳生了一层锈，用了大力才勉强掰开钳口。邱得成顾不上许多，拿起钳子用力拧防盗网。

平时养尊处优惯了的人，让他多上一层楼也不愿意，可是，真到了逃生的关键时刻，产生的力气让人想象不到。当他拧下第一块窗网格时，有些不相信竟然这么轻松。心里有种轻松感，于是加大了手上的力气，逃生信心百倍。

当整个窗户的防盗网被拆除后，邱得成欣喜若狂。

邱得成再次将耳朵贴在门板上听外面的动静，没人注意到他已经拆了防盗网，于是他鼓起勇气爬上了窗台。整个拆网过程没有惊慌，可是当他站在窗台时，顿时害怕了。

眼底是九层楼的高度，一眼望下去，让他头晕目眩，好比站在悬崖绝壁之上，吓得他双手紧紧抓着窗框，半天不敢睁眼。

原计划从窗内爬到顶层天台，因为高度仅一米多，可是这一米多的距离无任何物件能攀缘，想攀上这一高度真是比登天还难。

如此一来，想爬上天台逃生是不可能了。

良久，他睁开眼睛，尽量不往下看，目光瞄准对面阳台的栏杆。

对面的房内始终没人出来，大概那间房现时还没有客人。他将逃生路线选在对面阳台，虽说看起来距离不足两米，可是没有助跑，一步又跨不过去。

邱得成看到了窗帘和拆下来的铁网架，他想到将窗帘拆了缚住铁架，然后将铁架扔过去卡住焊接在阳台上的一圈钢筋扶手，这样或许可以顺利爬过去。正当他准备拆窗帘时，忽然听到身后的开锁声。

邱得成大惊失色，他知道如果这次被抓住，不可能有第二次逃生机会了。

当开锁的人发现门从里面插死后，开始用力撞门。撞门由轻微到剧烈，正如邱得成怦怦狂跳的心，几乎要从嗓子眼里蹦出来了。

不容邱得成多想，他横下一条心，睁大双眼，大声数着一二三，纵身扑向对面阳台。

邱得成太紧张，太害怕了，他飞身扑出去时，起跳蹬腿毫无弹性，他的双手仅抓住阳台边缘，身子撞在墙上，产生的惯性轻松将他攀上阳台边缘的双手震开。他的身体随着“啊——”一声长音，如一袋垃圾急速往下坠落。

邱得成的身体被电缆拦了一下，他在空中翻了一个筋斗，动作颇像体操运动员玩单杠。优美的动作仅在一瞬间便消失了，紧接着听到“轰隆——哗啦——”连续巨响，邱得成撞穿遮阳篷，平趴在巷道中间，身体蜷曲，像一只煮熟的虾。

邱得成没当场摔死，多处骨折，全身跟筛子一样漏血。他被临街租住户送往当地的镇人民医院抢救，因伤势太重，简单处理后迅速转送至深圳城里的医院。

邱得成没摔死的重要原因是被电缆拦腰挂了一下，然后又跌在商店门楣的遮阳篷上。他虽没当场摔死，却不能说话了。

邱伟强也在邱得成的惨叫落地声中迅速逃离了夜总会，他打电话让面包车接了人之后别再去塘厦镇，而是去了下一个小镇。

邱得成坠楼并没能阻止邱伟强对付两个抢包贼，是他俩进财务室替换了保险柜里的合同。

两名盗贼的尸体是三日后被一名捡垃圾的老人发现的，老人长年沿高速公路捡拾矿泉水瓶子，对高速路两侧山坡的一草一木了如指掌。荒草中两具尸体一眼就被他发现了，老人徒步跑到十多里外的派出所报了案。

投放尸体的区域属深圳管辖，案子很快移交到了深圳市公安局。公安机关迅速展开调查，并在媒体上发布了两则寻人启事。启事登出三天后，有人前来认尸，经核查发现两名死者有偷盗前科。

但塘厦转来的伤者迟迟没人前来认领。

法院对南方粮油食品贸易公司的案子如期进行宣判。

宣判结果如下：经技术鉴定，原告提供的原邱氏贸易股份有限公司与股东签订的合同书并非伪造，法人签字以及公司印章是真迹。鉴于此，法庭对原告提出的原邱氏贸易股份有限公司（现改名为南方粮油食品贸易公司）的固定资产与股东共同所有，本庭予以支持。从法庭宣判之日起，南方粮油食品贸易公司按照固定资产评估总值对股东股份予以补退。原告提出的邱氏贸易股份有限公司董事长侵占股东财产以及固定资产评估不合理的申诉请求不予支持。

听到这个结果后，邱文泽、沈小丛以及公司员工都傻眼了。

法官最后说：“如不服本判决，十五日内可以向本院或高院上诉。”

沈小丛很想大声对法官喊“我不服”，可是他喊不出口。

冯律师举手对法官说：“本公司不服一审判决，要求上诉。”

法庭内很静，所有人都听到了冯律师的这句话。

冯律师低头收拾文件，他心里在想，法院仅是对本案的合同进行技术鉴别，但对于合同被调包的事实并没有认同。公安机关现场勘察没排除内部作案的可能，内部作案究竟是哪一种性质有待进一步说明，下一步上诉的焦点是找到合同被人替换的线索。其实这几天他心里一直在想邱得成的失踪是不是与合同被调换有关，必须协助公安局迅速破案。如此想着，他在人群中找寻游小媛，当他的目光与游小媛的相触时，他看到她心虚地低下了头。

冯律师的直觉告诉自己，这个女人心里有事。

大家走出法庭。

邱文泽看到邱文舟、邱伟强以及几个股东从另一扇门走出来，走向停车场。

“董事长，还有半个月的时间上诉，我们还有时间。下午我去一趟公安局，询问邱得成的消息。”冯律师说这话时有意无意在人群中寻找游小媛。

“冯律师，辛苦你了。”邱文泽说。

“我作为律师是惭愧的，没能做好前期工作，导致法院做出一审判决，对公司非常不利。当时我认为法院一定能鉴别出合同真假，可是，没想到他们从容做好所有工作再来起诉，他们有足够的心理准备，想过各种细节。不过，这并非终审判决，我们只需要找到公司被盗案与合同被调换有必然联系就是胜利，目前只需要公安机关能出具这样的证明就能让法院重新审理。”

冯锦汉的这番话让游小媛完完全全听在耳朵里。

“中午我们一起吃饭细说吧！”邱文泽说。

“谢谢董事长，我还有些事要做，这样吧，我们边走边聊，只需几分钟。下面的工作是在时间上尽量往后拖，这样对我们有利。从我的职业技巧方面来做，就是等到第七日才去交纳诉讼费，到了第十四日我们将不服一审判决的诉讼递交到高院。到时高院仍会将案子发回中院调查，因为高院不了解案情，这样一来一回我们就有近一个月时间。如果在一个月内我们能找到重要证据或重要证人，比如说邱得成，那么这个案子就不攻自破了。”

沈小丛长舒一口气，邱文泽脸上也浮现出一丝笑容。

冯锦汉突然转脸向游小媛说：“游经理，寻找邱得成你还要多费心，常给他家里打电话。”

“行，没问题。”游小媛嗫嚅着说。

游小媛不敢与公司任何人的目光相遇，她说不清楚为什么会如此心虚。连日来她将近段时间发生的所有事前前后后仔仔细细想了一遍，从诸多巧合中看出这种巧合是事先精心设计好的。之前，她确实没怀疑邱得成，但他失踪之后再没有一点消息，让她不得不怀疑与他有牵连，想到他利用自己对他的感情，更觉苦闷和懊恼。

上诉期内，游小媛陪冯律师去法院交了诉讼费，然后回到公司收拾桌上的报纸。

几天没看报，积压了厚厚一叠。百无聊赖地随手翻阅报纸，有意无意往寻人启事上睃巡。自邱得成失踪后，她多次打电话到他家里，他妻子一直说没回家，而且公安机关不时打电话来询问，她已经成了寻找邱得成的焦点人物，也成为这单官司败诉的关键。

她心里很委屈，不知不觉、不清不楚地成了这单官司的中心人物。

她翻开报纸，突然看到中缝有一则寻人启事，上面有一张模模糊糊的照片让她心头蓦然一惊。游小媛隐约觉得报上的照片与邱得成有几分相似，她立即读起了启事内容。

某男年约三十五六岁，身高一米七二，体格较瘦，车祸重伤，现仍昏迷。因其没带身份证无法确定其身份，特此寻找其家人。明显特征是左胸有一块铜钱大的三角形胎记，如有知情者速与市人民医院外科急诊联系。

游小媛看完启事，脑袋嗡的一声，陡觉天旋地转，眼前无数颗小金星直往上冒。她看到过邱得成左胸有一块胎记，还用手指抚摸过。

她没有犹豫，立即驱车来到市人民医院。

当她认出孤零零躺在病床上的邱得成如死人一般，眼泪忍不住落了下来。到底是怎么了，究竟发生了什么事？

情绪稍稍稳定之后，游小媛掏出手机拨通了警察的电话，然后分别给邱文泽以及邱得成的妻子打电话。

市人民医院与邱文泽的公司不属同区管辖，而且当时对邱得成也仅是怀疑，案情没有向全市通报。邱得成跳楼重伤被送进医院时没有身份证，一直被按不明身份的人来处理，虽然登了寻人启事，也没能进入警方视线。因为深圳外来人员急速膨胀，不明身份的各种伤害事件时有发生，大家都见怪不怪了。

警察到医院见邱得成仍没醒来，询问得知，病人已经在这里躺了十来天，一直无人问津，医药费也无人付。院方正在想是继续医治还是停药，如今有家属找来了，这才放心治疗。

深圳公安机关与送邱得成来住院的人取得联系，得知是坠楼致伤时，深圳警方立即重视起来。同时意识到高速公路塘厦路段的抛尸案与坠楼案有着某种联系，按时间推算，案发于同一天，于是，将两案合并调查。想到邱得成仍未醒来，会不会有人继续要杀人灭口，鉴于此，公安局派便衣在医院蹲守。

连着几日蹲守没有动静，邱得成仍没有醒来，由于刑警队工作太多，便将蹲守的便衣换了下来，派几名保安员二十四小时轮流吃住在医院。

开始几天保安员监视还算尽职，长时间守着一个形同死了的人，心理上就慢慢松懈了。保安私下议论，如果有人要杀人灭口，早在公安机关发现之前就被灭口了。于是，夜间值班的保安便没那么警惕了。

这天后半夜，是一个名叫施展同的保安值班。上半夜他没班，也没睡，而是在宿舍搓麻将，输了钱，眼看值班时间快到点了，知道输的钱捞不回来了，便推牌认输，匆忙赶到医院。没睡觉又输了几百块钱，他的心里自觉丧气。

凌晨三点多，邱得成打完药水，医生拔了针，回值班室休息。施展同开始犯困了，他对邱得成的妻子说："你守了一天也累了，抓紧时间睡一会儿，别病人没醒来你又累病了。"邱得成的妻子听了这句话，心里挺感动，和衣躺上看护小床睡了。

施展同将病房灯关了来到走廊。

走廊有一排休息椅，能躺着合眼休息。他在周围走了一圈，没发现什么可疑人员，就回到走廊坐下来，不久便觉眼皮打架。正当他迷迷糊糊要进入瞌睡时，看到一个男人由走廊尽头走来，模模糊糊看不清来人面容，似乎看到他手上拎着一只不锈钢保温饭盒。保安以为是其他病房家属给病人送消夜，便没警觉。

没想到那人拎着餐盒走到施展同休息的椅子边坐了下来，他说："后半夜值班辛苦，我来送消夜给你们。"

"你是谁呀？我怎么没见过你？"施展同浑身一激灵，睡意顿时消了。

"我是得成哥的表弟，本来说好中午来换嫂子休息几天，下午给几个朋友拉住打麻将，来迟了，真不好意思。"

施展同听到他说打麻将，"嘿嘿"笑着问："手气怎样？""一般，赢了一万多港币。"来人轻描淡写地说。

"一万多还一般？"施展同睁大眼张大嘴。

小意思！来，拿几张去买烟抽吧。"来人说着掏出一把港币塞进施展同的口袋。

"不行不行，你这是让我犯错误。"施展同往外推，手上并没使多大力气。他看清楚了，全是一千面额的，他的心在狂跳。

"你们当保安的工资不高，你在保护我表哥，这点钱算我们家属表示一点心意还是可以的吧！"

来人用诚恳的语言以及不容抗拒的真诚目光制止了施展同往外推钱的手。

“那好吧，恭敬不如从命，那我代表……算了我代表我个人谢谢你了。”

“这就对了！来来，我刚买的肠粉，本来是给嫂子买的，她最爱吃湾仔肠粉王了，既然她睡了，慰劳你了。”

施展同想到自己只顾打麻将，晚饭还没吃，望着热乎乎的肠粉，更加饥肠辘辘，他接过餐盒狼吞虎咽吃了起来。

肠粉没吃完，施展同就歪倒在椅子上睡着了。

第二天一大早，警察来到医院巡查，看到邱得成病床上是空的，心想不会醒来出院了吧，连忙问医生，医生说病人凌晨死了，放在太平间排队等着送去火葬场。

“怎么死的？”警察问。

护士看了一眼警察，奇怪他这么问话。

“病人家属说，她在病人旁边睡着了，醒来伸手摸病人身体已经凉了。”护士回答说。

“值班保安呢？”

“他在急诊室抢救，我们发现他昏迷在休息椅上，经抽血化验，他被下了迷药。”

警察立即打电话将发生的情况向局里做了汇报。

保安醒了，他迷迷糊糊想起夜里的事，醒来的第一件事是掏口袋。里面空空的，什么也没有，明明记得一把千元面值的港币塞在里面的，怎么没了？

保安清醒了，顾不得手上扎着针管，翻身跳下床跑到走廊休息椅旁，他什么也没找到，心中明白发生了什么事。

公安机关向法院提供了案件调查结果，证明南方粮油食品贸易公司职员邱得成坠楼后送医院治疗期间意外死亡属他杀，目的是杀人灭口。死者涉及财务室被盗，是蓄意调换合同书，坠楼原因还在进一步调查中，此案被列为刑事案件，并正在组织警力全力侦破，但是仍然没能抓出幕后主犯。为此，法院暂停了对该案的宣判。虽然尚未抓到主犯，却给邱文泽寻找证据留下了充分的时间。

沈小丛和邱文泽都想到主犯就是邱伟强。

可是，却没有证据指向他。

警察在塘厦镇邱得成坠楼的夜总会里调出了监控录像，查到邱得成是被邱伟强等人带去夜总会的。邱得成跳楼后，邱伟强等人匆忙逃离，所以忘记处理录像的事了。

因此，邱伟强被列为重点怀疑对象。

经过多方查找，警察查到邱伟强在深圳的居住地点，进行全天候的监视，等待时机将其抓捕。

邱伟强知道邱得成死了，人证没有了，他放心了。同时他也收到风声，警察正在找他，因此，他准备与同伙逃回哈尔滨，躲藏一段时间再回深圳。

正可谓，法网恢恢，疏而不漏。邱伟强与同伙约好汽车站见面，先到广州，再从广州乘飞机飞往哈尔滨。可是，邱伟强还没走出租住的小区，就被警察擒获归案。

他是黄昏时分走出出租屋的，下楼后没有急着去公交车站，而是走进肯德基店内。他透过玻璃橱窗认真而又仔细地观察每一个行人的举止和表情。过了五分钟，他确定没有警察，这才从肯德基店里走出来。

一辆面包车停在人行道上，邱伟强经过该车时，车门突然开了，车内走出一人，他伸腿将邱伟强绊倒在地。

还没容邱伟强爬起来，就被路边装作打电话的两名便衣警察死死按在地上。

伸腿绊倒邱伟强的那个人从腰间拿出手铐，铐住邱伟强的双手，另外两人一左一右把邱伟强从地上拎了起来。

这一切的发生仅在一瞬间。

邱伟强被警察带走了。他没有抵赖，如实交代了犯罪经过。

南方粮油食品贸易公司财务室被盗案宣布告破。

原股东诉讼南方粮油食品贸易公司的案子没有再公审，邱文泽胜诉。

沈小丛在这件事上立了头功。

十九

黎谷良和杨淇分别在湖北、安徽两地举办了婚礼，再回到深圳。

他这么做是为了圆岳父的心愿。

杨父对黎谷良说："在我临终前，我要看到女儿风风光光地嫁出去。"

黎谷良握着老人的手说："爸爸，您放心，我娶杨淇，这辈子我一定对她好，绝不会让她受一丁点的委屈。"

杨父握着黎谷良的手久久不放，只是一个劲地点头。

杨淇的父亲在上海肿瘤医院住院检查，确诊为胃癌晚期，他坚决不再住院治疗，坚持回老家调养。黎谷良一再劝他治疗一段时间再决定。可是，有一天夜里，杨父乘人不备，独自从医院偷偷走了。这回吓坏了黎谷良、杨淇和杨母，他们在上海找了三天无结果。正当他们悲痛欲绝往坏处想的时候，杨父给杨淇打来电话，说他已经回到宜昌，再要逼他住院，他将从此消失。

无奈之下，黎谷良结了住院费，回到杨淇老家，见到杨父后，再没劝他去住院。

黎谷良在杨淇的老家举行了婚礼，又带杨淇回到安徽老家，以老家的风俗摆酒宴请亲朋，两边热闹的婚礼完成了两家老人的心愿。

烧烤店关了一个多月没开门，里面落了厚厚一层灰尘。

小唐、小武和小强也都回四川老家帮父母夏收了，黎谷良打电话给他们，告诉他们近日开张，三个人都说尽快赶回来。

黎谷良原本想接杨淇父母来深圳住一段时间，两位老人不同意，他们说来了帮不上忙，只能成累赘，耽误他们做生意。

黎谷良没再坚持。

黎谷良在湖北举行婚礼的当晚给我打了电话，他告诉我这个喜讯。我只能在电话里向他们道喜，埋怨他没有提前告诉我，要不然我一定赶去湖北喝他们的喜酒。

我问黎谷良："沈小丛知道你们结婚吗？"黎谷良说没给他打电话，他不知道该不该打电话告诉他。我说："应该告诉他，来不来是他的事，说不说是你的事。再说，他与杨淇本就没发生什么，你有什么好担心的？"黎谷良说不是担心这个，而是担心杨淇见了沈小丛会不会发脾气，毕竟是沈小丛不要她的，女人这种事上都要面子。

我说："你瞎担心什么呀？杨淇嫁给你，是你妻子了。在我看来，她比婚前成熟多了。"黎谷良得意地说："那当然，我黎谷良看上的女人，肯定是优秀的。"我想说"你看上的陆可俊不是不要你了吗”，但我没说出口，只是轻蔑地哼了一声。黎谷良听到我的冷笑，辩解说：“谁没年轻看走眼过。”

其实我只是逗他，我知道他不经逗，偏要让他慌张。

我说：“你给沈小丛打电话，看他愿不愿来，如果来了杨淇发脾气，你往我身上推，说是我给沈小丛打的电话。”黎谷良说：”杨淇要是知道是你打电话，肯定不会生气的。”

我不知道黎谷良有没有给沈小丛打电话，我私下也没打电话告诉沈小丛黎谷良结婚了。“香港小木屋”再开业的那天晚上，我准时来了。

如今的烧烤店成为名副其实的夫妻店，我看到黎谷良和杨淇站在店门口，笑容可掬，我给他们夫妻送上了一份结婚礼物——专门跑去香港买的男女对表。

黎谷良说太贵重了，我说“太贵重的礼物我真送不起，祝福你俩永远幸福，比送什么都贵重”。杨淇很高兴，她说一直希望谷良给她买块表的，可是父亲病重，家里要花钱，这个念想就忘了。

我说：“这就是心想事成，心里想的迟早都能实现。”

正在我们说话的时候，沈小丛来了，他带了一个女孩子，这个女孩我们都见过，就是杨淇去沈小丛的公司遇到的女孩，我记得她叫何叶葳。

沈小丛送给黎谷良夫妇应景的礼金，还有一辆奔驰电动童车，这种车充足电，儿童坐在里面可以自己开的，沈小丛说“送你们童车是祝你们早生贵子”。

黎谷良很开心，杨淇虽也表现得很高兴的样子，但是眼神里还能看出她内心的纠结，尤其是她看沈小丛和何叶葳的时候，明显有几分妒意。

为了使黎谷良免受审问，我瞅空在杨淇落单的时候，悄悄对她说："沈小丛不知道你们结婚，我前天刚告诉他的，而且我俩约好今天同来祝贺。"

杨淇说："我不生气，我挺高兴的，尤其是看到他女朋友的确比我漂亮，各方面都比我优秀，我服气。"

我望着杨淇，能看出她说的不是气话。

我心里想，杨淇是朴实的，对待爱情也很朴实，别的我无法准确给予评价。

这晚，本来黎谷良夫妇要在"港人轩"酒楼请我们。我告诉沈小丛，杨淇父亲得了重病，他俩需要用钱。于是，我和沈小丛异口同声拒绝去酒楼，几个人在烧烤店里围着吧台喝酒。

我观察沈小丛与何叶葳不像男女朋友那般亲密，虽有耳语，却不是谈恋爱悄悄话那种心领神会，多是躲避噪声。他俩是同事，这层关系我们都知道。能够让沈小丛带着一同参加朋友的婚礼，两人之间起码超越了普通同事的信任。

没想到何叶葳酒量不错，杯杯不拒。

对话间，她称沈小丛为沈总，我和黎谷良听了立即打诨沈小丛，一口一个沈总地叫他，搞得他连连摆手说："什么沈总，你们不知我这个沈总被撸了时的那种滋味，那段日子我都不敢见你们，也不敢给你俩打电话。"

我不相信，问何叶葳："还有这种事？"

何叶葳点头说："是的，我知道。"

“都是你，叫我沈总，在两位兄长面前称总，真让我没面子。”沈小丛生气地说。

何叶葳赔笑说：“我在公司同事面前不都是叫你沈总的吗？都怪我一秃噜冒出来了，别生气啊！”

“你代我敬酒赔罪吧！”沈小丛说。

何叶葳笑嘻嘻地说：“好，我替你赔罪。”

我看出来了，沈小丛故意让何叶葳敬我酒。

我立即拆穿他说：“你小子使美人计呀！这都是当了总练出来的。”黎谷良听了哈哈大笑，杨淇接口说：“李大哥别担心，沈总有美人使计，我长得虽不算美人，还能当女人使，我给你俩撑腰，沈总美人计的酒由我这个女人挡。”

我忍不住笑出了声。

黎谷良拉住杨淇端酒杯的手说：“男人的事女人别瞎起劲。”

“一边待着。”杨淇圆睁双目提高嗓门说。

我、沈小丛、何叶葳惊讶地望着杨淇。

黎谷良眨了眨眼睛，缩了缩脖子，一副噤若寒蝉之态。

我望着杨淇和何叶葳把酒喝了。

黎谷良冲我吐了吐舌头，我这才明白，杨淇在为我俩挡酒。

何叶葳喝完一整杯啤酒，打了个嗝说：“嫂子，你太汉子了。”

我和黎谷良在肚里偷笑。

这晚，我们喝到酒劲上脸上头的时候，我问沈小丛：“你们来深圳的梦想是什么？”沈小丛脱口而出：“寻找爱情，寻找丢失的爱情。”

他说完这句话似乎意识到有什么不妥，转脸望着何叶葳说："对不起，我喝多了。"

何叶葳摇了摇头，我看出她也有几分醉意了。她大声说："沈小丛，你没说错，我来深圳也是为了寻找我爱的人。"

黎谷良找到杨淇了，没在意我与沈小丛为爱伤感，倒是杨淇听到了我们的对话。

杨淇说："爱情是梦想，事业也是梦想。寻找爱情的同时大家都没忘了事业。你们在深圳相遇，又能相处如异姓兄弟，我支持你们。"

我小声说："梦想是奢侈的，梦想是支撑一个人独立行走的精神动力，不是每个人都能拥有强大的梦想。"

何叶葳听到我说的话，抚摸了一下手腕上的水晶手链说："奥普拉·温弗瑞说：一个人可以非常清贫、困顿、低微，但是不可以没有梦想。只要梦想一天，只要梦想存在一天，就可以改变自己的处境。"

我听到何叶葳说出奥普拉·温弗瑞的名字，感到惊讶。当下青年人常挂在嘴边的是比尔·盖茨、李嘉诚，很少人提起奥普拉·温弗瑞的名字。

"你知道奥普拉·温弗瑞？"

"我看过有关她的传记，她是当今世界上最具影响力的妇女之一，是我崇拜的成功女人。"

这个时候，我对何叶葳另眼相看了。当初她的穿着给我的印象不是很好，我以为她是公司的前台，也就是公司的花瓶。

沈小丛听到我与何叶葳的对话，斜睨醉眼，吹着酒气说：

“何叶葳，你将来也是女强人。”

“我崇拜成功女人，但不想当女强人。”何叶葳露出一副娇憨的小女人样子，神态明显是在撒娇。

我明白了，何叶葳爱沈小丛，而沈小丛似乎并没对她动心。我想到沈小丛说过他要找到任千雅，即便她爱上了别人，他也要弄清楚原因。

十点多的时候，何叶葳接到一个电话，她接电话的时候显得很惊喜，我听到她称对方格蕾丝。接完电话她对沈小丛说，上一家公司的同事请她去东园路的酒吧。我看沈小丛、何叶葳都有了醉意，有些不放心，对他俩说：“你俩不能再喝了，再喝肯定醉。”

杨淇也说别去了。

何叶葳说不能不去，去了不喝酒，就见一面，格蕾丝去年与男朋友去西班牙，昨天刚回深圳。何叶葳对沈小丛说：“陪我去！”

沈小丛有些犹豫，他望着我、黎谷良和杨淇，感觉没有陪我们尽兴，有些内疚。黎谷良说：“不许走，我还没敬你俩酒呐！”杨淇在一旁掐他胳膊轻声说：“白痴，别跟着瞎掺和。”

黎谷良酒劲也有些上头了，他打了一下杨淇的手背说：“你掐我干吗？他们俩是我兄弟，我新婚大喜，我高兴……”

杨淇说：“你新婚个屁……”杨淇说完心虚地冲我和沈小丛吐了吐舌头。

我被逗笑了。

黎谷良没生气，不过，杨淇这一骂让他清醒了，也明白不应该挽留沈小丛和何叶葳。

黎谷良说：“他俩要走，可以，你不能走。”

我说：“好好，我不走。”

“格蕾丝是你同事的英文名还是中文名？”我问。

我问这话的时候感觉自己还算清醒。

“英文名。我上一家公司是意资公司，中方员工都要有英文名。”何叶葳说。

沈小丛和何叶葳告别黎谷良夫妇往外走，我看到他俩身子有些摇晃，有些不放心，悄悄对黎谷良说：“我也不留了，我不放心，还是打车送他俩过去吧。”

杨淇听到了，对黎谷良说：“你和沈小丛多亏有李大哥照顾，什么事都是他想得最仔细。”杨淇这样说，反而让我不好意思了，酒意又醒了几分。

我与黎谷良、杨淇握手道别，祝他俩白头到老、幸福美满，之后叫了一辆出租车送沈小丛和何叶葳到东园路的酒吧。

原本我打算送他俩到约定地点，把他俩交给何叶葳的朋友之后便离开。可是，沈小丛非得拉上我，他说：“何叶葳的朋友不是我朋友，我夹在她俩中间太别扭。不如我俩进去坐一会儿，她们聊她们的，我们聊我们的。”

我不能再喝酒了，头有些晕，可是，我拗不过沈小丛的生拉硬拽，只好陪他与何叶葳走进酒吧。

酒吧过道有些窄，何叶葳走在最前面，我走在最后。

何叶葳找到格蕾丝的座位，看到格蕾丝身边坐着一位穿西装的男人。

我看到女孩把她身边穿西装的男人介绍给何叶葳："我男朋友，李航。"

然后，她又向男朋友介绍何叶葳："她叫何叶葳，是我原来公司的财务经理，也是我领导，那时候我是出纳，她对我可关照了。"

何叶葳伸手与李航握手，互相客气。

之后何叶葳把站在身后的沈小丛与我介绍给格蕾丝和李航。当时沈小丛正与我说话，他压根没转脸。

"格蕾丝、李航，这两位是我朋友，沈小丛、李非柳。"

沈小丛听到介绍，他转脸伸手与名叫格蕾丝的女孩握手。这时候，我看到沈小丛望着女孩，浑身抽搐了一下，之后他惊讶地睁大眼睛，像被眼前什么惊骇的怪物给吓到了。

"你叫格蕾丝？还是任千雅？"沈小丛问。

当我听到沈小丛的问话时也愣住了，其实不只是我愣住了，何叶葳也惊愕地望着沈小丛和格蕾丝。

格蕾丝的脸先是红红的，之后变得苍白，她垂下目光。

沈小丛伸出手，她没有伸手握，沈小丛把手收了回来。

我看到沈小丛浑身在颤抖，汗水顺着他的脸颊往下淌，醉意蒙眬的眼神，开始变得清晰、锐利。

格蕾丝从惊慌中镇定下来，苍白的脸慢慢恢复原有的颜色。

"沈小丛，是我。你好吗？真巧，在这里遇见你。这是我男朋友李航，我们刚从西班牙回来，准备在深圳结婚。"任千雅说。

任千雅说话的时候似乎想伸手与沈小丛握手，但她仅抓握自己左手手掌，没有伸手给沈小丛。

“千雅，真是你？你怎么会去西班牙？我来深圳找你找得好苦。”沈小丛眼神直直地望着任千雅，口中喃喃自语，他一边说话一边想绕过餐桌拉任千雅的手。站在任千雅身边的李航拦住沈小丛，问道：“格蕾丝，他是谁？你们认识？”

任千雅没有回答男朋友的问话。

我和何叶葳的酒醒了，我看到沈小丛失魂落魄的样子，担心出事，连忙上前用力揽住他的肩。

任千雅见此情景，对男朋友说：“他是我大学时的男朋友，我跟你说过。”

李航听了任千雅的话，友好地伸出手说：“你好沈小丛，我叫李航，听千雅说起过你，谢谢你过去对她的照顾。”

沈小丛望着李航，推开他伸过来的手，目光散乱迷茫，好像没听懂李航说的话。

“你再说一遍，她是你女朋友？”沈小丛问李航。

李航说：“她是我未婚妻。”

“你是他未婚妻？”沈小丛问任千雅。

任千雅咬着嘴唇点点头，之后低下了头。

“她是他未婚妻？为什么？”沈小丛指着任千雅问我。

我望着任千雅，想听到她给沈小丛一个合理的解释。

这时候何叶葳已经挽住沈小丛的另一边胳膊，她万万没想到，格蕾丝是沈小丛来深圳找的女朋友。

她看到沈小丛伤心的样子，担心他借着酒劲对任千雅和李航做出冲动的事。

沈小丛闭上眼睛，我看到两行眼泪混合着他脸上的汗水往下滴。

何叶葳掏出手帕为他擦拭。

“沈小丛，咱们不哭好吗？酒吧里好多人，你是一个男人，当着那么多人的面哭泣，像什么样子？”何叶葳说。

“任千雅你说过先来深圳工作，等我毕业的，告诉我这是为什么？你告诉我……”沈小丛望着任千雅重复着问，他根本听不进何叶葳的劝说。

任千雅浑身在发抖，明显有些害怕，她的双手紧紧抓着李航的手，小声说：“李航，我们走吧！我害怕……”

李航听了任千雅的话，点点头，拉着她的手准备离开。

一直挽着沈小丛胳膊的何叶葳见状，松开沈小丛拉住任千雅说：“格蕾丝，你不能这么走了，你得把原因告诉沈小丛，你看他这样子，你能走吗？”

任千雅望着何叶葳，又望着沈小丛，脸色窘得发红。

沈小丛想挣脱，往前冲，但他没能挣脱，他拼命摇头，我见他双腿发软，身子往下坠。

我抱住他，没让他瘫在地上。

我对何叶葳说：“让他们走吧！”

何叶葳望着我，迟疑地松开了任千雅，侧身让路。任千雅乘机拉着李航快步走了。

弄清楚原因能怎么样？我也曾一度要弄清楚事实真相，可是，真相摆在你面前，你能改变什么？

何叶葳说：“我一直不知道她真名，想不到沈小丛想找的人是她，她的可怜相明明是装出来的。”

“都不重要。”我说。

我想，我失去的不仅是真相，失去的是那段忘记自己的时光。弄清真相，便不会后悔曾经经历过忘记自己的日子了吗？

我对沈小丛说：“忘记自己的日子，是惦记着别人活过来的。每个人都有失去爱的空白。然而，即便空白，仍需要在空白中找寻自己，这种执着与坚持就是经历。”

我估计沈小丛根本没听清我说了些什么，再说酒吧音乐太吵了。何叶葳听到了，她没有说话，弯腰协助我把沈小丛扶起来。

此时，沈小丛脸色苍白，浑身仍在微微颤抖。

我对何叶葳说：“我们走吧。”

何叶葳点点头。

我和何叶葳一左一右把沈小丛架出酒吧，来到路边，我们坐在花坛边。

沈小丛抱着头，嘴里叽里咕噜说着什么，只能听清任千雅或千雅。

经过一番折腾，我也大汗淋漓，酒醒了七分。

一阵凉风吹来，沈小丛从花坛边滑坐在地上，“哇哇”吐了满地。

我心想，他能吐出来，离清醒就不远了。

何叶葳去小卖部买来一瓶水，往沈小丛嘴里灌水，让他漱口。

我们在花坛边坐了有半个小时，都没说话，沈小丛没再念叨任千雅的名字了。

何叶葳见沈小丛清醒了，脸上露出了欣慰的笑容。

“你别忘了我们的约定。”何叶葳说着伸手与沈小丛的手扣在了一起。

我不知他们的约定，却看出他俩有默契。

“回去吧！明天肯定是晴天。”我说。

“我听懂你前面说的话了，我大脑清醒，浑身没有力气，似乎身体与大脑是分离的。”沈小丛对我说。

“我没说什么，你听错了。”我说。

“我心里清楚她的突然失踪是要离开我，可是，没有证实之前内心仍不敢下结论。我在心里一直有疑问，为什么女孩子进了深圳，这里的环境这么容易改变她们最初对爱的承诺，是金钱以及物质的诱惑，还是别的？”沈小丛问。

“我的身边也发生过这样的故事，男人来深圳打拼，赚了钱却抛弃了原来的妻子。”何叶葳说。

我望着天空，沈小丛也望着天空。

沈小丛问：“李大哥，你说，深圳是什么？”

“深圳是一把钥匙。”我说。

“来深圳的人是什么？”

“来深圳的每个人都是一把带密码的锁。”

何叶葳和沈小丛听了我的话，望着深邃的夜空，半晌没有说话。

“回去吧！明天依旧是晴天。”沈小丛重复了我刚才说过的话。

我看到何叶葳将沈小丛的胳膊架在肩上往前走，我帮他们拦了一辆出租车，看着他俩坐进车内，我也叫了一辆车。

我坐在出租车里，酒醒了许多，仿佛从一场梦中醒来，却没想到沈小丛与任千雅会以这种形式相逢。

深圳不大，迟早都会遇上的。

人的一生，在毫无准备的情况下有多少悲喜巧遇，又会发生多少让自己措手不及、始料不及的故事。

我看出来了，何叶葳后来的笑容与我今晚初见她时区别很大。

沈小丛最终也笑了，他的笑容里有多少疼痛，只有他自己能感知触摸。

半年后，沈小丛和何叶葳订婚了，两人把全公司的人都请来了，场面十分热闹。

我和黎谷良、杨淇同来参加他俩的订婚仪式，席间我看到杨淇的小腹微微隆起来了。

我悄悄问黎谷良是不是要添丁了，黎谷良说按老家的风俗没三个月不能说的。原来这样，我连忙说我什么都不知道。

不久，杨淇的父亲去世了，黎谷良和杨淇回湖北赴丧，半个月后回到深圳。杨淇卖了湖北老家的房子，将她的母亲接到深圳。黎谷良有信心凭自己的本事在深圳买房，让岳母安度晚年。

一天黄昏，黎谷良在店里与小唐、小武整理晚上用的食材，谁也没注意到走进来一位中年妇女。

中年妇女站在黎谷良身后，小声问："黎谷良在吗？"

黎谷良转身见到中年妇女后愣了一下。

“是你？陆可俊，你怎么找到这里来了？”

小唐、小武抬起头，看到黎谷良意外的表情，再看中年妇女，猜到黎老板与这个女人相识。

陆可俊见到黎谷良后情绪激动起来，她不顾外人在场，扑进黎谷良怀里，搂着他的脖子放声大哭。

“谷良，我找你找得好苦啊！”

陆可俊的这个动作把黎谷良吓了一跳，他想推开她，却被她死死搂住不放。小唐、小武见此情景退出门外捂嘴偷乐。黎谷良见状，忙不迭辩解说：“她是我前妻。”小唐、小武听了，点点头，干脆关上了店门。

杨淇有孕五个多月，很少来店里，店里的活是黎谷良带着小唐、小武在做，新请的会计每天五点上班。

黎谷良眼见店门被关上，又挣不脱陆可俊的搂抱，他担心这个时候被杨淇撞见，她那暴脾气，后果不堪设想。黎谷良心头发急，急于推开陆可俊，他说：“你别这样，有事说事，再说我俩早离婚了，各自又都结婚了，这样抱在一起像什么样子。”

黎谷良拉开店门，见小唐、小武仍站在门外，怒骂道：“你俩兔崽子，想害死老子是吧？”

小武嘻嘻笑着说：“老板，前妻找你总归要叙叙旧的了，我们都知道你是有情有义的男人。”

黎谷良被小武的话逗笑了。

“门开着说话，你俩进来，不干活，找借口偷懒是吧？”黎谷良假装恼火地说。

陆可俊听了黎谷良的话不高兴了，她撇着嘴指着黎谷良问小唐、小武："你说他有情有义？狗屁，这世上没有有情有义的男人。"

陆可俊说完一屁股坐在椅子上"呜呜"啼哭起来。

黎谷良望着陆可俊，他蒙了，想不通她怎么突然闯进来了，她不是在上海吗？怎么来深圳了？

"你哭什么？谁欺负你了？你怎么找到我的？"黎谷良问。

陆可俊掏出一张名片说："不是你给我的吗？"

黎谷良拍着脑袋想起在上海请陆可俊夫妇吃饭的时候，当着陆可俊丈夫的面把这张名片给她的。

黎谷良心中懊恼，后悔在她面前显摆。

"发生什么事了？怎么你一个人来深圳了？你丈夫呢？"黎谷良耐着性子问。

"我老公中风倒地死了，我被婆婆和前夫的儿子赶出了家门……呜呜……"

"你老公死了？"黎谷良惊讶地问。他有些不相信，上次请他们吃饭，她老公精神气色都很好，脑子灵活得很，跟小算盘似的。

"嗯！死了。"陆可俊说。

黎谷良叹了口气，心想，人生无常，这才半年时间，人转眼就没了。

"你婆婆怎么能赶你出门呀！你们有结婚证的，你不是说你老公会把你名字写上房产证吗？"黎谷良问。

"老公要写我名字，婆婆和他的儿子不让写，他们说我图谋房子才跟老公结婚的。自从我进他们家的门，婆婆整天防贼似的防着我，老公一死，他们立马赶我出门……呜呜……”

黎谷良望着伤心痛哭的陆可俊，心中涌起一种说不出的滋味。想起她闹着和自己离婚，嫁了上海男人时的扬扬得意以及优越感，让他痛恨又伤心。如今死了老公被赶出家门，鸡飞蛋打什么也没捞着。他望着她可怜落魄的样子，曾经对她的讨厌、憎恨不再那么强烈，甚至有点恨不起来了。此时黎谷良反而有些于心不忍，动了恻隐之心。

“你来找我，我也帮不上你。”黎谷良说。

“你当老板了，还说帮不上我，你个没良心的，我跟你那么多年，你给过我什么？我现在无家可归，不找你我找谁呀？”陆可俊抹着眼泪说。

黎谷良叹了口气说 :“你看我像老板吗？有老板亲自穿羊肉串的吗？”

“没良心的男人，我的青春全耗在你身上了，到头来两手空空……我的命好苦啊！”

陆可俊不是呜呜啼哭，而是改为号哭。黎谷良望着她，头都大了，太阳穴一跳一跳的。

小唐、小武听了陆可俊的诉说，也觉得这个女人挺不幸的，却又力不从心，帮不上忙。

“我也是在创业阶段，刚结婚，老婆怀孕要花钱。前两年赚的钱给岳父治病花得七七八八了。你不用哭，我真的帮不上你。”黎谷良说着掏心窝子的话。

“我有跟你要钱吗？你收留我在店里打工，帮你收钱，什么问题都解决了。”陆可俊望着黎谷良说。

“不行不行。”黎谷良连连摆手。

他知道陆可俊的为人，留她在店里，让她收钱，迟早让她弄得关门了，家也能被她搅散了，她比一颗定时炸弹还让人害怕。

就在这时，杨淇挺着肚子走进店内，她是独自走来的。她在家里闷了，出来遛遛，顺路到烧烤店转转。她远远见到店门口围着一群人，不知道发生了什么事，走近了听到店里有女人的哭声，她吓了一跳，不知道发生了什么事。

进了店，杨淇认出坐在椅子上哭泣的人是陆可俊，立即想到她合伙骗黎谷良请吃饭，吃完了还说风凉话的事。

“死骗子，你怎么有脸来？”杨淇说着话目光在屋内和门口的人群中寻找，没找到陆可俊的老公，她问 ：“还有一个死骗子呢？”

黎谷良想起杨淇骂陆可俊、老洪夫妇是两个死骗子的话，没想到真的死了一个骗子，黎谷良觉得好笑，鼻孔里嗤地笑出了声。

“我老公死了……”

“啊？真的死了一个？”杨淇说到这里，嘴里连着呸了几下。

陆可俊捂着脸，没看杨淇的表情与动作。

“你老公死了，你来深圳找黎谷良干什么？”杨淇问这句话的同时，好像明白了陆可俊的心思，她狐疑地望着黎谷良，再把深究的目光转向陆可俊。

“你俩旧情复燃了？”杨淇圆睁着双眼问黎谷良。

“想哪儿去了，她是自己找过来的，与我没关系好不好。”

黎谷良分辩说。

“妹妹，我不是要与谷良旧情复燃，我是走投无路了，来投奔他。”陆可俊说着转脸看向黎谷良，说道：“谷良，看在过去的情分上，你收留我吧！”

“投奔他？他是谁？你一口一个谷良叫着，这名字是你叫的吗？啊？”

杨淇听到陆可俊亲口叫老公谷良，顿时怒了，这个昵称是自己平时称呼老公的，怎么能容许第二个女人叫得这么亲密？更何况这个女人是老公的前妻。

杨淇手抚肚子，脸色苍白。她平静了一下情绪，压住心头的怒火，望着黎谷良说：“把这个女人弄出去。”

黎谷良胆怯地看了一眼杨淇，他的腿有些哆嗦了，他知道这是杨淇发怒的前兆。不管如何，他得表现得令杨淇放心，证明自己与前妻没有瓜葛。

“陆可俊你……你不可理喻，你死了丈夫就跑我这里来，让我收留你，你别瞎扯淡了。”

“黎谷良你个没良心的，我俩一个村里长大的，又是小学同学，当初要不是你低三下四地追求我，我会嫁给你这个窝囊废吗？哦！你现在长本事了，当了老板了，就翻脸不认人……你们大家看看，黎谷良这个无情无义的小人……”陆可俊骂着黎谷良，越骂越起劲，她不再坐着，而是站起身指着黎谷良的鼻子骂。

杨淇气坏了，竟然有女人当着自己的面骂老公，她不顾身子笨拙，冲到陆可俊面前，照着她的脸啪啪甩了两耳光。

“你这个臭不要脸的骗子，我老公是给你骂的吗？”

陆可俊吃了这两记耳光，想与杨淇厮打，被眼明手快的小唐、小武上前挡住了。

小唐、小武分别拉住陆可俊的手，防止她打杨淇。

黎谷良也上前将杨淇拉到身后。

陆可俊不干了，她拼命想挣脱小唐、小武的控制，可是被比她力气大的两个年轻人死死钳住双手。陆可俊占不到便宜，一屁股坐在地上连哭带闹地撒泼打滚。

此时，店门外聚集了更多人，大多是这条街开店的店主，还有服务员，这些人黎谷良和杨淇都认识。围观者不明白发生了什么，只是听见有女人在哭闹。

黎谷良心想再让她这样闹下去，自己的脸都丢尽了，杨淇也不会原谅自己。他上前对着陆可俊大吼一声："够了，陆可俊，你太不像话了，跑这里来闹腾，你给我出去。"

陆可俊听到这声吼，真的停下不哭不骂了。她抹了抹脸上的眼泪，弄得一张脸像晒皱了的西瓜皮。她从地上爬起来，清了清嗓子平静地说："你让我滚也可以，你老婆打了我两耳光，一耳光一万块，你不给钱，我就闹到你店关门。"

杨淇厌恶地看了陆可俊一眼，她对黎谷良说："一分钱都不许给，马上把她赶出去，要不然我与你没完。"她说完捧着肚子推开围观的人群往外走。

黎谷良望着杨淇，再望着坐在地上的陆可俊，说道："陆可俊，你再不走，我就报警，告你敲诈勒索。"

陆可俊听了黎谷良的话，并不害怕，索性躺在地上放开喉咙号啕大哭。

“我的命好苦呀！你个没良心的，眼看我走投无路不帮我一把……”

门外看热闹的人不明真相，听了陆可俊伤心的号哭，以为她真的受了多大的委屈，有人小声说：“这女人挺可怜的。”

街上与黎谷良认识的一些店老板劝黎谷良说：“黎老板，这女人可怜，又是你前妻，给点钱让她走吧！”

黎谷良左右为难，给她钱，杨淇不干，不给钱，这么闹下去不好收拾。真要报警，警察拿她怎么办？最终还是得调解。

小唐说：“老板，给她几个钱，让她走喽！”

小武也说：“要的，这个样子闹下去没法做生意喽。”

黎谷良说：“她狮子大开口，要两万，我哪来这么多钱？你们不是不知道，前些日子钱都花光了。”

小唐听了黎谷良的话后对陆可俊说：“你不能要那么多，老板有困难，他能帮你多少是多少，你不能威胁老板，我们老板在法律上已经跟你没啥子关系喽。”

陆可俊不哭了，她被小唐从地上拉起来，问黎谷良：“你愿意给多少？”

黎谷良掏出身上所有的钱，这是早上去市场采购剩下的几百块钱，他一股脑儿地塞在陆可俊手上，说：“我身上只有这么多，再没钱了。”

陆可俊把钱举给大家看，说道：“你们看，他给了几百块钱，当我是叫花子了。”

黎谷良已经被气昏了头，乱了方寸，他问：“你想要多少？”

陆可俊不假思索地说：“最少五千块，少一分钱我就坐这里不走了。”她说着就势又要坐在地上，被小唐和小武架住了。

黎谷良把裤子口袋底翻过来给陆可俊看。

“你去借，少一分我不走。”陆可俊说。

黎谷良无奈地望着围在门口的人群，对其中一个人说：“老贾，先借五千块给我。”

老贾是隔壁日杂店的老板，他答应了一声回店里拿来一叠红票子，数了五千块给黎谷良。

黎谷良数也没数就递给陆可俊说：“你走吧！再不要让我见到你。”

陆可俊接过钱，不哭不闹，将钱揣进衣兜，拨开人群走了。

门外人群见状起着哄散了。

望着陆可俊走远了，黎谷良的大脑冷静了下来。发生的事像下了场雷阵雨，刚才还是电闪雷鸣，大雨瓢泼，转眼间安静了。

他想不明白，陆可俊是从哪是冒出来的，一转眼就被她拿走五千块钱。

黎谷良对小唐说：“那个女人往哪儿走了？你跟着她，看看还有没有别人。”

小唐听了，连忙跑出店门，他看到陆可俊已经走出了一百多米，正快步往中康路走，小唐一路小跑追了上去。

陆可俊来到公交车站，小唐看到坐在路边的一个白发老人起身朝她走来，正是她的老公老洪。

陆可俊不知道小唐跟在身后。

“怎么样？”老洪问。

“五千，深圳这趟旅游有人报销了。”陆可俊得意地说。

“老婆辛苦了，我请侬吃龙虾！”老洪说。

“侬舍得自家掏钞票请我吃龙虾？每次嘴巴说吃龙虾，最后都是吃吃阳春面，最多是河沟里养大的小龙虾！”陆可俊说。

“傻瓜，侬前夫请客呀！”老洪说。

“去，不要脸。我同侬讲，这次回上海，一定要把我名字写到房产证上去。”

“不是我不写侬名字上去呀，是我娘不同意呀，我有啥办法呀！”老洪一脸无可奈何的无辜状。

“就知道是老不死从中作梗。”陆可俊气呼呼地骂道。

“侬不要骂我娘哦，总归是我娘呀……我娘总归想房子留给她孙子呀！”

老洪说着挥手招停一辆出租车，两人钻进车内。

小唐望着两个人坐车走了，掏出手机想要打电话给黎谷良，想了想又把手机放进了口袋。

小唐回到烧烤店，黎谷良问他见到了谁。小唐说看见一个白头发老人，两人坐出租车走了。

黎谷良听了，拍着脑门大骂自己笨蛋，又给陆可俊骗了。之后，他小声对小唐说千万别让他老婆知道。

小唐信誓旦旦地说：“老板，你放心，我这嘴有密码的。”

2008年的冬天，我与沈小丛夫妇和黎谷良夫妇结伴随旅行团去新西兰玩，在香港机场，导游收团员的身份证和护照办理登机手续，我将身份证和护照一同交给杨淇负责保管，想着去外汇兑换点多兑些外币，便独自走到兑换窗口。

我看到窗口排着几个人，我排在队伍末尾，慢慢往前走，同时抬头看电子屏显示的外汇牌价。

这时，我听到身后有一个女人的说话声。

“先生，能不能让我排你前面，我赶时间。”

我回头一看，是杨淇，哈哈一笑说：“你也要兑换外币吗？”

可是，杨淇却不理我，怔怔地望着我，满脸的惊愕。

我醒悟过来，她不是杨淇，我不敢相信这是真的，颤声问：“是你？真的是你吗？”

“是我。”她轻声答道。

我望着她，她也望着我，两人足足愣了半分钟没说话。

“这些年你去哪儿了？”终于我先开口了。

“我一直在香港……”

我想问“你为什么一直在香港”，却没问出口，而是问：“你要去哪儿？要兑换外币？”

“我去新西兰，忘带信用卡了……”

“我也去新西兰，几点的航班？难道我们同一航班吗？”我小声问。

这时，杨淇拿着登机牌与身份证走过来，她看到站在对面与我说话的女人，愣愣地望着她。